pulp

master

Paul Freeman kam 1963 in West London zur Welt. Er studierte Umweltwissenschaft und ging Mitte der 80er als Englischlehrer in den Nahen Osten (Sudan, Kuwait, Ägypten). 1990 zog es ihn nach Simbabwe, wo er an einer Sekundarschule nahe einer Goldmine unweit der Hauptstadt Harare Unterricht gab. 1996 verschärfte sich die politische Situation und er bekam keine Aufenthaltserlaubnis mehr. Er ist mit der Sudanesin Ashai verheiratet und hat mit ihr zwei Töchter und einen Sohn. Zur Zeit arbeitet er in Saudi-Arabien, wo er für Tageszeitungen und Magazine als freier Journalist und Autor tätig ist.

PAUL FREEMAN

Die Legenden von Ophir

pulp master

pulp master
Band 21

Erschienen bei PULP MASTER, Berlin

Deutsche Erstausgabe
Erste Auflage 2007

Titel der englischen Originalausgabe:
Rumors of Ophir

Herausgegeben von Frank Nowatzki
Übersetzt aus dem Englischen von
Ango Laina und Angelika Müller
Redaktion: Ute Nowatzki,
Heinz Scheffelmeier
Cover: 4000
Umschlaggestaltung und Layout: MM-Grafomat
Druck und Verarbeitung: NØRHAVEN, DK-Viborg

ISBN 978-3-927734-35-7

Bibliografische Information der Deutschen Bibliothek.
Die Deutsche Bibliothek verzeichnet diese Publikation in der Deutschen Nationalbibliografie; detaillierte bibliografische Daten sind im Internet über http://dnb.ddb.de abrufbar.

www.pulpmaster.de

INTRO [Paul Freeman]

Zu der Zeit, als ich in Simbabwe lebte und an dem Roman *Die Legenden von Ophir* arbeitete, waren die Beziehungen zwischen den unterschiedlichen ethnischen Gruppen (Afrikaner, Inder, Europäer) freundschaftlich. Zwar lebten die verschiedenen ethnischen Gemeinschaften gesellschaftlich voneinander isoliert, eines hatten aber alle gemeinsam: Sie waren stolz, Simbabwer zu sein. Obwohl ökonomisch und politisch nicht immer alles rosig war, existierte ein stiller Optimismus, dass Simbabwe so etwas wie eine afrikanische Erfolgsstory sein und prosperieren würde. All das änderte sich, kurz nachdem ich Simbabwe verlassen hatte.

Seit der Unabhängigkeit hatte Präsident Robert Mugabe seinen Bürgern eine neue Landverteilung versprochen. Allerdings wusste er, dass das Aufbrechen der rentablen großen Farmen in kleine Subsistenzhöfe für Simbabwe, dessen Ökonomie hauptsächlich auf Agrarwirtschaft basierte, den ökonomischen Selbstmord bedeuten könnte. Mugabe konnte dieses Wahlversprechen nie durchsetzen. Die Landumverteilung war ein Thema, das nach jeder Wahl stillschweigend vergessen und immer erst wieder vor der nächsten Wahl aus der Versenkung geholt wurde, um Stimmen zu gewinnen.

Mit dem Auftauchen einer dauerhaften Oppositionspartei in Simbabwe wurde Mugabe mit zwei harten Alternativen konfrontiert. Er konnte entweder eine freie Wahl verlieren oder rentable Farmen von Weißen an seine politischen Anhänger und die ihm treue Partei als Dank für ihre Stimmen verteilen. Er tat Letzteres und die Resultate sind bis heute zu sehen. Ein Land, das einst

Nahrungsmittel exportierte, hat jetzt eine verarmte, unterernährte Bevölkerung. Eltern können sich das Schulgeld für ihre Kinder nicht mehr leisten und die Inflationsrate befindet sich im dreistelligen Bereich.

In *Die Legenden von Ophir* sind viele Orte der Handlung – die Mashumba Mine, das Mashumba Inn Hotel und das Mashumba Tal – fiktiv. Allerdings entsprechen sie Orten, an denen ich gelebt und gearbeitet habe. Bei meinem letzten Besuch in Simbabwe fand ich heraus, dass längst nicht alle rentablen Farmen meiner alten Jagdgründe, die im Besitz von Weißen waren, in kleine Parzellen für landlose Bauern aufgeteilt worden sind. Die beiden größten Farmen sind jetzt im Besitz von Präsident Robert Gabriel Mugabe und einer gewissen Grace Mugabe – seiner Frau.

So läuft es eben in der afrikanischen Politik.

Wenn Sie *Die Legenden von Ophir* lesen, denken Sie bitte daran, dass der Roman vor der Durchführung von Mugabes verheerendem Plan zur Landumverteilung spielt, zu einer Zeit also, als die Menschen von Simbabwe noch große Hoffnungen auf eine bessere, gerechte Zukunft hatten.

PROLOG

Martin Chisunga, der technische Leiter der Mashumba Mine, nahm die Sicherheitsüberprüfung an der Rettungsausrüstung seines Assistenten vor – die waagerecht auf den Rücken geschnallte Sauerstoff-Flasche, das Ventil zum Regulieren der Sauerstoffzufuhr und das Finimeter, das anzeigte, wie groß der verfügbare Vorrat an kostbarem Atemgas noch war. Die mit Protosorb gefüllten Atembeutel, vorn, an der Brust, sahen aus wie die Munitionsgürtel eines futuristischen Soldaten. Chisunga konnte nur staunen über das weiße Pulver in den Atembeuteln, das das Kohlendioxid in der ausgeatmeten Luft band, damit dieselbe Luft, mit Sauerstoff angereichert, wieder eingeatmet werden konnte. Für ihn war es eine Art Lebenselixier. Zum Schluss kontrollierte er die Gummidichtung der Gesichtsmaske, und hinter dem Plexiglas nahm das Gesicht David Pasulas einen Ausdruck bemühter Zuversicht an. Die anderen vier Männer des Rettungsteams signalisierten, dass ihre Partnerchecks keine Auffälligkeiten ergeben hätten.

Auf Chisungas Stirn bildete sich eine Schweißschicht, als er sich dem gähnenden Schlund des stillgelegten Stollens und den dort verborgenen schaurigen Geheimnissen zuwandte. Übelkeit stieg in ihm hoch und das Mundstück, durch das er die gereinigte Luft einatmete, erschien ihm wie ein Knebel. Ob Feuerwehrleute, Astronauten oder Tiefseetaucher ähnlich empfanden? Diese hinter dem rationalen Verstand lauernde Angst, dass die feindliche Atmosphäre durch eine geringfügige Unachtsamkeit die Schutzmechanismen überwinden und die Lungen attackieren könnte? Mehr als alles andere spürte

Chisunga seinen hämmernden Herzschlag, der das Blut in seinen Ohren zum Pochen brachte, und ihm war klar, dass er jetzt losgehen musste, bevor er Gefahr lief, in Gegenwart seiner Mitarbeiter in die Knie zu gehen und nur noch zu stammeln. Er drehte sich um zu den fünf anderen Mitgliedern des Rettungsteams, reckte den Daumen als Zeichen für die Gesichter hinter den Masken und deutete mit dem Kopf auf den Eingang zur Mine. Es lag ein Anflug von Entschuldigung in dieser Geste, die Bedauern darüber ausdrückte, was er seinen Leuten jetzt zumuten musste.

Verlegen und unbeholfen bahnten sich die sechs Männer ihren Weg durch die Ansammlung aus unbekümmerten Neugierigen und Polizisten und Sanitätern im Einsatz. Am Rettungswagen lehnten drei Tragen aus Metall, Eigentum der Mashumba Mine. Ihre Formen erinnerten an Sargdeckel, erinnerten auf brutale Weise daran, wie unbarmherzig die Natur sein konnte, wenn man untertage einen Fehler beging. Chisunga und Pasula nahmen sich die erste Trage, die vier anderen des Teams übernahmen die zweite und dritte. Eine alte Frau, die hysterisch weinend zum Tunneleingang stürzen wollte, wurde von zwei Schaulustigen zurückgehalten. »Meine Söhne! Meine Söhne!«, schrie sie. »Mein Mann!«

Erneut stieg Übelkeit in Chisunga hoch. Drei Männer aus einem illegalen Goldwäscher-Camp schürfen unrechtmäßig nach Gold und zahlen dafür den höchsten Preis. Je größer die Armut, desto größer auch das Risiko, das man für ein paar Gramm einzugehen bereit ist. Unwillkürlich musste Chisunga an die Siedlung der Landbesetzer denken, in der er seine armselige Kindheit verbracht hatte und die er hatte hinter sich lassen können. Er wünschte, die alte Frau hätte nicht geschrien, und um das Gefühl der Vergangenheit abzuschütteln, wandte er sich mit einer Miene, die Vertrauen einflößen sollte, an Pasula. Doch das jugendliche Gesicht, das ihn anstarrte, trug den Ausdruck eines verängstigten Kindes, das nicht einschlafen kann, weil es auf die geheimnisvollen Geräusche der Nacht lauscht. Chisunga ermahnte sich zur Ruhe, er hatte hier die Verantwortung und das Kommando über das Team.

Sie stiegen über einen niedergetretenen Zaun, und kaum waren sie vorsichtig durch die Öffnung in den Tunnel eingedrungen, umfing sie auch schon die Dunkelheit. Wie Blinde tasteten sie sich etwa zehn Meter voran, dann blieben sie stehen, während sich ihre Augen an den Lichtschein der einzelnen Strahlen der Grubenlampen an ihren Schutzhelmen gewöhnten. Bedrückt warf Chisunga einen Blick zurück auf den schwächer werdenden Bogen Tageslicht, wie ein Ertrinkender, der in einer Mischung aus Panik und Resignation durch die Tiefen nach oben ins Sonnenlicht blickt, das sich funkelnd auf der Wasseroberfläche bricht.

Nach dreißig Metern entdeckten sie zwei am Boden ausgestreckte Gestalten. Als die Männer näher kamen, wirkte die Szene, als würden die beiden Toten einander freundschaftlich umarmen. Chisunga richtete den Strahl seiner Grubenlampe auf die friedlich geschlossenen Augen und verspürte plötzlich das Verlangen, die beiden zu wecken, so lebendig sahen sie aus. Ein Fall von Kohlenmonoxid- oder Kohlendioxidvergiftung, mutmaßte er. Dem Blut wird Sauerstoff entzogen, der durch ein heimtückisches Gift ersetzt wird, das Opfer fällt in einen seligen Schlaf, ohne mitzubekommen, dass sich der Tod seiner bemächtigt. Das Ganze strafte den Begriff Rettungsteam Lügen – sie waren ein Bergungsteam.

Sie trennten die steifen Körper, um sie auf die Tragen zu legen und festzuschnallen. Der eine hatte den Arm leicht angehoben und den Zeigefinger ausgestreckt, als deute er auf etwas von immenser Wichtigkeit. Als man sich mit dem Toten auf den Weg hinaus machte, schien der ausgestreckte Finger die Richtung zu weisen und den Rettungstrupp anzutreiben, sich schneller auf den Bogen Tageslicht zuzubewegen.

Draußen hatten Polizisten das Gelände unmittelbar vor dem Eingang abgesperrt und eine Kette gebildet, um dem Druck der Leute standhalten zu können. Beim Anblick der Männer, die jetzt aus dem Stollen kamen, teilte sich die Menge vor Entsetzen wie das Rote Meer, da jeder die Besudelung fürchtete, die die unmittelbare Nähe des Todes mit sich brachte. Die alte Frau saß auf einem Felsblock, hatte die Hände vor das Gesicht geschlagen und wimmerte. Doch jetzt vernahm man einen durchdringenden Schrei, der jedoch sofort erstarb, als die alte Frau angesichts ihrer toten Söhne das Bewusstsein verlor. Wie auf ein Stichwort stimmten alle Frauen einen Klagegesang an, wiegten sich hin und her und spendeten einander Trost. Ein Sanitäter bedeckte die Leichen mit roten Decken und zog sich anschließend in seinen Rettungswagen zurück, wollte sich so vor der Welle des Schmerzes und der Hysterie in Sicherheit bringen.

Chisunga zog sich die Schutzmaske vom Gesicht wie eine zweite Haut und sah hinüber zu den blauweißen Santanas der Polizei. Dort stand Peter Van Rooyen, der Betriebsleiter der Mine, und unterhielt sich mit Kelvin Gotora, dem Einsatzleiter der Polizei.

»Martin!« Der Manager steuerte auf den großen Afrikaner zu. »Nun?«, fragte Van Rooyen und warf einen Blick auf die beiden roten Bündel auf den Tragen.

»Wir haben bisher zwei Leichen geborgen, aber man hat uns gesagt, dass ein dritter Mann in einem Seitenstollen vermisst wird. Ein vierter Mann konnte aus dem Stollen entkommen, nachdem er gesehen hatte, wie diese beiden hier zusammengebrochen sind.«

»Mein Gott, ich hoffe nur, dass es keine Nitrodämpfe waren – die haben da drinnen doch nicht etwa gesprengt, Martin?«

Chisunga bemerkte, dass sein Chef sich bereits Sorgen machte, die Sache könne ein Nachspiel für den vierten Mann haben. In hoher Konzentration eingeatmet, können Nitrodämpfe zu einem qualvollen Tod führen.

»Nein, Mr. Van Rooyen, es war Kohlenmonoxid oder Kohlendioxid.«

Van Rooyen stieß einen Seufzer der Erleichterung aus und Chisunga sah ihn prüfend an. War Van Rooyen erleichtert, weil der vierte illegale Goldschürfer überleben würde oder weil eine schlechte Publicity vermieden wurde?

Doch auch ohne einen derart spektakulären Todesfall gäbe es negative Schlagzeilen. Jeder Todesfall im Rahmen eines wie auch immer gearteten Unglücks in einer Mine der Southern African Mining Company ging automatisch auf das Konto der Gesellschaft. Hierbei interessierte die Öffentlichkeit wenig, dass eine Arbeitskolonne der Mashumba Mine nur damit beschäftigt war, die stillgelegten Stollen der alten Schächte abzusperren, weil ständig Zäune und Pfähle gestohlen wurden, um als Baumaterial wieder Verwendung zu finden.

Die Öffentlichkeit würde auch kaum die Hartnäckigkeit illegaler Goldsucher und Goldwäscher nachvollziehen wollen, die an ihrem Tun festhielten, trotz der Gefahren durch Gase oder Steinschlag. Entschuldigungen oder Erklärungen der multinationalen Konzerne begegnete die Öffentlichkeit nur mit blankem Zynismus.

»Machen Sie weiter, Martin«, sagte Van Rooyen und ging mit schnellen Schritten zurück zu den Polizei-Santanas, um den Einsatzleiter zu informieren.

Der einzige Überlebende, ein siebzehnjähriger Junge, hatte vor seinem Abtransport in das Krankenhaus von Harare berichtet, dass ein Vierter, sein Vater, am Ende eines Seitenganges links vom Haupttunnel nach Gold geschürft habe. Der Junge war seinen Brüdern gefolgt und hatte beobachtet, wie deren Paraffinlampen zuerst zu flackern begannen, dann als allerletzte Warnung vor akutem Mangel an Sauerstoff aufloderten und schließlich gänzlich erloschen. Er hatte gesehen, wie die beiden vor ihm anfingen zu taumeln, und als sie zusammenbrachen, war er aus dem Tunnel geflohen und hatte Alarm geschlagen.

Nachdem sich die Mitglieder des Rettungsteams noch einmal dem öden Ablauf der Partnerchecks unterzogen hatten, machten sie sich erneut auf den Weg in die albtraumhafte Dunkelheit, um nach dem letzten Opfer zu suchen. Wie auf einen wortlosen Befehl verharrten sie für einen Augenblick am Fundort der ersten beiden Leichen, nahmen dann erst die Trage und betraten unbekanntes Terrain. Die Wände des Stollens wurden zunehmend feuchter und kälter, als der Strahl von Chisungas Grubenlampe plötzlich den Eingang zum Seitentunnel erfasste. Die sechs Männer sammelten sich davor wie Schuljungen, unsicher, wer zuerst den Gang betreten solle. Chisunga holte aus der Brusttasche seines Overalls eine Fotokopie heraus, die er gemacht hatte, kurz nachdem er alarmiert worden war. Es war die Kopie eines Lageplans des Grubenbaus auf Cairn Brae, einer ungelenken Skizze, angefertigt von einem längst verstorbenen Minenarbeiter, der in dieser Todesfalle gearbeitet hatte, bis sie von der Southern African Mining Company geschluckt wurde. Laut Lageplan waren es noch siebzig Meter bis zur hinteren Felswand. Mit zusammengekniffenen Augen betrachtete Chisunga die Fotokopie eingehender und fragte sich, was die sechs verschwommenen Kreise zu bedeuten hätten, die in einer Linie im Seitengang eingezeichnet waren. Er starrte ins Dunkle des Seitenganges, und tatsächlich, weiter hinten zeigte sich trübes Grau, das wie falsches Dämmerlicht hineinsickerte.

Die vermeintliche Dämmerung entpuppte sich beim Näherkommen als sechs uralte Schächte einer Grabung aus vorkolonialer Zeit, die später von den Europäern erweitert wurde. Zu ihrem Erstaunen stellten die Leute vom Rettungsteam fest, dass die Schächte von der Oberfläche aus gesehen in ihrer Tiefe zwischen drei und fünf Metern variierten, und Chisunga erinnerte sich, dass die Hügel hinter Cairn Brae sich etwa an der Stelle senkten, wo seine Männer und er jetzt standen. Vermutlich hatten die Europäer die Schächte der Belüftung wegen so belassen und waren der Goldader an anderer Stelle gefolgt, wo sie leichter zugänglich war – doch für dergleichen Überlegungen war jetzt keine Zeit. Als Chisunga seinen Männern das Signal zum Weitergehen gab, fiel der Schein seiner Lampe auf etwas, was am Fuße des letzten

Schachtes eingeritzt war – ein Kreuz, drei Nadeln und eine Mondsichel. Eine Art Symbol, das Chisungas Interesse weckte, und er machte sich in Gedanken eine Skizze davon.

Die letzten dreißig Meter fiel der Seitengang ab. Wasser tropfte von den Wänden, hinterließ sie feucht und glitschig und rann dann den schlüpfrigen Boden entlang, um sich schließlich an der hinteren Felswand in einem Tümpel zu sammeln. Neben diesem Tümpel fanden sie das dritte Opfer, einen alten Mann. In embryonaler Haltung gekrümmt, bot er ein groteskes Bild: Ein Mensch, gestorben in der Haltung, die er vor seiner Geburt eingenommen hatte. Seine Pfanne war in den Tümpel geglitten und bewegte sich sacht auf der Wasseroberfläche wie eine Molluske.

Direkt neben dem Körper, auf einem Felsblock, lag ein Tabaksbeutel, drinnen die Ausbeute der morgendlichen Goldwäsche. Chisunga nahm den Beutel an sich, während zwei seiner Leute die zusammengekrümmte Gestalt auf die Trage legten.

»Mein Mann!«, schrie die alte Frau, als die Gruppe aus dem Tunnel auftauchte, doch sie blieb hocken auf dem Felsbrocken, den sie als Witwenbank zu beanspruchen schien, ihre gebeugte Gestalt vom Schluchzen geschüttelt.

Chisunga nahm die Gesichtsmaske ab und starrte hinunter auf die eisblauen Lippen des Toten. »Ich muss mit ihr reden«, sagte er zu Pasula. »Sie braucht Trost.«

Pasula streckte seine Hand aus und wollte seinen Chef zurückhalten. »Sie hat den Kopf jetzt mit andern Sachen voll, Mr. Chisunga«, sagte er, doch Chisunga wehrte die Hand sanft ab und ging hinüber zu der alten Frau.

»Mutter«, sagte er und sie sah ihn teilnahmslos an. Er

zog den Tabaksbeutel aus der Tasche, eine unzulängliche Erinnerung an zwei Söhne und einen Ehemann.

Die alte Frau nahm den Beutel, doch er vergrößerte nur ihren Schmerz. Sie reckte die Arme gen Himmel, als könnte der ihr die Angehörigen zurückgeben, doch dann hob die Klage über das Unabänderliche von neuem an.

Erstes Kapitel

Auf dem Basketballfeld war ein Freundschaftsspiel zwischen Lehrern und Schülern im Gange – eine nachmittägliche Sportveranstaltung der St.-Paul's-Realschule. Die weißen Basketballpfosten schienen dem Boden zu entwachsen und bogen sich wie Stoßzähne nach oben. Lautes Gelächter und Hurrageschrei wetteiferten mit dem Lärm des Verkehrs in Harare, und über allem zog ein Schwarm Krähen martialisch seine Kreise.

Leicht verärgert registrierte James Carter den Lärm, der vom Basketballfeld herüberdrang. »Nun macht schon, messt die Weite von Andersons letztem Wurf«, trieb er die beiden kräftigen, aber leistungsschwachen Schüler an, die sich bereit erklärt hatten, beim Diskustraining zu assistieren, und so der Leichtathletik entgehen konnten.

»Achtunddreißigeinhalb Meter«, rief einer der Jungen begeistert, errötete jedoch augenblicklich, als ihm bewusst wurde, dass Carter, sein Englischlehrer, Andersons Konkurrent war.

Carter stand im Kreis, am hinteren Kreisrand, und kam sich in seinem blaumetallicfarbenen Trainingsanzug vor wie ein zu groß geratener Schüler. Der zwei Kilogramm schwere Diskus, der, nur gehalten von den Fingerspitzen, in seiner Handfläche ruhte, fühlte sich merkwürdig leicht an. In der Anschwungphase schwang Carters Arm zweimal vor und zurück.

Der Arm des Lehrers schwang ein drittes Mal nach hinten und der Lärm der Schüler und die Geräusche des Verkehrs schienen abzuebben, schienen dem Geruch von Hitze und Staub, der von dem ausgedörrten Gras aufstieg, allein das Feld zu überlassen. Carter drehte sich, vollführte eine Pirouette wie ein Ballett-Tänzer, der Wurfarm peitschte nach vorn und schickte den Diskus auf seine Flugbahn.

Carter hüpfte auf einem Fuß wie ein Mann, der sich den Zeh gestoßen hatte, und versuchte, innerhalb des Kreises zu bleiben. Der Schüler, der die Weite messen sollte, rannte los, begleitet vom Zischen des Maßbandes, das sich hinter ihm entrollte; der andere, der die Stelle des Aufkommens markieren sollte, wich dem Diskus geschickt aus. Ein Gefühl geteilter Loyalität lag in der Luft – die Jungen wollten, dass Anderson, ihr Champion, gewann, aber sie wollten nicht Zeuge werden, wie ihr Lehrer und Trainer gedemütigt wurde.

Anderson wusste, dass er unterlag, und beobachtete Carters Fuß in der Hoffnung auf einen Fehler. In dem Moment, als der Diskus vom Boden abprallte und auf den braunen Stoppeln zum Liegen kam, rannte der zweite Schüler los. Carter setzte den Fuß auf und die Geräuschkulisse der Außenwelt – Basketballspiel und Nachmittagsverkehr – baute sich wieder auf. Der Fuß des zweiten Schülers stampfte auf eine Stelle im Boden, das Maßband wurde straff gezogen und der Junge sah hinunter.

»Neununddreißigachtzig.«

Carter starrte auf das schneckenförmige Muster, das er in den Sand des Kreises gezeichnet hatte, als sich ihm plötzlich Andersons Hand entgegenstreckte, eine auf absurde Weise erwachsen anmutende Geste, die die Großmut des Unterlegenen ausdrücken sollte.

»Meinen Glückwunsch, Sir. Schöner Wurf.«

»Danke, Anderson«, erwiderte Carter, doch plötzlich überfiel ihn ein Schuldgefühl, als hätte er sich die Jugend des Jungen irgendwie zunutze gemacht.

»Kopf hoch«, fuhr er fort. »Ich gehe immer noch davon aus, dass du die Gegner von allen anderen Schulen schlägst. Nächste Woche knacken wir unsere Zielmarke von vierzig Metern.«

Während die Diskuswerfer ihr Training fortsetzten, schaute Carter über das Gelände, das sich in Richtung der Schulgebäude erstreckte. Ein Junge kam angerannt, ein Fleck in der flirrenden Hitze, der kaum größer wurde, egal, wie schnell die Beine sich auch bewegten.

»Mr. Carter! Mr. Carter!«

Wie eine Luftspiegelung war er plötzlich aus dem Dunst der Hitze aufgetaucht, atemlos, nach Worten ringend und ohne Vorstellung, wie schnell und wie weit er gerannt war.

»Mr. Carter. Da ist ein Besucher für Sie«, stieß er hervor.

»In meinem Büro?«

»Ja, Sir.«

Der Junge bewegte sich mit der Befangenheit des Neulings. Er schien unsicher zu sein, ob die Etikette verlangte, dass er Carter den ganzen Weg bis zum Besucher begleite.

»Wie heißt du, mein Junge?«

»Darlington Fero, Sir.«

»Und wo bist du zu Hause, Darlington?«

»Tafuna, Sir«, sagte er mit dem wehmütigen Tonfall, den Leute vom Lande in Gegenwart von Städtern oder weltgewandten Menschen anschlugen, so als käme das Leben in ländlichen Gegenden einem Armutszeugnis gleich.

»Meine Frau kam aus Mount Longden«, vertraute ihm Carter an. »Ihr beide wart praktisch Nachbarn.«

Carter spürte, wie der Junge sich entspannte. Diese Gemeinsamkeit zwischen ihnen verscheuchte schließlich die Steifheit aus den Schritten des Schülers. Die meisten Schüler wussten, dass Carters Frau eine Schwarze gewesen war, und zeigten kaum Erstaunen darüber, sondern lediglich normale Neugier junger Menschen, die später allzu oft, gefördert durch die Eltern, bigotte Züge annahm. *Er hat sich den Eingeborenen zugewandt* war eine weit verbreitete Einstellung unter weißen Erwachsenen. *Er konnte eben keine weiße Frau finden* beinhaltete die Anspielung, dass seine Auserwählte nur zweite Wahl sei. Allerdings war der Rassismus eine Straße mit Gegenverkehr. Man hatte Carter vorgeworfen, sich bei den Schwarzen anzubiedern, und Maria, seiner Frau, hatten Freunde und Vertraute das Etikett *Snob* angeheftet, so als habe sie in der Lotterie gewonnen und sei durch schicksalhafte Fügung, aber auch durch den Neid anderer aus ihrer früheren Welt verbannt worden. Mit einer Mischung aus Hoffnung und Stolz blickte Carter auf den schüchternen Jungen hinunter, der die Jugend Simbabwes repräsentierte, die auf dem Weg war, sich aus den Fesseln rassistischer Intoleranz zu befreien.

»Beschreib mal meinen Besucher.«

Diese Aufforderung erzeugte bei dem Jungen erst einmal Sprachlosigkeit, doch nachdem er nachgedacht hatte, sagte er: »Er hat etwa Ihre Größe, Sir. Er trägt einen blauen Trenchcoat und hat einen Aktenkoffer dabei.« Wie zur Entschuldigung fügte er hinzu: »Die Farbe des Aktenkoffers habe ich mir nicht gemerkt.«

»Seine Hautfarbe?«

»Er ist schwarz, Sir. Nicht ganz so schwarz wie ich. Einfach schwarz.«

Carter spürte, dass der Junge seine Beschreibung als unzulänglich empfand, doch immerhin hatte die Erwähnung des Trenchcoats die Identität des Besuchers preisgegeben.

»Ist dir sonst noch etwas aufgefallen, Darlington?«

Leicht betreten erwiderte der Junge: »Seine Krawatte, Sir. Sie war nicht ordentlich gebunden«, als wäre das nach den Verhaltensregeln für Schüler eine Todsünde.

»Und seine Schuhe?«

Ein Lächeln hellte Darlingtons Miene auf, Ausdruck der Erkenntnis, einem Erwachsenen auf gleicher Augenhöhe behilflich sein zu können. »Haben einen ziemlichen Lärm veranstaltet, Sir, als wären sie sehr schwer.«

»Danke, Darlington. Du kannst jetzt gehen.«

Erleichtert, aus seiner Verantwortung entlassen zu werden, machte der Junge sich aus dem Staube. Carter erreichte den pompösen, von korinthischen Säulen gestützten Portikus des Hauptgebäudes. Im Pediment befand sich eine lateinische Inschrift, deren Bedeutung inzwischen jedermann vergessen hatte. Carters Sportschuhe quietschten, als er über das glänzende Parkett des Flurs ging, und warfen ihre Echos ins Leere. Er kam zu einer Tür mit Eichentäfelung, auf der ein Schild verkündete, dass dahinter Jim Carters Büro, sein Elfenbeinturm, liege und dass er der Leiter des Fachbereiches Englisch sei.

Carter drehte den Türknopf und stieß die Tür auf, die daraufhin mit einem Schaben über den flaschengrünen Teppich fuhr; im selben Moment sagte er: »Hallo, Detective Chief Inspector Machaya.« Sein Gast stand mit dem Rücken zur Tür, sah durch das Erkerfenster hinaus auf die Sportanlagen. Jetzt drehte er sich um, ein verwirrtes Grinsen im Gesicht und in der Hand das Familienfoto, das normalerweise auf Carters Schreibtisch stand – eine Aufnahme von Carter, seiner Frau Maria und ihrer gemeinsamen Tochter Emily.

»Hallo, Jim. Es war schon immer schwer, dir was vorzumachen, nicht wahr? Woher hast du gewusst, dass ich es bin? Ich habe dem Jungen meinen Namen doch gar nicht genannt.«

»Der Junge ist eben ein aufmerksamer Beobachter. Der Trenchcoat«, Carter zeigte auf den Mantel, der über dem Stuhl hing, »wer sonst würde bei der Hitze damit herumlaufen? Dann deine Quadratlatschen und deine windschiefe Krawatte. Die Markenzeichen von Tatenda Machaya.«

Machaya zwang sich zu einem Lachen und die beiden Männer gingen aufeinander zu. Bevor sie sich die Hände gaben, stellte Machaya betreten das Foto zurück auf den Schreibtisch.

»Es tut gut, dich wiederzusehen, Jim.«

»Es tut gut, *dich* wiederzusehen, Tatty«, erwiderte Carter und fügte mit einem Anflug von Vorwurf in der Stimme hinzu: »Es ist lange her.«

»Wie läuft der Job, Jim?«

Machaya wandte den Kopf und nahm das Büro in Augenschein, als wolle er sagen: »Läuft gut bei dir, Jim, trotz der Geschichte damals.«

Nur zu gern hätte Carter den Grund für den Besuch erfahren, aber die Konventionen verlangten nun mal nach Small Talk und Zurückhaltung als höfliche Zeremonie. »Der Job«, sagte er, »so haben wir das immer genannt, Tatty – die Arbeit bei der Polizei. Aber der Job, den ich jetzt mache, der ist gut. Kein Verrat, kein Betrug, weder Schießereien noch Schlägereien – sieht man von gelegentlichen Vorfällen zwischen den Schülern ab.«

Machaya musste unwillkürlich lachen, doch als sein Blick auf das gerahmte Bild auf Carters Schreibtisch fiel, schlug er die Hände vor das Gesicht und fing an zu schluchzen.

Mehr als alles andere hasste Carter den Anblick eines weinenden Mannes – er erinnerte ihn an Marias Tod. Peinlich berührt fixierte er eine Stelle auf dem Teppich, Machayas Schluchzen als regelmäßiges Pochen in den Schläfen.

»Ich mach uns 'nen Drink«, sagte Carter und bemerkte zum ersten Mal den braunen Aktenkoffer, der an der Seite des Schreibtisches lehnte, so als hatte Machaya ihn mehr den eigenen als den Blicken anderer entziehen wollen. Was immer sein Freund auf dem Herzen haben mochte, die Antwort, das wusste Carter, steckte in diesem Aktenkoffer.

Carter ging in den angrenzenden Waschraum und öffnete die Spiegeltür des Medizinschränkchens: eine halbe Flasche Royal-Cask-Whisky, eine viertel Flasche Gin und eine Flasche Mazoe-Orangensaftkonzentrat – die Minimal-Auswahl, um männliche wie weibliche

Gäste und jenen seltenen Simbabwe-Vogel bewirten zu können, den man geheimhin als Abstinenzler bezeichnete. Neben den Flaschen standen zwei Whiskygläser; Carter nahm sie heraus, spülte sie unter dem übel riechenden Harare-Wasser, schnappte sich den Whisky und ging zurück ins Büro.

»Mit Eis kann ich leider nicht dienen. Der Besitz eines Kühlschranks gehört nicht zu den Privilegien des Lehrberufs.«

»Er ist auch kein Privileg, das man der Polizei einräumt.«

Nachdem er die Gläser gefüllt hatte, erwog Carter einen Toast auf die alten Zeiten, doch in Anbetracht der Umstände, die für sein Ausscheiden aus dem Polizeidienst gesorgt hatten, erschien ihm das unangebracht. Also hob er sein Glas und sagte: »Ein schottischer Toast: Auf mein Wohl, ihr andern könnt zum Teufel gehen!«

Machaya lachte, sie stießen an und nahmen jeder einen gehörigen Schluck. Die Stille, die nun einsetzte, hing wie ein Fragezeichen zwischen ihnen, und einen schrecklichen Augenblick lang befürchtete Carter, dass Machaya wieder in Tränen ausbrechen werde.

»Wir sind doch Freunde, nicht wahr, Jim?«, sagte Machaya schließlich.

»Natürlich sind wir das. Lass uns zur Sache kommen, Tatty. Wo drückt der Schuh?«

Der Polizist redete weiter, als hätte er Carters Frage nicht gehört. »Ich hab mich dir gegenüber nicht richtig verhalten, Jim. Keiner von uns hat das. Nachdem du die Polizei verlassen hattest, sah ich dich«, er korrigierte sich, »habe ich dich zwei Jahre nicht gesehen. Seit – «

Die Erinnerung ließ Carter zusammenfahren. »Du

warst nicht der Einzige, der mich seinerzeit als Belastung empfunden hat. Ich trage niemandem etwas nach. Und überhaupt, das alles ist doch längst Geschichte.« Carter formulierte diese abgedroschenen Phrasen mühelos wie ein Schmierenkomödiant, dem die einstudierten Verse glatt von den Lippen kamen, und unwillkürlich musste er daran denken, wie sein Absturz vor drei Jahren begonnen hatte.

In jener unbeschwerten Zeit hatte seine Beförderung zum Detective Chief Inspector unmittelbar bevorgestanden, nachdem er eine Reihe schier unlösbarer Fälle hatte aufklären können. Seine Ehe mit Maria war glücklich gewesen, trotz des Drucks, den die konservative, noch im Kolonialdenken verhaftete Gesellschaft auf ihre Verbindung ausgeübt hatte. Ihre gemeinsame Tochter Emily war in ihrem ersten Jahr auf der Castleford High School für Mädchen.

Carter hatte Maria gegen Ende des Bürgerkrieges in Mount Longden kennen gelernt, wo er stationiert gewesen war und Maria als Grundschullehrerin gearbeitet hatte. Im Anschluss an den Krieg und nachdem ihre Heirat innerhalb der weißen Community für einen Eklat gesorgt hatte, gingen sie nach Harare. Dort nahm Carter seine Karriere bei der Polizei wieder auf und Maria erhielt eine Anstellung an der Castleford-Grundschule in der Nähe ihrer Wohnung im Vorort Marlborough.

Vor drei Jahren hatten die tragischen Ereignisse ihren Lauf genommen. Es war ein Freitagnachmittag, als Maria mit dem Fahrrad von der Schule nach Hause fuhr und von einem Autofahrer, der anschließend Fahrerflucht begehen sollte, angefahren und getötet wurde. Carter entwickelte paranoide Vorstellungen, dass Verwandte,

Kollegen und selbst Freunde insgeheim frohlockten über das Ende dessen, was sie als widernatürliche Verbindung betrachteten. Das war der Zeitpunkt, als sich das Verlangen nach Rache in ihm breit machte.

Besessenheit ist bei der Polizei fehl am Platze. Sie führt zu Schikane und Gewalt und kann nur für eine gewisse Zeit als ein Zuviel an Ambition abgetan werden. Und Carter war besessen. Auf Kosten anderer Fälle trug er Tag und Nacht Beweise zusammen, ging Spuren nach, die längst aufgegeben oder von den Ermittlern gar nicht erst verfolgt worden waren. Wo war der gelbe Mercedes, der seine Frau angefahren hatte? Wo war sein schwarzer Fahrer? Jeden Freitag, immer zu der Tageszeit, als seine Frau getötet worden war, legte sich Carter an der Unfallstelle auf die Lauer, und nach einem Monat wurde er belohnt. Der Mercedes – nicht mehr gelb, sondern rot – wurde von einem schwarzen Automechaniker namens Colin Smutts gefahren, auf den der Wagen auch zugelassen war. Smutts, der glaubte, die Luft sei nun rein, hatte wieder die heimlichen Freitagnachmittag-Besuche bei seiner Geliebten aufgenommen. Zu der unvermeidlichen Konfrontation kam es in einer Winternacht, als Carter Smutts zu dem überwiegend von Schwarzen bewohnten Vorort Arcadia folgte. Carter erwartete Reue, ein Geständnis oder die Bitte um Vergebung. Was er nicht erwartet hatte, war die höhnische Gleichgültigkeit, das großkotzige Selbstvertrauen in Smutts Benehmen, als er im Eingang seines Hauses auftauchte und bereitwillig seine Schuld zugab, aber bedauerte, dass es keinen Beweis gegen ihn gebe. Und außerdem habe er ja nur eine Schwarze getötet, also wozu die ganze Aufregung?

Am Ende waren vier Männer vonnöten, um Carter zu

bändigen und von Smutts zu trennen. Smutts kam ins Krankenhaus und Carters Karriere lag im Licht einer negativen Presse in Scherben. Als er psychologischer Gründe wegen den Polizeidienst quittieren musste, wurde ihm gestattet, in einen anderen Bereich des öffentlichen Dienstes zu wechseln. Seine Entscheidung für den Lehrberuf hatte er zum Teil im Gedenken an Maria getroffen, andererseits bedeutete sie auch den endgültigen Bruch mit der Polizeiarbeit – bei der Arbeit mit jungen Menschen konnte man Unschuld zu Tugenden formen, die von einem Polizisten auf der Suche nach dem Schuldigen so geflissentlich übersehen wurden.

»Zigarette?«, fragte Carter und bot Machaya eine Madison an.

Auf eine diffuse Art und Weise wusste Carter, dass er in Machayas Schuld stand. Ihm war der Fall Smutts übertragen worden, ihm und dem Experten der Spurensicherung, MacPherson. Laut Aussage der Geliebten befand sich Smutts Wagen ungefähr zum Zeitpunkt der Straftat an der Unfallstelle und die ursprünglich gelbe Lackierung des Mercedes stimmte mit Lackspuren an Marias zertrümmerten Fahrrad überein. Smutts wanderte für drei Jahre ins Gefängnis und Carter empfand trotz des Verlustes ein wenig Genugtuung.

Endlich kam Machaya auf den Grund seines Besuches zu sprechen.

»Erinnerst du dich an Julia?«, fragte er.

»Deine Tochter, ja, natürlich.«

»Sie ist jetzt neunzehn«, sagte Machaya mit einem Anflug von Stolz. »Sie war schon immer recht eigenständig und ein wenig aufsässig – vermutlich hat es damit zu tun, dass ihre Mutter uns beide verlassen hat.

Hast du gewusst, dass sich Patricia gleich nach der Sache mit Smutts von mir getrennt hat?«

Carter verneinte, und es wurmte ihn ein wenig, dass Machaya die Ermittlungen in Marias Fall mit der Trennung von seiner Frau in Verbindung brachte, als ob er, Carter, auf mysteriöse Weise dafür verantwortlich wäre.

Machaya fuhr fort: »Du weißt ja selbst, was Polizeiarbeit einer Ehe abverlangt. Patricia wollte einen normalen Tagesablauf, Absprachen, auf die man sich verlassen kann. Sie ist mit einem Filialleiter auf und davon – kein aufregender Mann, wenn du mich fragst, aber bei ihm hat sie die Beständigkeit, die sie immer wollte. Ich werfe ihr nicht vor, dass sie gegangen ist. Es muss mitunter unerträglich sein, einen Polizisten zum Mann zu haben.«

»Und wie hat Julia das verkraftet?«, fragte Carter.

»Sie hat sich verlassen gefühlt und war sehr niedergeschlagen. Wie soll ein Teenager schon damit umgehen?«, erwiderte Machaya bitter und zog heftig an der Zigarette. »Ich hab mein Bestes getan, aber ein Vater kann nun mal keine Mutter ersetzen. Sie war sechzehn, Jim. Einerseits kam sie sich betrogen vor, andererseits minderwertig, als ob es an ihr gelegen hätte, dass ihre Mutter sie verlassen hat.«

»Und wie ging's weiter?«

»Sie hat die Mittlere Reife gemacht, sogar mit einem guten Notendurchschnitt, wenn man bedenkt, welche Verletzungen das Kind erlitten hat. Also habe ich sie auf eins dieser privaten Colleges in der Stadt geschickt, ein Abendgymnasium. Ich hab ihr sogar eine Schreibmaschine gekauft«, fügte Machaya traurig hinzu. »Eines Nachts ist sie nicht nach Hause gekommen. Am anderen Morgen habe ich sie zur Rede gestellt und sie hat mich ausgelacht, hat ihren Vater einfach ausgelacht. Meinte, sie sei alt genug, um eigene Entscheidungen treffen zu können, und dass ich nicht das Recht hätte, sie zu verhören wie einen meiner Kriminellen.«

Zum zweiten Mal schlug Machaya die Hände vor das Gesicht, jetzt allerdings ballte er seine Fäuste aus Wut und Verzweiflung.

»Ich habe ihr gesagt, sie solle das Haus verlassen und nie wiederkommen.«

»Und ... ist sie gegangen?«

»Ich habe sie seitdem nicht wieder gesehen. Sie hat ein paar Sachen zusammengepackt, und starrsinnig, wie ich nun mal war, hab ich sie gehen lassen. Ich war zu stolz, um sie aufzuhalten und noch mal mit ihr über alles zu reden.«

»Weißt du, wo sie sich aufhält?«

»Nein.«

Carter drückte seine Zigarette aus. »Ich wüsste nicht, wie ich dir helfen könnte, Tatty. Die Suche nach Vermissten gehört in deinen Bereich des Staatsdienstes. Die sind dort sicher bestens aufgestellt, um nach ihr zu suchen.«

»Das geht nicht, Jim.« Mit nur knapp gebremster Wut drückte Machaya die Zigarette aus, stand auf und ging zum Schreibtisch, dorthin, wo der Aktenkoffer, der Büchse der Pandora gleich, stand. Er nahm ihn und setzte sich wieder. Dann stellte er die Zahlen im Kombinationsschloss ein, schob die Riegel zurück und die Verschlüsse sprangen mit einem Klick! nach oben.

Wie in Zeitlupe klappte Machaya den Deckel auf, starrte mit leicht geweiteten Augen hinein, als hoffe er, dass das, was auch immer sich dort drinnen befunden haben mochte, auf wundersame Weise verschwunden sei.

Offensichtlich war es nicht an dem, denn er förderte eine Videokassette zutage, hielt sie mit spitzen Fingern, als handele es sich um ein Stück glühender Kohle, und legte sie neben den Aschenbecher auf den Schreibtisch.

Carter warf einen Blick auf das, was ihm da präsentiert wurde, und bemerkte, dass es sich um eine bespielte Leerkassette handelte. In seinem Kopf entwickelte sich bereits eine Vorstellung: ein junges Mädchen, aufsässig und naiv, allein in einer Stadt, die für Unbedarfte zur Falle werden konnte ...

»Ein Freund und Kollege war damit befasst, einen Porno- und Callgirl-Ring zu sprengen, der von hiesigen Zuhältern und Ausländern betrieben wurde – Pornofilme für den Export. Im Rahmen einer Razzia im Haus eines deutschen Ingenieurs in Borrowdale wurden siebzehn Videos beschlagnahmt. Auf einigen waren die abscheulichsten sexuellen Handlungen zu sehen, die man sich vorstellen kann. Das hier«, Machaya zeigte auf die Videokassette, »ist die Darstellung einer sexuellen Phantasie. Der Protagonist ist ein gebürtiger Amerikaner namens William Kirkpatrick, der in leitender Funktion für die Cotton Company von Simbabwe tätig war, bevor er vor zwei Monaten nach Georgia zurückgekehrt ist.«

»Und wer ist die Protagonistin?«

»Es bedarf wohl kaum hellseherischer Fähigkeiten, um das zu erraten, Jim«, antwortete Machaya sarkastisch. »Es ist Julia. Mein Freund hat sie erkannt und die Kassette verschwinden lassen. Sie dürfte überhaupt nicht in meinem Besitz sein, wenn man sie bei mir fände, wäre meine Karriere beendet.«

»Und was passiert, wenn ihr Verschwinden bemerkt wird?«

»Es gäbe den üblichen Aufruhr, die üblichen Anschuldigungen, aber für den Fall als solches ist dieses Band irrelevant. Wir haben genug gegen den Deutschen in der Hand, um ihn für Jahre wegsperren zu können. Was Kirkpatrick betrifft ... der ist amerikanischer Staatsbürger und ich bezweifle, dass jemand Interesse daran hat, ein Politikum aus diesem Fall zu machen. Doch abgesehen davon, würde das Band vor Gericht verwendet, wäre mein Leben zerstört genau wie Julias.«

Carter leerte sein Glas und schenkte sich und Machaya nach. Es war, als besiegele er damit einen Pakt.

Ihm war klar, welchen Kummer er empfände, hieße das Mädchen auf dem Band Emily, und er spürte eine tiefe Verachtung für die tückischen westlichen Einflüsse, die aus einem stolzen Mann wie Machaya eine tragische Figur machen konnten.

»Du willst, dass ich sie finde.«

Es war mehr Feststellung als Frage.

Mit zitternden Fingern holte Machaya seine Brieftasche hervor, nahm eine Fotografie heraus und legte sie auf die Videokassette. Ein hübsches schwarzes Mädchen in Schuluniform sah Carter lächelnd an.

»Hier, vielleicht hilft das. Wenn du sie findest, könnte ich mit ihr reden. Hilf mir, sie zurückzuholen, Jim. Ich kann sie in der Kadettenschule der Polizei unterbringen. Nächsten Monat beginnt ein neuer Lehrgang. Damit«, Machaya zeigte mit dem Finger auf die Videokassette, »muss sie ihren Lebensunterhalt nicht verdienen.«

»Ich habe versprochen, nie wieder Polizeiarbeit zu machen«, sagte Carter wehmütig und langte nach der Kassette. »Doch für einen Freund werde ich es tun. Allerdings auf meine Art. Sie soll raus aus der Prostitution? Ich werde mein Bestes tun. Du willst, dass sie wieder nach Hause kommt? Ich werde versuchen, sie zurückzubringen. Aber das hier werde ich brauchen.«

Carter nahm die Kassette in die Hand und wedelte damit wie mit einem Fächer. »Ist Julia erst einmal zurück, kannst du sie zur Kadettenschule schicken oder meinetwegen auch auf den Mond. Aber sollte ich dir aus der Vergangenheit noch etwas schuldig sein, wäre das damit erledigt.«

Machaya schloss seinen Aktenkoffer. »Tu es, Jim«, sagte er und seine Stimme klang plötzlich alt, emotionslos wie die eines zum Tode Verurteilten, der seinen letzten Wunsch äußert. »Als Polizist hattest du eine beneidenswerte Aufklärungsrate. Wenn jemand diesen Mist in Ordnung bringen kann, dann du.«

»Es ist eine ganze Zeit her, seit ich so was in Angriff genommen habe. Hoffen wir, dass ich's noch drauf habe.«

Machaya beugte sich nach vorn und die beiden Männer stießen mit ihren Gläsern an und kippten die Whiskys mit einer seltsamen Mischung aus Beklommenheit und Befriedigung hinunter.

Zweites Kapitel

»Ach du Scheiße!«, rief Ronald Grenville, schnitt eine Grimasse und begutachtete seinen Wodka mit Limette. »Ich hab gesagt, einen Schuss Limette, Frank, nicht die halbe Flasche, verdammt noch mal. Ich soll wohl Magengeschwüre kriegen, was?«

»Tut mir leid, Sir«, sagte der Barkeeper des Mashumba Mine Clubs mit einem betrübten Grinsen.

»Mach das nicht noch mal«, knurrte Grenville gutmütig und betrachtete die Armada von Flaschen im Regal hinter dem Bartresen. Ihr Anblick erinnerte ihn an Sauerstoff-Flaschen und er fragte sich, wie Chisunga wohl zurechtgekommen sei. Grenville fuhr sich mit seiner runzligen, geäderten Hand durch das weiße Haar und sein gestutzter, borstiger Schnurrbart zuckte unruhig. Seine Sorge um Martin Chisunga hatte etwas Väterliches, nicht umsonst hatte er ihm den Besuch einer Schule und das anschließende Universitätsstudium ermöglicht. Im Allgemeinen hielt man es für unangebracht, dass Schwarze und Weiße Gefühle füreinander hegten, wie sie zwischen Eltern und Kindern üblich waren, doch je mehr sich der Junggeselle Grenville dem Pensionsalter näherte, desto rascher wuchs seine Zuneigung für sein inoffizielles Mündel.

Eilig stieg Martin Chisunga die Stufen zur Veranda des Klubhauses hoch. Als er eben aus seinem Wagen gestiegen war, hatte er mit Erleichterung Grenvilles Toyota unter den Zweigen eines australischen Flammenbaums gesehen. Das Durcheinander aus Gepäck und Angelzeug auf der Rückbank zeugte von hastigem Packen und einem abgebrochenen Urlaub. Tatsächlich, der alte Mann saß auf seinem Stammplatz an der Bar, nur war sein ohnehin leicht gebeugter Rücken einen Tick gebeugter als sonst.

»Hallo, Mr. Grenville«, begrüßte Chisunga den Alten und zum Barkeeper gewandt: »Castle Lager, Frank.«

Grenville leerte sein Glas mit Widerwillen.

Das Klacken der Eiswürfel appellierte an die Aufmerksamkeit des Barkeepers, doch Grenville bestand erst einmal darauf, Chisunga den Drink auszugeben.

»Danke, Mr. Grenville«, sagte Chisunga und um die unvermeidlichen Fragen über den Vorfall auf Cairn Brae hinauszuzögern, fügte er hinzu: »Es tut mir leid, dass Sie ihren Urlaub unterbrechen mussten.«

»Ist schon in Ordnung, Martin. Die Fische haben sowieso nicht angebissen.« Man hatte Grenville den Posten des leitenden Sicherheitsbeauftragten bei der Southern African Mining Company als Ruhestandsjob angeboten, nur dass es alles andere war, nur kein Job, bei dem man eine ruhige Kugel schieben konnte. Zwischenfälle richteten sich weder nach dem Kalender noch nach irgendeiner Tagesordnung. Sie ereigneten sich zu den ungünstigsten Zeitpunkten, so wie jetzt, als Grenville zum ersten Mal seit zwei Jahren zu einem Kurzurlaub aufgebrochen war – eine Woche einfach nur Angeln und mehr trinken, als ihm gut tat, und, sofern ihn das Bedürfnis überkam, den Lebemann geben, einen Abend im Spielkasino am Strand von Lake Kariba verbringen. Er wollte Martin gegenüber nichts von der Enttäuschung preisgeben, die sich breit gemacht hatte, als Van Rooyens Stimme über das Hoteltelefon kam: »Unfall auf Cairn Brae ... Todesopfer ... Illegale Goldsucher ... Bericht muss bis Montag vorliegen ... Setzen Sie sich mit Chisunga in Verbindung.« Über sein Glas gebeugt, wiederholte Grenville die wenig überzeugende Lüge: »Die Fische haben sowieso nicht angebissen.« Dann sah er Martin an. »Der Chef braucht bis morgen einen Bericht. Kannst du kurz zusammenfassen, was passiert ist? Die Details können wir morgen erörtern.«

Widerstrebend wie ein Kind, das gezwungen wird, sich an einen Albtraum zu erinnern, brachte Chisunga Ordnung in seine Gedanken: der Junge, der den Alarm ausgelöst, das Rettungsteam, das sich bereitgemacht hatte, die Leichen, die Möglichkeit der Ausbreitung von Kohlenmonoxid oder Kohlendioxid mit anschließender Verdrängung der Atemluft. Es schien alles so nüchtern und oberflächlich – nichts über die alte Frau, deren Familie dezimiert worden war, nicht einmal die Frage, warum Menschen sich derart in Gefahr brachten.

Grenville war beunruhigt. »Was ist mit dem Zaun? Vor knapp einem Monat haben wir doch den Zugang zum Tunnel neuerlich abgesperrt.«

»Die übliche Geschichte. Die Pfähle wurden gestohlen, die Zäune zerstört und niedergetrampelt. Einen entschlossenen Dieb oder illegalen Goldschürfer kann nichts abhalten.«

»Erzähl das mal der Presse!« Das erinnerte Chisunga an die Ansicht des Minenmanagers, der zufolge negative Schlagzeilen schwerer wogen als der Tod dreier Menschen. »Nichts geht über die herzzerreißende Geschichte einer darbenden Familie von Landbesetzern, die wegen schuldhaften Verhaltens eines multinationalen Konzerns den Tod einiger Angehöriger zu beklagen hat.«

Chisunga bestellte noch zwei Drinks. »Niemand kann der Mine die Schuld zuschieben.«

Grenville fing an, über die Errichtung eines neuen Zauns zu faseln, doch Chisunga war müde und wollte das Thema wechseln.

»Haben Sie gewusst, dass es ein paar uralte Schächte auf Cairn Brae gibt?«, sagte Chisunga, froh darüber, seine Gedanken von den Toten ablenken zu können. »Ihren Abmessungen nach müssen sie aus dem 16. oder 17. Jahrhundert stammen.«

Grenville blickte auf den bedrohlich sinkenden Wodkapegel in der Flasche. »Ich weiß von denen, die auf dem Alabama Claim einen Kreis bilden. Aber die haben wir uns doch zusammen angesehen.«

Der Wodka machte den alten Mann ein wenig rührselig. Er und Chisunga hatten ein Faible für die Geschichte der Region, und oft waren sie an den Wochenenden unterwegs, wie Vater und Sohn, um historische Stätten zu besuchen, und manchmal stießen sie dabei auf bisher Unentdecktes. Diverse Male waren sie im Museum aufgekreuzt, um die Leute dort über nicht registrierte Fundstätten zu informieren.

»Genau dort, wo sich das Tal zwischen den Hügeln um Cairn Brae befindet, bilden die sechs Schächte eine Reihe. Am unteren Ende verläuft ein Seitentunnel.«

»Bist du sicher, dass sie vor den Europäern gegraben wurden? Oder sind es vielleicht Belüftungsschächte?«

Chisunga beschrieb ihre Ausmaße und die Ähnlichkeit mit den Schächten auf dem Alabama Claim. »Am Fuße des ersten Schachts waren einige Symbole in den Fels geritzt«, sagte er zum Schluss.

Grenville holte einen Kugelschreiber und einen Spiralblock aus der Tasche seines Hemdes. Eigentlich sollte ihn der Notizblock an Termine erinnern oder verhindern, dass er wichtige Informationen vergaß, doch zumeist dachte er nicht daran, den Block zu konsultieren, also ignorierte er konsequenterweise dessen ursprünglichen Zweck. Langsam, als handele es sich um ein Ritual, öffnete er sein Brillenetui, nahm die Brille heraus und setzte sie sich auf die Nasenspitze. »Was genau waren das für Symbole?«, fragte er und rückte seine Brille auf dem Nasenrücken nach oben.

Chisunga beschrieb das Bild: die drei dünnen Nadeln,

das Kreuz und darunter die Mondsichel.

Skeptisch betrachtete Grenville die Zeichnung, die er der Beschreibung nach angefertigt hatte. »Nicht gerade das, was ein Eingeborener eingeritzt hätte. Vor dreihundert Jahren waren die Portugiesen dort, vielleicht stammt es aus jener Zeit oder von den britischen Siedlern, die vor hundert Jahren in das Gebiet gekommen sind. Und mit diesem Kreuz könnte es auch eine religiöse Inschrift sein. Wie auch immer, Graffiti sind keineswegs eine Geißel des zwanzigsten Jahrhunderts – die San haben so was bereits vor zwanzigtausend Jahren gemacht.«

Sie kamen überein, sich mit dem Museum in Verbindung zu setzen, doch im Grunde verspürte Chisunga keinen Drang, umgehend nach Cairn Brae zurückzukehren, und Grenville war mit seinen Gedanken bereits wieder beim Angeln am Lake Kariba und im Kasino.

Drittes Kapitel

Unschlüssig wie eine Debütantin stand Carter vor der Spiegeltür des Schlafzimmerschranks. Er hatte bereits diverse Kleidungsstücke anprobiert, schließlich wollte er bei der Suche nach Julia nicht als Schnüffler daherkommen. Er setzte sich auf das Bett und gestattete seinen Gedanken, andere Richtungen einzuschlagen. Um nicht unnötig Zeit zu vergeuden, sollte er zu allererst Überlegungen darüber anstellen, in welchen der von Prostituierten frequentierten Nachtklubs Julia am ehesten aufzuspüren war. Wollte man Ausländer aufgabeln, kamen dafür nur die schillernden oder zwielichtigen Nachtklubs im Stadtzentrum von Harare in Frage. Also schied Kermit's Night Club von vornherein aus – die Gäste dort waren junge Weiße aus der Mittelklasse. Im Galapagos Club tummelten sich zwar Ausländer, jedoch überwiegend Asiaten und Südeuropäer. Es musste also ein Nachtklub sein, wo weiße Ausländer mittleren Alters und mit gut dotierten Zeitverträgen gelinde ausgedrückt ein wenig mit Schwarzen anbandeln konnten, während ihre ahnungslosen Ehefrauen tausende von Kilometern entfernt brav in ihren Betten lagen.

Carter kam zu dem Schluss, dass der Club Terra Firma zu vulgär sei für die Kunden mit gehobenen Ansprüchen, wie sie Julia scheinbar hatte, und so blieben nur zwei Alternativen übrig – Bunny's und Natasha's Night Club. Beide waren ausgerichtet auf hiesige Reiche und Schwarze aus der aufstrebenden Mittelklasse, aber auch auf Ausländer, die ein afrikanisches Ambiente wünschten.

Nun musste Carter sich nur noch ein wenig aufpeppen. Er stand vom Bett auf und warf einen Blick in den Spiegel. Die Erinnerung an frühere Observationen stimulierte ihn, das Jagdfieber kehrte zurück. Der lässige dunkelblaue Anzug, für den er sich schließlich entschied, vermittelte im Zusammenspiel mit den schwarzen Schuhen etwas Seriöses, gebrochen jedoch durch das Hawaiihemd, mit dem man das wenig dezente Auftreten assoziierte, das man so oft den Amerikanern nachsagte.

Carter verließ sein bescheidenes Haus im Vorort Marlborough und fuhr mit seinem dunkelblauen Peugeot 504 ins Stadtzentrum. Unterwegs beschloss er, beim Club Terra Firma zu halten, um herauszufinden, ob Big Betty noch im Geschäft mitmischte. Während seiner Zeit bei der Polizei war Big Betty die prominenteste Madam in Harare gewesen und man hatte gemunkelt, dass ihr Stall voller junger Mädchen sie zur reichsten Frau der Stadt gemacht habe. Sollte jemand etwas über Julia wissen – einem Neuzugang im Gewerbe –, hoffte Carter, dass Betty diejenige sei.

Carter fuhr in das Viertel mit den Jakaranda-Alleen und den bürgerlichen Apartments, darunter viele Wohnungen, die sich Prostituierte teilten. Tagsüber wurde die Atmosphäre in den Alleen von der Hektik dubioser Geschäfte und dem alltäglichen Treiben einer Großstadt bestimmt, doch nach Sonnenuntergang wurde die Gegend zum Revier der Straßenräuber, Zuhälter und Prostituierten. Carter fragte sich, ob Julia hier in der Gegend wohne.

Er bog in die Allee ein, die zum Terra Firma führte. Frauen, in das grell-orangefarbene Licht der Straßenbeleuchtung getaucht, traten nach vorn an den Bordstein, sobald sich sein Wagen näherte, und kehrten dann wieder an die ihnen zugewiesenen Stammplätze zurück; in dunklen Einfahrten verhandelten Paare miteinander, während Betrunkene den Bürgersteig entlangtorkelten, der eine oder andere mit verdächtig aussehenden Jugendlichen im Schlepptau.

Flammende Neonbuchstaben am Ende der Allee verkündeten *Club Terra Firma,* und selbst aus dieser Entfernung konnte man die Live-Band hören, die mit jaulenden Gitarren afrikanische Rhythmen intonierte. Carter hielt hinter dem Taxistand. Ein Busenwunder löste sich von der Mauer und näherte sich dem Peugeot mit provozierendem Hüftschwung.

Eine junge Frau Anfang zwanzig mit geglättetem, glänzendem Haar beugte sich zum offenen Seitenfenster hinunter und gewährte tiefe Einblicke in ihr Dekolleté. Lässig-lasziv bearbeitete sie ihren Kaugummi, ein pinkfarbenes Etwas, das beständig in ihrem Mund hin und her wanderte.

Ohne Umschweife kam Carter zur Sache: »Ich suche Big Betty.«

»Ist sie nicht 'n bisschen zu alt für Sie, Mister?«, kicherte das Mädchen. »Aber über Geschmack soll man nicht streiten, stimmt's?«

Carter packte sie am Arm und drückte ziemlich fest zu. »Nimm den Mund nicht so voll, Kleines. Richte Big Betty einfach aus, dass James Carter draußen ist und ein paar Worte mit ihr wechseln will.«

Das Mädchen stolzierte davon, rieb sich beleidigt den Arm und ging in den Terra Firma, um nach der Inhaberin Ausschau zu halten. Carter lehnte sich zurück und steckte sich eine Madison in den Mund. Der Zigarettenanzünder im Auto war defekt, also kramte er im Handschuhfach nach einem Einwegfeuerzeug. Zeit genug, um mit schlechtem Gewissen über das notorische Scheitern seiner guten Vorsätze in Bezug auf seine Rauch- und Trinkgewohnheiten nachzudenken.

Betty Mlambo manövrierte ihre Körperfülle durch den Eingang und ploppte hinaus auf die Straße wie ein Korken aus einer Champagnerflasche. Da Betty fast so breit wie lang war, fiel es besonders ins Auge, wie viel Masse sie zu bewegen hatte.

Als sie Carter erkannte, huschte ein Lächeln über ihr Gesicht, dann mühte sie sich hinüber zu dem blauen Peugeot, das Mädchen mit der knackigen Oberweite im Gefolge.

Als Betty keuchend auf ihn zukam, stieg Carter aus dem Wagen und ging ihr entgegen.

Sie begrüßten sich mit der Vertraulichkeit alter Freunde, während das Mädchen nervös hinter ihnen herumzappelte.

»Ich suche nach einem Mädchen, Betty.«

»Wie die meisten Männer in meinem Etablissement«, sagte sie mit einem Augenzwinkern. »Wie wär's denn mit Gina?«

Wie auf Kommando nahm Gina aufreizende Posen an, bis Carter anfing zu lachen und sie unwirsch zur Kenntnis nehmen musste, dass Betty nur einen Scherz gemacht hatte.

Carter zog Julias Foto aus der Brieftasche und zeigte es Betty. »Sie heißt Julia.«

Betty betrachtete das Foto eingehend.

»Ich hab sie schon mal gesehen, Jim«, sagte sie und ihr Bemühen, sich zu erinnern, zeigte sich in den dicken Wülsten auf ihrer gerunzelten Stirn. »Allerdings ist sie keins von meinen Mädchen, und ich bezweifle, dass sie jetzt noch Julia heißt. Wenn sie anschaffen, ändern die meisten ihren Namen. Vielleicht weiß ja Gina was.«

Das Mädchen beugte sich über Bettys Schulter, kaute stoisch ihren Kaugummi und starrte mit derart unbewegter Miene auf das Foto, dass keinerlei Rückschlüsse möglich waren, ob das Hirn in ihrem Schädel seine Tätigkeit aufgenommen hatte. Schließlich schien es Gina zu dämmern. »Die kenn ich! Die hängt immer bei Bunny's rum. Ist sehr beliebt bei den Ausländern«, sagte sie mit kaum verhülltem Neid. »Aber sie heißt nicht Julia. Sie nennt sich Juliet. Juliet Makaka.«

Carter nahm das Foto wieder an sich und steckte es zurück in die Brieftasche. »Danke Gina, danke Betty, ich geh dann besser mal.«

»Wollen Sie nicht lieber bei Gina bleiben?«, fragte

Betty und zeigte auf das Mädchen, das pflichtbewusst die Lippen spitzte.

»Vielleicht ein anderes Mal«, lachte er. »Ich hab noch zu tun.«

»Einmal Bulle, immer Bulle, stimmt's?«, meinte Betty zum Abschied, und Carter fiel wieder sein Versprechen ein, nie mehr einen Fall zu bearbeiten.

***

»Ich pass auf Ihren Wagen auf, Mister! Kostet Sie nur fünf Dollar.«

Eines der Straßenkinder, ein vor Schmutz starrender Junge, sah zu Carter hoch, als der seinen Wagen abschloss. Nicht älter als zwölf und doch gehörte dieses Kind bereits zu den Opfern des rasanten Bevölkerungswachstums und der Verstädterung – ein Straßenkind, eines von hunderten, das nur überlebte, weil es für ein Bakschisch Privatautos vor einem weiteren, stetig wachsenden Problem der Großstadt beschützte: dem Autodiebstahl.

»Ich dachte, der Kurs steht bei zwei Dollar.«

»Spezieller Abendkurs, Mister.«

»Du kriegst deine fünf Dollar, garantiert, aber nur, wenn du mir ein paar Informationen lieferst.«

Sie gingen zusammen den Bürgersteig entlang; ein seltsam gegensätzliches Paar, die beiden, der abgerissen aussehende Junge ohne Zukunft neben dem smarten, erwachsenen Nachtschwärmer. Carters Blick glitt über die Parkuhren, die wie Grabsteine an den Parkplätzen aufragten und alle die gleiche Inschrift trugen: Parkzeit abgelaufen.

»Siehst du den Nachtklub dort drüben?« Carter zeigte

auf eine Neonreklame, ein Leuchtspiel, bei dem ein Häschen seinen Hut ab- und aufsetzte, während der Hut die Farbe wechselte, von Neonpink zu Neongrün. Daneben flimmerte der blaue Schriftzug *Bunny's.* »Ich suche ein Mädchen aus dem Laden da«, sagte Carter, und das verhärmte Gesicht des Jungen nahm einen spitzbübischen Ausdruck an.

»Das kostet Sie aber was extra, Mister.«

Carter musste lachen. »Ich will nur was über ein bestimmtes Mädchen wissen, junger Mann. Ihr Name ist Juliet.«

»Juliet Makaka?«

»Genau die. Hast du sie schon reingehen sehen? Ist sie da drin?«

Der Junge sah Carter misstrauisch an und schien abzuwägen, ob er überhaupt antworten oder erst einmal mehr als das abgemachte Trinkgeld rausschlagen sollte, bevor er den Mund auftat. Doch Carter nahm ihm die Entscheidung ab, indem er ihm zehn Dollar in die schmuddelige Hand drückte.

»Sie ist ungefähr vor einer Stunde gekommen. Alleine. Und bis jetzt ist sie nicht wieder rausgekommen.«

»Gut, mein Junge! Jetzt lauf los und pass auf den Wagen auf.«

Der Junge schob das Geld in die Tasche seiner zerrissenen Shorts, und als er weglief, um an den Parkplätzen weitere unvorsichtige Autobesitzer abzupassen, rief er noch: »Versteh gar nicht, warum Sie sich mit Juliet abgeben. Da drin hocken jede Menge Puppen mit mehr Klasse.« Es war die Stimme einer korrumpierten Jugend, korrumpiert von einer korrupten Stadt.

Der Eingangsbereich im Bunny's war ein schmaler, in rotes Licht getauchter Gang. Links, hinter einem Tresen, eine offene Wechselkasse vor sich und offensichtlich zuständig für das Kassieren des Eintritts, saß ein magerer junger Asiate, ein naher Verwandter des Klubbesitzers. Neben ihm stand ein mit Muskeln bepackter Rausschmeißer, dessen beeindruckende Physis durch ein enges, weißes T-Shirt zusätzlich betont wurde. Er schwenkte einen Gummistempel, und als Carter die fünfzig Dollar Eintritt bezahlt hatte, verpasste ihm das Kraftpaket den lilafarbenen Stempelabdruck mit erstaunlichem Zartgefühl. Am Ende des Ganges raffte ein weiterer Herkules einen dicken, schwarzen Vorhang und gestattete Einblicke in eine schummrige Atmosphäre, die den Bewegungen der Gäste etwas Verstohlenes gab.

Carter betrat die schmierige Halbwelt, die ihm aus den Tagen bei der Polizei so vertraut war. Er wich den halbherzigen Annäherungsversuchen mehrerer Frauen aus und steuerte die Bar an in der Absicht, dort erst einmal zu bleiben und sich einen Überblick zu verschaffen. Momentan spielte keine Musik und das Stimmengewirr der Gäste war derart laut, als habe die Musik zuvor einen durchdringenden Tinnitus in ihren Ohren hinterlassen.

Die Bar war ein langer, mit Resopal beschichteter Tresen, dessen Kanten von nervösen Fingern splittrig und zerkratzt zurückgelassen worden waren. Davor stand eine Reihe Barhocker aus Metall, die Sitze mit billigem Kunststoff bezogen. Mit der Schnelligkeit eines Panthers sprang ein Barkeeper mit Fliege herbei und fragte nach Carters Wünschen. Die handgeschriebene, mit Klebestreifen an der Wand befestigte Preisliste begriff Carter als Warnung, das billigste Getränk zu ordern, da der

Abend noch teuer werden konnte. »Castle Lager«, sagte er, und als er das Wechselgeld einsteckte und für den Barkeeper kein Trinkgeld heraussprang, verschwand der mit kaum verhohlener Verachtung.

Das Bier war kalt und voller Genuss trank Carter es zur Hälfte in einem Zug – ein Zeichen von Alkoholismus, wie er mal gehört hatte, und erneut dachte er ein wenig beklommen an seine guten Vorsätze.

Carters Blick glitt über die Szenerie, die sich ihm hier bot. Männer und Frauen unterschiedlichster Nationalität und Hautfarbe hatten sich in diverse Sitznischen zurückgezogen, die durch schmiedeeiserne Verstrebungen voneinander getrennt waren und von denen aus man einen guten Überblick über das frivole Angebot hatte. Jenseits dieser Nischen, unter dem funkelnden Auge einer rotierenden Disco-Kugel, lag die Tanzfläche. Eine Gruppe ungepflegter Rucksacktouristen – vermutlich Europäer – war wohl auf der Suche nach etwas, was ihren nebulösen Vorstellungen von einem afrikanischen Erlebnis entsprach, und musste sich der Aufmerksamkeit einiger junger afrikanischer Männer erwehren, die versuchten, Eindruck zu schinden und sich anzubiedern, ironischerweise mit Hilfe dessen, was sie für westliche Umgangsformen hielten. Während die Frauen bemüht waren, sich aus den Umarmungen der Afrikaner zu befreien, ohne dabei jemanden vor den Kopf zu stoßen, waren ihre männlichen Reisegefährten hin- und hergerissen zwischen ihrer Aufgabe als Beschützer und dem Abwimmeln verhalten optimistischer Offerten der Prostituierten.

Die meisten Europäer im Bunny's jedoch arbeiteten in Simbabwe auf der Basis von Zeitverträgen oder gehörten zu denen, die vor Jahren auf der Suche nach Arbeit ins Land gekommen waren und Ausschweifungen als Ergänzung ihres Daseins als alternde Junggesellen betrachteten und als Teil ihrer täglichen Routine.

Die Afrikanerinnen hier waren entweder Prostituierte auf Beutezug oder die Geliebten schwarzer Geschäftsleute, für die der Klub eine Zuflucht vor neugierigen Augen war und ein Ort für ein heimliches Rendezvous.

Eine in Leder gekleidete Frau mit ausladenden Hüften sprach Carter an und riss ihn aus seinen Gedanken. Als er es ablehnte, ihr einen Drink auszugeben, suchte sie mit wiegendem Gang das Weite, nicht ohne vorher einige obszöne Gemeinheiten über Carters Mutter und seine Männlichkeit vom Stapel gelassen zu haben.

»Barkeeper!«, schrie er über die ohrenbetäubende Musik hinweg, die eben eingesetzt hatte. »Noch mal dasselbe!«

Der Typ mit der Fliege kam zurück, öffnete eine Flasche und stellte sie vor Carter hin. Als er nach dem Zwanzigdollarschein auf dem Tresen greifen wollte, legte Carter seine Hand darauf.

»Ich suche Juliet Makaka. Kennen Sie sie?«

In den Augen des Mannes leuchtete Habgier und er setzte ein listiges Lächeln auf. »Vielleicht«, sagte er. Carter war nicht in der Stimmung für Spielchen.

»*Vielleicht* könnten Sie ihr dann sagen, dass ich ihr einen Drink ausgeben möchte. Und *vielleicht* gebe ich Ihnen dann diesen Schein.«

Der Barkeeper lachte verschlagen und tänzelte in den hinteren Teil des Klubs, anschließend eine kurze Treppe zu einer Plattform mit Balustrade hinauf, die den Raum überragte wie ein Achterdeck den vorderen Teil eines

Segelschiffes. Oben dann ging er zu einer langhaarigen Schwarzen, die inmitten einer Gruppe schmerbäuchiger weißer Männer saß, formte seine Hände zu einem Trichter und schrie ihr etwas ins Ohr. Sie warf einen neugierigen Blick in Carters Richtung, sagte etwas zu dem Barkeeper und begann demonstrativ mit den Männern zu reden, mit denen sie zusammensaß.

Als der Barkeeper zurückkam, sagte er mit der Andeutung eines Nickens: »Sie meint, sie kommt gleich rüber. Sie muss sich nur irgendwie bei den Typen entschuldigen, mit denen sie zusammen ist. Und sie trinkt Wermut und Cassis.«

Carter entließ den Zwanzigdollarschein in die Hände des Barkeepers und bezahlte sein Bier und den Drink für Julia. Einige Augenblicke später hatte Julia ihren Stuhl zurückgestoßen, sich entschuldigt und stand groß und schlank vor der enttäuschten Gesellschaft. Jetzt sah Carter auch den Grund für ihre offensichtliche Beliebtheit bei den Europäern. Anders als Gina, deren üppige Formen sie in den Augen der Shona Simbabwes begehrenswert machten, entsprach Julias hochgewachsene, schlanke Erscheinung eher dem westlichen Schönheitsideal.

Mit selbstbewussten, ungekünstelten Bewegungen schlenderte sie zur Bar hinüber. Sie trug flache Schuhe, so dass ihre Größe zwar beeindruckend, aber nicht einschüchternd wirkte, einen schwarzen Minirock aus Leder und eine rote Bluse, die sich fest über ihre Brüste spannte. Und sie trug keinen BH. Ihr Haar war gelockt und eine dieser lockigen Strähnen fiel ihr in die Stirn und schmiegte sich sanft an ihr Gesicht.

Sie hatte den Kopf etwas zurückgeworfen, dennoch konnte diese selbstsichere Haltung nicht von der Wachsamkeit in ihren Augen ablenken.

»Wermut und Cassis, glaube ich«, sagte Carter, als Julia sich auf den Hocker neben ihm setzte. Er schnippte mit den Fingern nach dem Barkeeper und kam in den Genuss seines prompten, wenn auch nicht ganz billigen Services.

»Mit Eis«, fügte Julia hinzu und beobachtete mit wachsamen Interesse, wie Carter mithilfe der Eiszange Eis aus dem Kübel fischte. Schließlich fragte sie: »Kennen wir uns nicht?«

Schlagartig wurde Carter bewusst, dass er sich keinerlei Taktik zurechtgelegt hatte, und er beschloss, sich auf seine Intuition zu verlassen.

»Wir kennen uns, Julia«, sagte er.

Ihre Augen weiteten sich vor Erstaunen. »Woher kennen Sie meinen Namen? Niemand hier weiß – «

»Ich bin Jim. Jim Carter.«

Julia wandte sich brüsk von ihm ab und verschränkte die Arme. »Natürlich. Jim Carter, der Freund und Kollege meines Vaters. Hat er sie geschickt?«

»Julia, Ihr Vater liebt Sie und möchte am liebsten alles ungeschehen machen. Er möchte, dass Sie wieder nach Hause kommen.«

»Und um mir das zu sagen, hat er Sie geschickt? Weshalb ist er nicht selbst gekommen?«

Carter sah, wie ihre Lippen zuckten, und er erwiderte: »Können Sie sich einen Tatty Machaya in dieser Umgebung vorstellen? Andererseits, wie hätten Sie reagiert, wenn *er* hier vor Ihnen gestanden hätte?«

Julia hob die Augenbrauen und sagte mit scharfem Trotz: »Sei's drum, er hat mich behandelt wie ein kleines Kind und dann hat er mich aus dem Haus geworfen.«

Carter entschied, seinen Trumpf auszuspielen. »Ihr Vater hat Ihretwegen Kopf und Kragen riskiert, Julia. Es gibt da etwas, was nicht nur Ihr Leben, sondern auch das von Tatty ruinieren könnte.«

Sie blickte ihn misstrauisch an. »Und was, bitte, sollte das sein?«

Für Carter war spürbar, dass ihr Panzer Risse bekam und dort setzte er an. »Ich denke, das hier ist nicht der Ort, dergleichen zu besprechen. Vielleicht begleiten Sie mich, und wenn Sie danach hierher zurückkehren möchten, werde ich Sie nicht daran hindern. Versprochen.«

Julia schwieg und kratzte mit dem Fingernagel an der schadhaften Kante des Tresens. »Also gut«, sagte sie schließlich, »ich werde mitkommen und Sie können den Schleier lüften. Allerdings kann ich Ihnen nicht ersparen, hier den Freier zu geben. Wir wollen nicht vergessen, wo wir sind.«

»Nichts leichter als das«, erwiderte Carter, stieg vom Barhocker und zwinkerte dem Barkeeper am Ende des Tresens zu. Dann verließen Julia und er Arm in Arm das Bunny's.

***

Carter öffnete das Eingangstor zu seinem Grundstück in Marlborough. Beiderseits der Auffahrt, die sich zu dem Bungalow im spanischen Stil hinaufschlängelte, standen Fichten im Miniaturformat. Zur Abschreckung der stetig wachsenden Armee der Einbrecher brannten oben mehrere Lampen, die den Eindruck vermitteln sollten, jemand sei zu Hause.

Der Peugeot fuhr durch das Tor und die gewundene

Auffahrt hoch. Draußen, in der Dunkelheit, stotterte ein Sprinkler, und Carter fragte sich, wann wohl die Hitze dem Winter weichen und ob auch dieses Jahr ein Verbot ausgesprochen werde, den Rasen zu sprengen.

Die Fahrt nach Marlborough war schweigsam verlaufen. Julia hatte die ganze Zeit aus dem Fenster gestarrt und ihren Gedanken nachgehangen.

Als sie das Wohnzimmer betraten, richtete Carter zum ersten Mal wieder das Wort an sie. »Setzen Sie sich doch, Julia«, sagte er und wies dabei auf das Sofa. Sie setzte sich, sah ihn an und fragte: »Und jetzt?«

Statt einer Antwort nahm Carter die Fernbedienung für Fernsehapparat und Videorecorder von der Glasplatte des Couchtisches, stellte den Fernseher an und wechselte auf den Videokanal, dann legte er die Videokassette ein und die Filmvorführung begann. Carter beobachtete Julia. Er hatte die lächerliche Phantasie des Amerikaners bereits gesehen, eine krude Sado-Maso-Geschichte, in der Kirkpatrick den weißen Plantagenbesitzer mimte und Julia seine Sklavin, die erst Hausarbeit zu verrichten hatte und im Anschluss ihrem Massa unter Einsatz der Peitsche zu Willen sein musste. Julia starrte ungläubig auf den Bildschirm, dann starrte sie Carter an. »Was ist das?«, stammelte sie. »Ich hatte keine Ahnung, dass ich gefilmt wurde.«

»Die Polizei hat kürzlich einen Pornoring zerschlagen und dabei wurde unter anderem auch diese Aufnahme konfisziert. Ihr Vater hat alles darangesetzt, diese Kassette verschwinden zu lassen. Hätte er es nicht getan, würden Sie ins Gefängnis wandern. Andererseits hat er Beweismittel unterschlagen und damit seinen Job und seine Existenz riskiert.«

Mit gesenktem Kopf, die Hände im Schoß, saß Julia da, und die Scham, die sie empfand, war für Carter körperlich spürbar. »Er weiß also alles. Wie soll ich ihm jetzt noch unter die Augen treten, Jim?«

Carter setzte sich zu ihr und nahm ihre Hand.

»Vergessen Sie nicht, dass Tatty mich gebeten hat, nach Ihnen zu suchen. Gehen Sie einfach wieder nach Hause. Das ist alles, was Ihr Vater will. Und Sie bekommen die Chance einer Ausbildung bei der Polizei, eine zweite Chance, sozusagen. Packen Sie sie beim Schopfe, Sie sind jung, Julia, und Sie werden das schaffen. Ihr beide werdet das schaffen.«

Carter rief ein Taxi, damit Julia ihre Sachen aus ihrer Wohnung holen und dann nach Hause fahren konnte. Nachdem sie gegangen war, rief er Tatenda Machaya an.

Viertes Kapitel

Der Jüngste der drei Brüder aus Mosambik kauerte neben einem Aussichtsturm, der auf einem Hügel stand, von dem man fast das gesamte Mashumba Tal überblicken konnte. Die Maisfelder weiter unten waren erst kürzlich abgeerntet worden und die toten Stängel und Blätter hatten sich bereits in sprödes, knisterndes Stroh verwandelt. Angewidert von den übelriechenden, dunklen Rändern unter seinen Achseln, zupfte der Mosambikaner an seinem grauen Hemd, das schweißfeucht an seinem Körper klebte. Einen Feldstecher vor den Augen, suchte er die Spitze eines nahe gelegenen Hügels ab, der sich, in seiner gleichmäßigen Form einer Sanddüne nicht unähnlich, aus dem Boden erhob. Der unbarmherzigen Hitze wegen war der sonst so üppige Msasawald des Hügels bereits von gelben und orangefarbenen Schneisen durchzogen, nur hier und da unterbrochen von ausgedörrten Grasflächen. Vor diesem Hintergrund präsentierten sich die Abraumhalden alter Minen in ihrem öden, schimmernden Grau.

Der Mosambikaner schwenkte das Fernglas wieder in Richtung Cairn-Brae-Schacht, den er zuvor eine gute halbe Stunde im Auge behalten hatte. Die diesige Luft ermöglichte nur eine verschwommene Sicht auf die beiden Männer, die jetzt dem Schacht entstiegen. Der Schwarze hieß Martin Chisunga, so viel wusste der Mosambikaner, der andere, ein Portugiese, war Rodrigo Combais. Chisunga trug eine Leiter, nickte höflich, während der Portugiese unablässig auf ihn einredete. Chisunga machte Anstalten, ihm die Hand zu schütteln, doch einer spontanen Anwandlung folgend, umarmte ihn Combais, und Chisunga blieb nur noch, betreten dreinzublicken. Was der Mosambikaner nicht wusste: Der Portugiese war seinem Ziel ein gutes Stück näher gekommen, seinem Ziel, das zu finden, wonach Chisungas Vorfahren unter Einsatz ihres Lebens gegraben und was seine, Rodrigo Combais', Vorfahren gut dreihundert Jahre zuvor versteckt hatten.

Gemeinsam trugen sie jetzt die Leiter zu ihren Fahrzeugen.

Chisunga verstaute sie auf seinem weißen Pick-up, stieg ein, winkte dem Portugiesen zum Abschied zu und brauste davon.

Rodrigo Combais fuhr mit seinem Mietwagen wesentlich zurückhaltender über den holprigen, staubigen Pfad, der ihn zu der befestigten Straße nach Harare und in den Hinterhalt der drei Mosambikaner führte.

Neben dieser Straße, im Schatten eines natürlichen Daches aus Baumwipfeln, dösten die beiden anderen Mosambikaner vor sich hin. Der eine lehnte mit dem Rücken am Stamm einer Candelabra Euphorbia, deren flammende Blüten dieses nüchtern anmutende Gewächs erst in drei Monaten zum Leuchten bringen sollten. Der andere lag in unbequemer Haltung neben dem Vorderrad eines Land Rovers, der neben den Bäumen geparkt war, um zusätzlich Schatten zu spenden. Beide Männer wurden gleichzeitig von einer kleinen Geröll-Lawine geweckt, die das Auftauchen des Bruders ankündigte. Der pfiff unnötigerweise wie ein Hirtenjunge, um sich bei den zweien bemerkbar zu machen, die jedoch längst aufgestanden waren und sich bereits den Staub von ihren frisch gebügelten Polizeiuniformen der Republik Simbabwe klopften.

»Er kommt, Eduardo!«, rief der Junge völlig außer Atem dem Bruder zu, der am Baum stand und an dessen Uniform die Streifen eines Sergeants zu erkennen waren.

»Alles klar, Juan«, erwiderte Eduardo. »Schnapp dir jetzt das Stoppschild, stell es vorn auf die Straße, etwa fünfzig Meter entfernt von hier. Sind andere Fahrzeuge unterwegs?«

»Nein. Chisunga ist auf der Straße, die zu seinem Haus führt.«

»Das ist gut. An die Arbeit.«

Juan rannte hinüber zu dem grauen Land Rover. Der Feldstecher um seinen Hals schwang wie ein wild gewordenes Pendel hin und her; er nahm ihn ab und warf ihn auf den Beifahrersitz. In Juans Gesicht spiegelte sich jetzt sadistische Vorfreude. Er ging zum Heck des Fahrzeugs, klappte die Ladeklappe herunter, klemmte sich das

Schild mit der Aufschrift *Stopp-Polizei* unter den Arm und lief etwas ungelenk die Straße hoch, um es aufzustellen.

»Leonardo!« Der brütende Blick des dritten Mosambikaners richtete sich auf Eduardo. »Wenn er kommt, signalisiere ihm, dass er da anhalten soll, wo ich stehe.«

Eduardo zog los zu einer Stelle mit kurzbüscheligem Gras und wartete.

Einen Augenblick später näherte sich Rodrigo Combais' Nissan Sunny einem merkwürdig lächelnden jungen Mann in grauer Polizeiuniform und weinroten, wadenhohen Stiefeln. Neben ihm stand die Erklärung in Form eines schwarzweißen Stopp-Schildes der Polizei, also ging Combais vom Gas.

Weiter vorn signalisierte ihm ein zweiter Polizist sehr förmlich und mit ernstem Gesicht, dass er am Straßenrand anhalten solle, dort, wo das Gras kurz und verbrannt war und wo ein weiterer Polizist, ein Sergeant, lässig dastand und in sein Notizbuch sah. Als er den zweiten Polizisten passierte, bemerkte Combais den Land Rover – er war grau, hatte also die Farbe der Behördenfahrzeuge. Allerdings bemerkte er mit leichtem Unbehagen, dass das Fahrzeug ein gelbes Nummernschild hatte, eine Farbe, von der er dachte, dass sie nur bei Privatfahrzeugen Verwendung finde.

Combais hielt an, stellte den Motor ab, zog aber die Handbremse nicht an.

Eduardo schlenderte zur Beifahrertür und Combais beugte sich hinüber, um das Seitenfenster herunterzulassen. Er fragte sich, warum der Polizist ihn nicht vom Fahrerfenster aus anzusprechen gedachte. Sein Magen fing an zu revoltieren, und Combais schalt sich, weil er wie ein Schuldiger auf etwas reagierte, was nichts weiter war als eine routinemäßige Straßensperre.

»Was kann ich für Sie tun, Officer?«, stammelte er.

»Guten Tag, Sir«, sagte Eduardo und berührte mit einer spöttisch-trägen Geste seine Mütze.

Combais wähnte sich bereits im Nachteil, weil er den Polizisten nicht zuerst gegrüßt hatte und in arroganter Manier daran erinnert worden war. Er machte einen neuen Anlauf und sagte: »Guten Tag, Officer. Was kann ich für Sie tun?«

»Ist das Ihr Wagen, Sir?«

Die Anspielung gefiel Combais ganz und gar nicht, und zunehmend beunruhigter, antwortete er: »Es ist ein Mietwagen.«

»Dürfte ich die Wagenpapiere und den Führerschein sehen, Sir?«

Diese verdammte Selbstgefälligkeit, dachte Combais, und dieser verdammte Sarkasmus, wenn er *Sir* sagt. Langsam wurde er panisch. Alle drei Polizisten waren Schwarze. Selbstverständlich hatte er seit seiner Ankunft in Simbabwe den einen oder anderen schwarzen Polizisten gesehen – er hatte sogar einen weißen Polizisten gesehen. Aber wie groß waren die Chancen, drei schwarze Polizisten zur selben Zeit am selben Ort zu sehen? Und dann der Akzent! Der Sergeant sprach nicht abgehackt wie die Weißen hier in Simbabwe, ganz sicher klang sein Akzent auch nicht wie der der Schwarzen, mit denen Combais in Simbabwe gesprochen hatte und deren Aussprache eher eine amerikanische Färbung besaß.

Ihm brach der Schweiß aus bei diesen Überlegungen.

Der Sergeant wiederholte die Aufforderung mit nicht zu überhörender Ungeduld.

»Wagenpapiere und Führerschein, Sir.«

Mit flatternden Händen öffnete Combais das Handschuhfach und durchwühlte einen Stapel Papiere und Quittungen. Derweil trommelte der Polizist auf das Wagendach, den Blick versonnen gen Himmel gerichtet. Endlich hatte Combais die Dokumente gefunden. Er wischte sich mit dem Hemdsärmel über die Stirn und der Ärmel wurde ganz dunkel von der Nässe.

Der Sergeant beugte sich vor, um die Dokumente entgegenzunehmen, und warf gleichzeitig einen Blick ins Wageninnere, dann schloss er das Handschuhfach und trat zurück, um die Papiere zu überprüfen.

Combais konzentrierte sich nur auf den Sergeant und bemerkte nicht, dass Leonardo sich an den Nissan heranpirschte wie ein Gepard an einen Bock, und als Combais den Kopf zum Fahrerfenster wandte, blickte er in den Lauf einer Tokarew. Er schnappte nach Luft und – als Katholik aus einem katholischen Land an dieses Ritual von klein auf gewöhnt – bekreuzigte er sich. Dann ein Knall, die Kugel schoss durch den Lauf, und noch ehe er einen weiteren Gedanken fassen konnte, war das Leben aus Combais gewichen.

Ungerührt ließ Leonardo die Waffe sinken und steckte sie zurück in sein Holster. Hinter ihm stand Juan, das Stopp-Schild unter dem Arm, kicherte wie von Sinnen und ging dann um den Wagen herum, um das grausige Spektakel aus einem besseren Blickwinkel betrachten und genießen zu können.

Eduardo seufzte. Jahrelanger Bürgerkrieg und Banditenwesen hatten aus dem bewaffneten Jungen, der sein jüngerer Bruder einst gewesen war, das sadistische Monster gemacht, das jetzt vor ihm stand. Die Tötung Combais' war ein Job, kein angenehmer Job, aber war sein

Tod nicht auch Teil einer alten Familienfehde? Zumindest hatte man das Eduardo gegenüber behauptet. Dennoch hegte er insgeheim Zweifel an dieser Version. Nun, wie auch immer, seine Aufgabe bestand einzig darin, Befehle von oben auszuführen.

Eduardo war an die Windschutzscheibe getreten und schüttelte angesichts der Schweinerei im Wagen den Kopf. Blut, Knochensplitter und Gehirnmasse waren im gesamten Innenraum verteilt, einschließlich der Sitze. Einiges davon war sogar durch das offene Fenster gespritzt und lag jetzt im Gras. Die Wucht des Schusses hatte Combais herumgerissen, so dass er Eduardo jetzt ansah. Das Geschoss war durch die Stirn eingetreten und hatte beim Austritt den Hinterkopf explodieren lassen. Während Juan sich eiligst daranmachte, das Stopp-Schild zurück in den Land Rover zu legen, um so wenig wie möglich von dem Spaß zu versäumen, öffnete Eduardo das Handschuhfach. Sorgfältig sichtete er den Inhalt, doch außer einer Generalstabskarte des Gebiets rund um die Mashumba Mine, auf der Cairn Brae mit einem Kringel versehen worden war, fand er nichts von Interesse. Ein zweites Exemplar der Karte wäre ganz praktisch, sagte sich Eduardo, steckte die Karte ein und legte Combais' Papiere zurück in das Handschuhfach. Unterdessen hatte sich Leonardo den Rest des Wagens vorgenommen, zwar nur oberflächlich, aber es hatte gereicht, um zu erkennen, dass es besser gewesen wäre, Combais zuerst in die Mangel zu nehmen. Eduardo hatte das so gewollt, aber Befehl war Befehl.

Eduardo ging zur Fahrertür, durchsuchte Combais' Tasche und schüttelte den Kopf, als er Leonardos fragenden Blick auffing. »Schiebt!«, befahl er Leonardo und

Juan, er selbst betätigte das Lenkrad, während der Wagen zu rollen begann, immer schneller, zuerst in das dichtere, höhere Gras, dann eine Böschung hinunter, um schließlich in einen ausgetrockneten Wassergraben zu krachen. Zufrieden, dass das Fahrzeug von der Straße aus nicht zu sehen war, liefen die Brüder zu ihrem Jeep zurück.

»Wie geht's jetzt weiter?«, fragte Juan voller Eifer.

Es gab Eduardo zu denken, wie der Kreis der Gewalt in seinem Leben immer größer wurde. In Mosambik hatten sie noch für etwas gekämpft, was sie als ihr Land betrachtet hatten, um am Ende allein auf sich gestellt zu sein und sich als Räuber und Mörder durchschlagen zu müssen. Jetzt, in einem neuen Land, fing alles wieder von vorn an, nur der Boss war ein anderer.

»Wir werden herausfinden, ob Combais auf Cairn Brae was entdeckt hat.«

»Und wenn wir's nicht herausfinden?«, fragte Juan.

»Dann müssen wir Chisunga einen Besuch abstatten.«

***

Chisungas Haus lag auf einer Anhöhe, abseits der Straße und verdeckt durch eine Gruppe spillriger, einheimischer Bäume. Ein schwarzer Wegweiser mit leuchtend gelben, gotischen Lettern informierte darüber, dass der Weg zu Martin Chisungas Haus über eine steile, steinige Auffahrt führte, die um die Anhöhe herum verlief. Das Haus war klein und abgelegen, ideal für das Vorhaben der Mosambikaner.

Chisunga aß gerade die letzten Reste einer typischen Mahlzeit – Maisgrütze und gekochtes Fleisch –, als er die Geräusche eines sich nähernden Dieselfahrzeugs vernahm. Er tunkte seine Finger in eine Wasserschale, nahm die Serviette und trocknete sich die Hände ab, während er auf die Veranda hinaustrat.

In halsbrecherischem Tempo erklomm ein grauer Land Rover den Hügelkamm vor seinem Haus, vollführte mit quietschenden Bremsen eine knappe Wendung und blieb in einer Wolke aus rotem Staub und prasselnden Steinen stehen. Der Polizist hinter dem Steuer starrte Chisunga mit kaltem Blick an. Neben ihm saß ein Sergeant und im offenen hinteren Teil des Wagens saß ein dritter Polizist.

Der Fahrer und der Sergeant sprangen behände aus dem Jeep; der Dritte sprang hinten hinunter und Chisunga bemerkte, dass er um einiges jünger war als die beiden anderen. Die drei kamen in einer Linie auf Chisunga zu und machten so eher einen bedrohlichen Eindruck, vermittelten nicht unbedingt das Maß an Sicherheit, das man sich von Polizeikräften wünscht.

Eduardo stand jetzt an den Stufen zur Veranda. »Mr. Chisunga?«

»Ja. Ist irgendwas nicht in Ordnung, Officer?«

»Ich fürchte, ich habe schlechte Neuigkeiten für Sie, Sir. Es geht um Mr. Combais. Er hatte einen Unfall.«

Bevor er die Frage ausgesprochen hatte, wusste Chisunga bereits die Antwort. »Ist er tot?«, flüsterte er mit unsicherer Stimme.

»Ich fürchte, ja. Können wir kurz hereinkommen? Wir müssen Ihnen noch ein paar Fragen stellen.«

Obwohl ihm der Schock in alle Glieder gefahren war, schrillten bei Chisunga die Alarmglocken. Sollte Combais' Tod den Jüngsten der drei Polizisten überhaupt interessieren, dann wohl nur, weil er ihn als besonders komisch empfand. Anders ließ sich das kalte, spöttische Grinsen im Gesicht des jungen Mannes nicht erklären. Dann das stark akzentuierte Englisch des Sergeants und die Tatsache, dass er ihn, Chisunga, nicht in der Nationalsprache, der Sprache der Shona, angesprochen hatte. Besorgt blickte er über die Köpfe der Polizisten hinweg hinüber zu ihrem Fahrzeug. Sicher, die graue Lackierung deutete auf ein behördliches Fahrzeug hin, doch das Nummernschild war das eines Zivilfahrzeugs.

Die drei spürten, dass ihre Tarnung kurz davor war, aufzufliegen. Als sie sich auf Chisunga zubewegten, ließ der die Serviette fallen und stellte sich in den Türrahmen, um ihnen den Weg abzuschneiden, wohl wissend, wie sinnlos dieses Unterfangen war.

»Wer sind Sie«, fragte er mit rauer Stimme. »Was wollen Sie?«

Das Versteckspiel war vorbei. Leonardo und Juan stürzten sich auf Chisunga, versetzten ihm einen heftigen Stoß, so dass er das Gleichgewicht verlor und rückwärts auf den grauen Steinfußboden fiel.

»Was wollt ihr von mir?«, schrie Chisunga verzweifelt.

Statt einer Antwort traten Leonardo und Juan zu, versetzten ihm mit ihren Stiefeln schwere Tritte.

Chisunga krümmte sich, um sich zu schützen, doch die Stiefel trafen seine Rippen, seine Nieren, seinen Unterleib. »Hört auf jetzt! Es reicht!«, rief Eduardo, und die beiden ließen augenblicklich von ihrem Opfer ab.

Chisunga versuchte, sich aufzurichten, doch der Schmerz überwältigte ihn und er sank mit einem Stöhnen wieder nach hinten auf den Boden. »Helft ihm auf, setzt ihn auf den Stuhl dort am Tisch!«, befahl Eduardo seinen Brüdern. Chisunga fühlte, wie er unter den

Achseln gepackt und über den Boden gezogen wurde, dann hievten sie ihn auf den Stuhl. Vornübergebeugt, die Arme um den schmerzenden Körper geschlungen, sah Chisunga den Sergeant an.

»Wir haben ein paar Fragen an Sie, Mr. Chisunga. Ich hoffe, Sie sind kooperativ.« Eduardo nahm eine Camel aus der Packung, zündete sie an und hielt Chisunga die Packung hin. Doch der schüttelte den Kopf.

»Gut, ich denke, wir haben uns verstanden. Mir ist ein Gespräch nämlich lieber als das hier eben. Ich mag keine Gewalt«, fuhr Eduardo fort und warf seinem jüngsten Bruder einen durchdringenden Blick zu, »aber mitunter gibt es kein anderes Mittel.«

Ihm war klar, dass dieser Mann hier harmlos und vor allem unschuldig war, um so mehr widerstrebte ihm das Ganze. Langsam, jede Silbe betonend, fragte Eduardo: »Wo ist das Gold?«

Chisungas Augen weiteten sich, und er stöhnte leise auf. Er wusste nichts von irgendwelchem Gold. Schlimmer noch war, dass sicher keiner von den dreien ihm das abkaufte. »Welches Gold?«, erwiderte er. »Ich habe keine Ahnung, welches Gold Sie meinen!«

Leonardo war im Begriff, mit geballter Faust auszuholen, wurde aber durch eine Handbewegung von Eduardo gestoppt – Eduardo hatte den Verdacht, dass Chisunga die Wahrheit sprach.

»Gut. Versuchen wir, uns der Sache anders zu nähern, mein Freund. Was wissen Sie über Rodrigo Combais?«

»Er ist aus Portugal angereist, um Nachforschungen in Bezug auf seine Familiengeschichte anzustellen. Einer seiner Vorfahren, ein Goldhändler und Abenteurer namens Pedro Combais, hat sich hier vor dreihundert

Jahren aufgehalten. Das hat mir Rodrigo jedenfalls erzählt.«

»Und warum hat er gerade mit Ihnen Kontakt aufgenommen?«

»Als Erstes hat er die Museumsverwaltung und die Nationalarchive angeschrieben. Von dort hat man ihn an mich verwiesen. Die Geschichte unserer Gegend ist sozusagen mein Hobby. An Wochenenden ziehe ich oft los und erforsche historische Stätten ... das Mashumba-Gebiet ist berühmt für seine historischen Stätten. Wenn ich irgendwas Interessantes finde – Gegenstände aus Ton oder Überreste von Befestigungsanlagen –, informiere ich das Queen Victoria Museum. Da Pedro Combais sich im Mashumba-Gebiet aufgehalten haben soll, hat man den Kontakt zwischen Rodrigo und mir hergestellt.«

Eduardo war das alles hinlänglich bekannt und er hoffte, dass die Entscheidung, Combais ohne vorherige Befragung zu töten, nicht etwas war, was er irgendwann zu bereuen hatte. Es hatte so ausgesehen, als hätten Combais und Chisunga den gleichen Kenntnisstand gehabt, als wären sie sogar Partner gewesen. Allerdings wurde Eduardos Verdacht, Chisunga tappe bezüglich des Goldes im Dunkeln, nach und nach zur Gewissheit.

»Worauf sind Sie beide gestoßen?«, wollte Eduardo wissen. »Combais soll einen aufgeregten Eindruck gemacht haben, das wurde mir zumindest berichtet.«

»Er hat mir erzählt, dass Pedro Combais nach Mosambik, in Richtung Küste, geflohen ist, als die Portugiesen aus Simbabwe vertrieben wurden. Zuvor hat er jedoch in einem alten Schacht eine Inschrift hinterlassen, die später das Familienwappen werden sollte, und zwar ein Kreuz und drei Nadeln. Ich habe ihm daraufhin gesagt, dass ich eine solche Inschrift auf Cairn Brae entdeckt habe.«

»Was waren seiner Meinung nach die Gründe, dass Pedro Combais diese Inschrift hinterlassen hat?«

»Für Rodrigo war es nur eine Art Graffito.«

»Und ... haben Sie ihm geglaubt?«

Chisunga war verwirrt. »Ich hatte keinen Grund, ihm nicht zu glauben. Seltsam fand ich's schon, dass jemand wegen einer groben Inschrift so viel Geld ausgibt und diese weite Reise unternimmt, andererseits habe ich angenommen, dass er sowohl das Geld als auch die Zeit dafür hat.«

Eduardo ließ den Stummel seiner Zigarette auf den Boden fallen und trat ihn aus. »Weiter«, sagte er.

»Wir haben uns eine Leiter beschafft, und ich habe ihn dann zu der Inschrift geführt. Zuerst war Combais richtiggehend mürrisch, wenn nicht sogar verärgert. Dann hat er sich die Zeichnung näher angesehen und wurde ziemlich nachdenklich. Unterhalb der Nadeln und des Kreuzes befindet sich eine Mondsichel. Die hat er vermutlich nicht erwartet.«

Eduardo wurde unruhig. »Aber warum war er so aufgeregt?«

»Ich weiß es nicht«, sagte Chisunga verzweifelt. »Als wir wieder oben waren, schien er an mir vorbeizustarren, als hätte er einen Tagtraum oder wäre irgendwie in Gedanken. Dann hat er mich umarmt und sich bedankt.«

»Haben Sie irgendwo was zum Schreiben?«, fragte Eduardo. Chisunga wies auf das Telefontischchen in der Ecke.

Eduardo nickte Juan kurz zu, der ging hinüber zu dem Tischchen, kam mit Block und Kugelschreiber zurück und legte beides vor Chisunga auf den Tisch.

»Zeichnen Sie bitte, was Sie im Schacht gesehen haben«, sagte Eduardo.

Obwohl sich Chisunga im Laufe des Gespräches gefangen hatte, bemerkte er jetzt, da er den Kugelschreiber hielt, wie seine Hände zitterten. Er zeichnete die Inschrift nach, so gut es eben ging, und bemühte sich insbesondere bei der Darstellung der Mondsichel. Sie befand sich in der Horizontalen und wurde durch eine vertikale Mittellinie in zwei kleinere Halbmonde geteilt. Einer der Halbmonde war dünner als der andere. Dann fügte er etwas hinzu, was er fast vergessen hätte: Außerhalb des konkaven Halbmondes hatte sich noch ein Punkt befunden. Als Chisunga Eduardo den Notizblock reichte, riss der Mosambikaner die Seite mit der Zeichnung ab und steckte sie ein. »Wir sind hier fertig. Legt ihn hinten in den Land Rover«, sagte er zu seinen Brüdern.

Mit schnellen Schritten verließ er das Haus, zündete sich draußen eine neue Zigarette an, ging zum Wagen und wollte einsteigen. Sein Blick richtete sich genau in dem Moment auf die Veranda, als Chisunga die Stufen hinuntergestoßen und wieder auf die Füße gezerrt wurde, um gewaltsam in den Jeep verfrachtet zu werden.

Mit gezogener Pistole kletterte Juan hinterher.

»Legen Sie sich besser hin und halten Sie den Mund«, lautete Eduardos Warnung an Chisunga, »sonst wird Juan Sie mit dem allergrößten Vergnügen töten.«

***

Seit einem halben Jahrhundert wurde die Grube auf der Kentucky Farm nicht mehr genutzt. Man hatte sie stillgelegt, nachdem die Ader nichts mehr hergegeben hatte.

Die Grube war drei Meter breit und insgesamt zwanzig Meter tief, allerdings lauerten vierzehn Meter davon unter der dunklen Oberfläche des verdreckten Wassers. Durch ihre glitschigen Seiten geriet die Grube zur tödlichen Falle für jedes unachtsame Tier, das sich zu nah an den Rand wagte; die Knochen und Kadaver auf dem Grund sprachen jedenfalls Bände.

Leonardo fuhr auf einem der unbefestigten Wege, die kreuz und quer über das gesamte Farmgelände verliefen. Die Mosambikaner waren zwei Tage zuvor per Zufall auf die Grube gestoßen, als sie ganz in der Nähe ihr Lager aufgeschlagen hatten, und sie waren sich darin einig, dass dieser Ort für ihr Vorhaben bestens geeignet sei.

Der Land Rover hielt. Grauer Schutt umgab die Grube, eine düstere Mahnung an ein Vermögen, das nie gemacht wurde, und an einen von vielen Hoffnungsfrohen, der sich wirtschaftlich ruiniert hatte.

»Aussteigen!«, befahl Eduardo, und Juan trieb den Gefangenen mit einem Tritt an, das Fahrzeug zu verlassen. Chisunga fühlte sich wie ein Tier auf dem Weg zur Schlachtbank und wusste, dass genau das einträte, von dem er gehofft hatte, das es nicht eintreten werde. Er stolperte, fiel auf die Knie und spürte die scharfen Granitsplitter durch den Stoff seiner Hose. »Bitte! Ich werde nichts sagen! Sie müssen mich nicht umbringen!«, flehte er die Mosambikaner an.

Mit einem Ausdruck hämischer Verachtung beugte sich Juan hinunter zu ihm und packte seinen Arm. Eduardo gab Leonardo ein Zeichen mit dem Kopf und der packte daraufhin Chisungas anderen Arm. Chisunga versuchte, sich aus den eisenharten Griffen zu befreien, war aber einfach zu schwach.

Unerbittlich schleiften die beiden Mosambikaner ihn weiter. Vergeblich suchten seine Füße nach Halt auf dem lockeren Schutt. Dann zerrte man ihn über durchtrennten Stacheldraht.

»Nein! Bitte nicht!«, schrie er, als er in den Abgrund der Grube blickte.

»Eins, zwei – «, skandierte Juan, als befänden sie sich auf einer Sportveranstaltung, » – drei«, und jetzt beförderten sie Chisunga in die Tiefe.

Als er das schwarze Wasser auf sich zukommen sah, stieß Chisunga einen gellenden Schrei aus. Dann der Aufprall. Chisunga tauchte unter, doch es gelang ihm, sich wieder an die Wasseroberfläche zu kämpfen, obwohl er alles andere war als ein guter Schwimmer. Hustend und keuchend schwamm er durch die schwarze Brühe, die nach faulen Eiern roch – Nachwirkung der Sprengaktivitäten, die das Wasser in all den Jahren mit Schwefelwasserstoff verseucht hatten.

Chisunga hatte jetzt den Rand der Grube erreicht und suchte nach einem Halt, aber da war nichts. Er arbeitete sich mehrere Male um den gesamten Rand herum, doch die Seiten waren glatt und schleimig, alle Versuche, der Grube zu entkommen, scheiterten. Müde und erschöpft, den eigenen Tod vor Augen, fragte er sich, ob sein Geist auf diese Weise jemals zur Ruhe komme. Wenn man seinen Körper nicht fände und die Riten nicht ausführen konnte, die für die Freiheit seines Geistes notwendig waren, wäre sein Geist dazu verdammt, bis in alle Ewigkeit umherzuirren. Ein letztes Mal unternahm er den Versuch, sich an den Seiten der Grube hochzuziehen, doch es verließen ihn die Kräfte und er sank zurück in dunkles Vergessen.

Die Mosambikaner tauschten ihre Uniformen gegen Zivilkleidung; alle drei wollten so schnell wie möglich zurück in die Anonymität von Mbare, eines Townships am Rande von Harare. Allerdings mussten sie sich zuerst mit dem Chef in Verbindung setzen. Also fuhren sie zurück zu Martin Chisungas Haus. Eduardo sprang aus dem Land Rover, stieg die Verandastufen hoch und ging direkt zum Telefon. Mit einem Blick auf die Uhr vergewisserte er sich, dass er weder zu früh noch zu spät dran war, zog anschließend eine Visitenkarte des Harare Sheraton Hotels aus der Tasche, wo Combais abgestiegen war, und wählte die Nummer.

»Guten Tag. Sheraton Hotel. Was kann ich für Sie tun?«, leierte eine Frauenstimme.

»Guten Tag. Ich würde gern mit Senhor Rodrigo Combais sprechen.« Er sah auf die Rückseite der Karte. »Zimmer fünf-eins-sieben.«

»Einen Moment bitte, Sir.«

Eine Serie von Klickgeräuschen unterbrach die Stille im Hörer, dann wurde am anderen Ende abgenommen.

»Chef?«

»Ja. Was gibt es?«

»Die beiden Pakete sind aufgegeben worden und es gibt Hinweise auf den Standort der Quelle.«

»Gute Arbeit. Ich denke, wir können über einen Bonus nachdenken.«

»Ich danke Ihnen«, sagte Eduardo, doch am anderen Ende war bereits aufgelegt worden. Verärgert über die brüske Art des Chefs, legte Eduardo ebenfalls auf und ging zurück zum Land Rover. Als sie davonfuhren, pfiff Juan leise eine Melodie, die während des Guerillakrieges bei den MNR-Banditen populär gewesen war.

Fünftes Kapitel

Es war ein Samstag im April, der erste Samstag in den Schulferien. Die Tage zogen sich endlos dahin wie eine Kette von Bergspitzen, die hinter dem Horizont verschwinden. Obwohl Simbabwe auf den Winter zuging, war es tagsüber immer noch heiß, wenn auch nicht glühend heiß. Allerdings war die Luft in den Morgen- und Abendstunden empfindlich frischer und alles und jeder warf längere, nicht mehr ganz so scharf gezeichnete Schatten.

Carter saß auf einer Parkbank neben dem von einer Palisade aus blassgrünem Holz umgrenzten B-Green des *Harare City Bowling Clubs.* Machaya hatte vorgeschlagen, sich hier zu treffen. Am Telefon hatte es nach einer dringenden, aber auch geheimnisvollen Angelegenheit geklungen, einer Angelegenheit, die man nur unter vier Augen erörtern sollte.

Zwei Männer Ende fünfzig, Anfang sechzig, beide in blendendes Weiß gekleidet, spielten Bowls. Der eine war schmal wie ein Handtuch, der andere hatte einen Wanst, der hin und her wabbelte, als hätte er ein Eigenleben. Beim Anblick der beiden Männer musste Carter unwillkürlich an Laurel und Hardy denken. Der Bowl des Dicken hatte gerade den seines Gegners an- und vom Jack weggestoßen. Carter klatschte höflich Beifall, woraufhin der Dicke seinen Hut lüftete.

An diesem heiteren Morgen hatte eine melancholische Stimmung sich Carters bemächtigt. Bereits das Aufwachen war schrecklich gewesen, als ihm ohne erkennbaren Grund plötzlich bewusst geworden war, dass er auf die vierzig zuging. Vermutlich hat jeder Alleinstehende in diesem Alter Anwandlungen von Selbstzweifel und Momente der Torschlusspanik, sagte sich Carter. Wie die Karrieristin, die noch nicht bereit ist für Ehe und Kinder und irgendwann realisiert, dass die biologische Uhr unbarmherzig tickt. Oder der eingefleischte Junggeselle, der erkennen muss, dass nur die baldige Gründung einer Familie einen Altersunterschied zwischen ihm und seinem künftigen Nachwuchs verhindern kann, der dem zwischen Großvater und Enkeln entspräche.

Carters Gedanken drifteten ab und waren jetzt bei Maria. Nicht zum ersten Mal plagten ihn Gewissensbisse wegen seiner Zweifel, ob ihre Heirat überhaupt ratsam gewesen sei. Während ihrer gesamten Ehe hatte Maria sich nie etwas anmerken lassen und stets Gleichmut zur Schau getragen, obwohl sie im Innersten sehr darunter gelitten hatte, nicht akzeptiert und von der weißen Gesellschaft bestenfalls geduldet zu werden, weil ihr Ehemann ein Weißer war. Immer hatte er sie in Gegenwart Weißer angespannt erlebt, immer war sie auf der Suche gewesen nach Anspielungen oder verdeckten abfälligen Bemerkungen. Noch im Nachhinein bedauerte er Maria, aber auch sich selbst, und das Schuldgefühl nagte an ihm, weil er sich fragte, ob ihre Verbindung vielleicht ein Fehler gewesen sei.

Der Dünne spielte seinen Bowl und schubste dabei den Jack in den Graben, was bedeutete, dass das Spiel ohne Wertung beendet war und niemanden mehr interessierte, dass der Spieler soeben noch hinten gelegen hatte. Der vollführte ein Freudentänzchen, hielt jedoch sofort inne, als ihm bewusst wurde, wie unangebracht sein Verhalten – gemessen an der Würde des Spiels – war. Carter, aus seinen Tagträumen gerissen, applaudierte erneut und der

Spieler dankte es ihm mit einer angedeuteten Verbeugung.

Dieses kleine Intermezzo hatte Carters Trübsal vertrieben und er dachte jetzt mit Stolz an Emily. Gescheit, hübsch und eine perfekte Athletin, war sie für ihn die sprichwörtliche Erdachse, um die sich alles drehte. Ihm tat es leid, dass sie während der Ferien so viel Zeit allein zu Hause verbrachte, als fühle sie sich verpflichtet, sich um ihren Vater zu kümmern. Er nahm sich fest vor, sie zu ermuntern, mehr mit ihren Freunden zu unternehmen, und er nahm sich vor, sein Versprechen einzulösen, ein paar Tage am Lake Kariba mit ihr zu verbringen.

»Was dagegen, wenn ich mich setze?«

Carter fuhr herum und war erst einmal geblendet von der Sonne. Dann sah er Tatenda Machaya. »Eigentlich hätte ich deine Quadratlatschen drei Meilen gegen den Wind hören müssen, aber ich war ganz in Gedanken. Setz dich doch.«

Machaya setzte sich, ein sibyllinisches Lächeln auf den Lippen, und er kam gleich zur Sache: »Wir haben einen Job für dich, Jim.«

Die beiden Männer starrten einander an. Carter war verblüfft, konnte nicht glauben, was er soeben gehört hatte, und erwiderte einen Tick zu schnell: »Nein! Damit habe ich abgeschlossen. Als Polizist bin ich weg vom Fenster.«

»Aber ich hab dir ja noch nicht mal erzählt, worum es geht.«

»Ich will es auch gar nicht wissen. Ich hab's Maria versprochen.«

Das Argument klang wenig überzeugend, und Machaya ergriff die Initiative.

»Schau dich doch mal an, Jim. Du und Lehrer – dafür bist du nicht geschaffen.«

»Hör zu, Tatty, mein Job füllt mich aus. Ich schaffe nämlich etwas und zerstöre nichts. Wie soll man Erfüllung in einem Job finden, bei dem es darum geht, bewaffnete Gangster über den Haufen zu schießen oder Teenager, die an einer Überdosis gestorben sind, in Leichensäcke zu packen?«

»Weil man vielleicht um die Autorität und Verantwortung weiß, die man hat, um diese Dinge zu verhindern oder, wenn möglich, dafür zu sorgen, dass sie sich nicht wiederholen. Es kann doch keine Erfüllung sein, vor einer Horde Kinder zu stehen und ihnen zu erzählen, wie ungezogen es ist, zu stehlen oder Drogen zu nehmen, und ihnen womöglich noch die zehn Gebote einzubläuen. Du bist wirklich der Letzte, von dem ich das erwarte, Jim.«

»Zumindest hast du's erwartet, als es um deine Tochter ging.«

Machaya sprang auf. »Das ist nicht fair, Jim. Julia hat damit rein gar nichts zu tun!«, rief er aus.

Die beiden Bowls-Spieler hielten inne im Abmessen und starrten herüber; die Empörung über ein Benehmen, das eines Gentlemans nicht würdig war, stand beiden ins Gesicht geschrieben.

»Setz dich!«, stieß Carter zwischen den Zähnen hervor, wohl wissend, dass er Machayas wunden Punkt getroffen hatte. »Setz dich endlich wieder hin«, sagte er noch einmal und fuhr fort: »War nicht so gemeint. Es tut mit leid. Wie geht's Julia überhaupt? Was macht sie?«

Machaya setzte sich wieder auf die Bank.

»Entschuldige, Jim, ich habe wohl etwas überreagiert.

Aber diese Geschichte mit Julia ... sie ist zwar Monate her, doch sie ist nun mal passiert, und als Vater steckt man so etwas nicht so einfach weg. Gerade du müsstest das doch verstehen. Was Julia betrifft ... sie ist gut eingeschlagen. Sie ist jetzt auf dem Revier im Zentrum, läuft dort Streife. Aber nach allem, was man so hört, hat sie das Zeug zu mehr. Im Schießen war sie die Beste ihrer Klasse, egal, ob Pistole oder Gewehr«, berichtete Machaya. »Und ihre Zeugnisse belegen das«, fügte er mit sichtlichem Stolz hinzu. »Vor allem aber ist sie mit ganzem Herzen bei der Sache.«

Carter lachte und konnte sich eine kleine Stichelei nicht verkneifen. »Das mit dem Schießen kaufe ich dir sogar ab, ohne Julias Zeugnisse gesehen zu haben.« Doch seine aufgeräumte Miene war Fassade, im Innern beschäftigte ihn sein Versprechen, das er mehr und mehr infrage stellte, und er verfluchte es nahezu, dass Machaya ihn in dieser labilen Stimmung angetroffen hatte. Doch der alte Freund schien in ihm lesen zu können wie in einem offenen Buch, denn jetzt zog er die Stirn in Falten, grinste und fing schallend an zu lachen. »Du denkst über den Job nach! Deshalb bist du so bissig. Du willst den Job.«

Der dünne Bowls-Spieler stand mit dem rechten Fuß auf der Fußmatte, bereit, zu spielen. Ein Runzeln der Augenbrauen und ein etwas lauteres Hüsteln, mehr war nicht nötig, um Machayas Gelächter den Garaus zu machen und es in einem unterdrückten Kichern ausklingen zu lassen.

»Lass uns ein paar Schritte gehen«, sagte Carter, erhob sich und strebte sehr zur Erleichterung der Bowls-Spieler dem Ausgang zu. Direkt hinter dem Ausgang des Bowls-Klub befanden sich die Monomatapa-Gärten. Carter und

Machaya gingen schweigend nebeneinander her. Als sie vor der körnigen, braunen Fiale des Kriegerdenkmals standen, die wie ein mahnender Zeigefinger in die Luft stach, meinte Carter nachdenklich: »Ich frage mich manchmal, ob es im Sinne der Gefallenen war, dass man ihnen zu Ehren Geld für ein derartiges Monument ausgegeben hat. Ihnen wäre etwas Sinnvolles sicherlich lieber gewesen, ein Waisenhaus oder Krankenhaus zum Beispiel.«

»Du hattest schon immer mehr von einem Philosophen und Idealisten, als für einen Polizisten gut ist«, konstatierte Machaya.

»Als sie mich vor die Tür gesetzt haben, hatte es geheißen, ich sei impulsiv und würde über die Stränge schlagen«, gab Carter zurück.

Wieder verfielen sie in Schweigen und schlenderten auf das Monomatapa Hotel zu, das über ihnen aufragte. Auf dem Bürgersteig saß eine blinde Bettlerin. Sie sang *Jerusalem* und klatschte dazu in die Hände, eine Schale aus angestoßenem Emaille vor sich, in der ein einsamer Cent lag. Carter bückte sich und ließ einen Dollar in die Schale fallen. Das Klappern der Münze animierte die Frau zu einem geklatschten Dankeschön.

»Um welchen Fall handelt es sich, Tatty? Nein, lass mich raten. Es geht um den Mord an Rodrigo Combais, stimmt's?«

»Immer noch der alte Angeber«, sagte Machaya mit einem Schmunzeln.

»Nicht wirklich. Außerdem stand ja alles darüber in den Zeitungen. *Polizei ohne Anhaltspunkte,* lautete nicht so eine der wohlwollenderen Schlagzeilen? Im tiefsten Afrika wird ein bekannter portugiesischer Geschäftsmann auf mysteriöse Weise ermordet, und trotz Drängens seitens der Regierung und der Diplomaten ist die Polizei der Lösung des Falles keinen Schritt näher gekommen. Eine missliche Situation für die Truppe, dieser Druck von allen Seiten. Also, wie soll der Deal aussehen? Will man mich wieder versetzen oder man könnte auch sagen, aus der Versenkung holen?«

»Dein Sarkasmus ist mir gegenüber fehl am Platze, Jim. Als Polizist der Reserve stehst du immer noch auf der Aktivenliste. Wenn wir wollten, könnten wir dich jederzeit einberufen, aber wir würden dich nie dazu zwingen. Ich habe dem Chief Superintendent vorgeschlagen, dich in der Eigenschaft als Sonderermittler zu übernehmen, und er war einverstanden. Ein Monat Ermittlungen, und unsere Leute haben praktisch nichts herausgefunden. In meinem Wagen liegt ein Dossier, da steht alles drin, was wir über den Fall zusammengetragen haben. Um deine Übernahme als Sonderermittler kümmert sich das Innenministerium, und das Tourismusministerium hat sich bereit erklärt, alle Kosten, die dir im Rahmen deiner Ermittlung entstehen, zu übernehmen. Das bekommst du sogar schriftlich.«

»Das Ministerium für Tourismus? Was haben die denn damit zu tun?«

Machaya sah betroffen, wenn nicht sogar verlegen drein. »Der Mord an Combais hat weit reichende Folgen und schadet Simbabwe auch in finanzieller Hinsicht. In ihrer Berichterstattung über den Mordfall Combais waren die westlichen Medien nicht gerade zimperlich. Man hat das Land als Gefahr für Touristen dargestellt und die Polizei als einen Haufen unfähiger Idioten. Denk mal an Ägypten, als militante Islamisten Touristen als

Zielscheibe für sich entdeckt haben. Das hatte starke Einbrüche in Sachen Tourismus zur Folge. Devisen in Millionenhöhe gingen verloren. Noch sind wir nicht an dem Punkt, doch die Portugiesen drängen auf Ergebnisse und die ausländischen Medien haben uns im Visier. Niemand kann wollen, dass Regierungen ihren Bürgern abraten, nach Simbabwe zu reisen, so wie es im Falle gewisser Gegenden mit hoher Gewaltbereitschaft gang und gäbe ist.«

Carter zog die Brauen zusammen und widersprach vehement: »Wir sind hier nicht in Ägypten oder in Miami! Zwar werden auch bei uns Jahr für Jahr ein paar Touristen beklaut oder überfallen, aber das passiert doch überall. Wenn's um Straftaten an Touristen geht, spielen wir wohl kaum in einer Liga mit anderen afrikanischen Staaten wie Kenia, um ein Beispiel zu nennen. Es kann doch nicht sein, dass ein einziger Mord so viel Furore macht.«

»Die Medien haben ihre eigenen Gesetze, und leider haben sie es sich nun mal in den Kopf gesetzt, dass Simbabwe sehr wohl in einer Liga mit Kenia spielt, also müssen wir die Situation entschärfen. Dieser eine Vorfall mit einem Touristen wird unglaublich hochgespielt, doch eine schlechte Presse in Übersee könnte nun mal unsere Tourismusbranche empfindlich treffen.«

»Für mich klingt das so, als ginge es dir bei der Aufklärung des Falles weniger darum, den Mord an Combais zu sühnen, als vielmehr den Verlust von Devisen zu verhindern.«

»Sei nicht zynisch, Jim. Egal, wer Combais auch war, ich will, dass seine Mörder für ihre Tat bezahlen. Die anderen Aspekte dieses Falles sind völlig nebensächlich.«

Die beiden Männer hatten den Weg verlassen und gingen jetzt über eine mit Gras bewachsene Freifläche, hinüber zu der von Bambusstauden und Palmen umsäumten Freilichtbühne in der Mitte. Sie setzten sich auf die Stufen der Bühne und sahen hinüber zum Monomatapa Hotel. Die konkave Architektur des Hotels machte es zu einem von Carters Lieblingsgebäuden in Harare; benannt war es nach dem Königreich, dessen Könige in ferner Vergangenheit über Simbabwe geherrscht und sehr lange den Vorstößen der Portugiesen widerstanden hatten, das Land unter ihre Knute zu bringen.

»Was kannst du mir über den Fall sagen, Tatty?«

»Dann nimmst du also an?«, frohlockte Machaya.

Carter wehrte sofort ab. »Das hab ich nicht gesagt. Bevor ich mich entscheide, möchte ich von dir etwas über die Hintergründe wissen.«

»Rodrigo Combais reiste vor fünf Wochen aus Lissabon hier an, landete auf dem Harare International Airport, mietete sich einen gelben Nissan Sunny, fuhr in die Stadt und nahm sich ein Zimmer im Harare Sheraton – Zimmer 517, um genau zu sein. Er kam mit einem Touristenvisum, und allem Anschein nach diente der Zweck seiner Reise Nachforschungen über seine Familiengeschichte. Offenbar hatte sich einer seiner Vorfahren – Pedro Combais – vor einigen hundert Jahren im Mashumba-Gebiet aufgehalten. Combais' erste Anlaufstelle war das Queen Victoria Museum und dort wurde ihm gesagt, er solle mit Ms. Cecelia Drake sprechen. Sie besteht auf die Anrede *Ms.*«

»Und wer genau ist *Ms.* Cecelia Drake?«

»Eine attraktive Schwarze«, Machaya zwinkerte Carter zu, »Leiterin der Prähistorischen und der Portugiesischen Abteilung des Museums. Sie verwies Combais an die

Nationalarchive, die dem Museum unterstehen.«

»Stopp mal, Tatty. Warum hat sie Combais an die Nationalarchive verwiesen?«

»Sie hat erklärt, sie sei Archäologin, Spezialgebiet Vor- und Frühgeschichte, und habe keine hinreichenden Kenntnisse, was die Ära der Portugiesen in Simbabwe betrifft. Man habe ihr die Portugiesische Abteilung aus Kostengründen aufgehalst, um keinen weiteren Mitarbeiter einstellen zu müssen. Ms. Drake schickte Combais zu Professor Armitage, einem anerkannten Experten auf diesem Gebiet. Drei Tage die Woche lehrt er portugiesische Sprache, Literatur und Geschichte an der Universität von Simbabwe, und dienstags und donnerstags betreibt er seine Forschungen in den Nationalarchiven. Er hat dort ein zweites Büro. Die Veröffentlichungen des Professors über die Geschichte der Portugiesen im südlichen Afrika umfassen mittlerweile siebzehn Bände.«

»Armitage. Der Name hört sich nicht gerade portugiesisch an«, warf Carter ein.

»Carter klingt auch nicht sonderlich afrikanisch«, entgegnete Machaya trocken.

»Hast du auch wieder Recht«, sagte Carter lachend.

»Wie auch immer, jedenfalls suchte Combais Armitage in den Nationalarchiven auf. Allerdings ist dort nur wenig über Pedro Combais dokumentiert. Am Ende stieß man auf das Mashumba-Gebiet. Dort hatte es einst eine portugiesische Handelsstation gegeben, wo sich Pedro Combais gegen Ende der portugiesischen Besatzung aufgehalten hatte.«

»Das fand ich sowieso merkwürdig«, sagte Carter. »Das Mashumba Tal, also der Tatort, liegt abseits der Touristenzentren. Warum haben die vom Ministerium das der

Presse gegenüber nicht stärker herausgestellt?«

»Das haben sie, aber um der Story willen lässt man Tatsachen gern mal außen vor.«

»Mit wem sollte Combais im Mashumba-Gebiet Kontakt aufnehmen? Ohne dem wär's ja wohl nicht gegangen, oder?«

»Drake und Armitage haben Combais an Martin Chisunga verwiesen, den technischen Leiter der Mashumba Mine. Chisunga hatte sich in seiner Freizeit sehr viel mit Archäologie und lokaler Geschichte befasst. Er tauchte oft im Queen Victoria Museum auf, mal mit alten Tonscherben oder um Fundstätten zu melden, die er entdeckt hatte. Ab und an besuchte er die Nationalarchive, um irgendetwas zu recherchieren. So lernte Armitage ihn kennen.«

»Ist Chisunga immer allein unterwegs oder hat er jemanden, der seine Vorliebe teilt?«

»Ja, den Sicherheitsbeauftragten der Mine. Ein älterer Weißer namens Grenville. Die beiden zogen immer gemeinsam los, war so eine Art Wochend-Hobby für sie.«

»Wenn du von diesem Chisunga sprichst, dann immer im Imperfekt, Tatty.«

Machayas Blick glitt über die Fassade des Hotels.

»Das ist auch eins von den losen Enden, mein Freund. Chisunga verschwand an dem Tag, als Combais ermordet wurde. Wie wir von seinem Büro erfahren haben, ging er am Vormittag los, um sich mit Combais zu treffen und ihm einige historische Stätten zu zeigen. Entgegen seiner Ankündigung ist er am Nachmittag nicht mehr zurückgekommen.«

»Also gehört er in den Kreis der Verdächtigen?«

»Nach allem, was wir wissen, ist das eher unwahrscheinlich. Alle beschreiben ihn als seriösen, hart arbeitenden Junggesellen, eine ehrliche Haut und beliebt bei seinen Kollegen. Als wir Chisunga zwecks Befragung aufsuchten, stand sein Auto vor dem Haus, er selbst aber war verschwunden.«

»Gekidnappt?«

»Möglich.«

»Was ist mit Spuren?«

»Hier sprichst du einen äußerst befremdlichen Sachverhalt an. Wir haben drei Sätze frischer Fingerabdrücke gefunden, sowohl an Combais' Mietwagen als auch in Chisungas Haus. Sie stimmen weder mit den Abdrücken von Combais' Leiche überein noch mit denen von Chisungas Ausweisantrag. Wer auch immer Combais getötet und sich in Chisungas Haus aufgehalten hat, war entweder nachlässig oder hielt es für überflüssig, sich um Fingerabdrücke zu kümmern.«

»Konntet ihr die Fingerabdrücke zuordnen?«

»Nein, nicht einen. Was im Grunde auch nicht überraschen kann. Im Klartext heißt das jedenfalls, dass keiner der mutmaßlichen Täter bisher erkennungsdienstlich erfasst wurde.«

»Merkwürdig«, kommentierte Carter nachdenklich. Geschickt hatte Machaya die Fakten vor ihm ausgebreitet, sie Carters Ego wie einen Köder hingehalten.

»Okay«, sagte er schließlich, »du hast es geschafft, ich hab angebissen und übernehme den Fall.«

Machaya stieß einen Seufzer der Erleichterung aus. »Ich werde dein Verbindungsmann zu unseren Leuten sein, Jim. Egal, was du brauchst, ich habe, wenn man so will, unbeschränkte Vollmacht.« Sehr zu Carters Belustigung überreichte er ihm eine Visitenkarte. »Hier ist die

Nummer, unter der du mich tagsüber und auch außerhalb der Dienstzeit erreichen kannst. Wenn ich nicht im Büro bin, hinterlass eine Nachricht. Die informieren mich über Pager.«

»Visitenkarte und Pager«, Carter musste lachen. »Was läuft denn da bei unserer Truppe?«

Mit gespieltem Ernst erwiderte Machaya: »Wir gehen eben mit der Zeit, alter Junge. Und man weiß ja nie, wenn alles klappt, bist du womöglich bald wieder bei der Truppe und Nutznießer der neuen Technologien und des ganzen Krimskrams.«

»Da sei Gott vor!«, rief Carter aus, doch ein Teil von ihm konnte es kaum erwarten, wieder mit dem Reiz und dem Risiko konfrontiert zu werden. »Das ist und bleibt eine Ausnahme, um der alten Zeiten willen.« Aber Carter war sich nicht sicher, wen er mit diesem Spruch überzeugen wollte, sich selbst oder Machaya.

Machaya packte Carters Hand und schüttelte sie energisch. »Du wirst deinen Entschluss nicht bereuen«, sagte er enthusiastisch, um sogleich in gemäßigterem Ton fortzufahren: »Man hat uns eine Woche zugestanden, dann wollen sie Ergebnisse. Der Innenminister und der Tourismusminister hatten vor allem Bedenken, weil ich dich wieder ins Boot holen will.«

Carter war dennoch zuversichtlich. »Eine Woche ist eine Menge Zeit, um herauszufinden, ob der Fall heiß oder kalt ist.«

Sie standen auf und gingen den Weg zurück, den sie gekommen waren. Die Blinde sang jetzt ein religiöses Lied in der Sprache der Shona, das nicht ganz zur Melodie von *Auld Lang's Aye* passen wollte. Carters Dollar war längst in den Falten ihres schäbigen Kleides verschwunden und wie zuvor lag nur der einsame Cent in der Emailleschale. Machaya fischte zwei Fünfzigcentstücke aus seiner Tasche und warf sie in die Schale. Und wieder klatschte die Frau in die Hände, um sich zu bedanken.

»Wir haben alles so arrangiert, dass du Montag anfangen kannst«, sagte Machaya. »Wir treffen uns im Oasis Hotel, das macht die Sache weniger offiziell. Sagen wir neun Uhr, also nicht ganz so früh. Dort kannst du auch den Wagen übernehmen, denn ich glaube, du brauchst etwas Stabileres als deinen Peugeot. Einer von unseren Jungs kann dein Auto dann bei dir zu Hause abstellen. Außerdem wird dir ein Assistent zugeteilt. Fällt dir spontan jemand ein, von früher, meine ich? Du hast völlig freie Hand, was das betrifft.«

»Hört sich fast so an, als wolltest du mich unter Beobachtung stellen.« Carter grinste durchtrieben. »Ich brauche jemanden, dem ich uneingeschränkt vertrauen kann. Und da es auch gefährlich werden könnte, muss es jemand sein, der in der Lage ist, sich zu verteidigen – ein guter Schütze zum Beispiel.«

Machaya richtete sich kerzengerade auf, als ihm dämmerte, was Carter eben gesagt hatte.

Der legte einen Arm um die Schulter seines Freundes. »Ja, ich glaube, Julia würde eine gute Assistentin abgeben. Und bevor du protestierst, Tatty, denk an die Erfahrungen, die sie sammeln wird. Erinnere dich, wie wir über den Streifendienst gedacht haben. Julia wird sich mit Begeisterung dieser Herausforderung stellen. Sie ist zwar noch nicht so lange dabei, aber sie kann mit einer Waffe umgehen, und gefährliche Situationen gibt es auch im Streifendienst. Außerdem«, er stieß Machaya mit dem

Ellbogen in die Seite, »fließt genügend Kriminalistenblut in ihren Adern.«

Machaya nagte an seiner Unterlippe. Er kämpfte mit sich; einerseits der besorgte Vater, andererseits überzeugt von den Fähigkeiten seiner Tochter, sah er am Ende ein, dass Julia ein Recht auf diese Chance hatte. »Sie wird am Montag im Oasis sein«, sagte er. »Ich werde ihre Dienststelle in Harare in Kenntnis setzen, damit die sie freistellen.«

»Ich möchte Julia gern persönlich informieren, und zwar bevor *du* mit ihr sprichst. Ich muss hundertprozentig sicher sein, was ihre Zuverlässigkeit betrifft.«

Machaya schien sich noch nicht so recht mit dem Gedanken anfreunden zu können. Er zögerte, dann sagte er: »Sie ist jeden Sonntagvormittag mit Kollegen im Chesterfield Shooting Club nahe der Arcturus Road. Das Ganze hat was vom Wilden Westen, man muss seine eigenen Zielscheiben mitbringen und für die Benutzung des Schießstandes bezahlen.«

»Dann werde ich sie morgen dort mal besuchen. Bis dahin erzähle ihr bitte nichts. Nicht dass du noch versuchst, sie davon abzubringen.«

Machaya stimmte zu, wenn auch widerstrebend.

An der Park Street wartete ein Polizei-Santana auf Machaya, daneben, in gebührendem Abstand, ein Polizist in mustergültiger Uniform. Machaya schnippte mit den Fingern, daraufhin holte der Polizist einen Aktenordner aus dem Wagen und reichte ihn Machaya – das Dossier über den Mordfall Combais. Machaya schlug die Akte auf, und zuoberst lag ein khakifarbener Umschlag mit der Aufschrift *Regierungsauftrag.*

Machaya hielt Carter den Umschlag hin. »Wir waren

so frei, schon mal einen Dienstausweis auf dich ausstellen zu lassen, und dein so genannter Freibrief vom Tourismusministerium ist auch dabei.«

»Ihr wart euch ja verdammt sicher, dass ich annehmen würde«, spöttelte Carter.

Der Polizist sah hinunter auf seine Stahlkappenschuhe. »Wir haben schon mit dir gerechnet, und ich hatte so eine Ahnung, dass du dich bereit erklärst, für uns zu arbeiten«, erwiderte Machaya.

Carter nahm Umschlag und Dossier, verabschiedete sich und schlenderte zurück zum *Harare City Bowling Club*. Er brauchte jetzt etwas Ruhe, um nachdenken zu können. Das Monomatapa Hotel ragte bedrohlich empor, sein heimtückischer Schatten wurde größer und bedeckte alles vor dem Gebäude mit kalter Dunkelheit. Carter dachte über den Fall nach, auch über dessen Komplexität. Verfügte er, Carter, noch über die für Ermittlungen so notwendigen Instrumente? Waren seine Fähigkeiten noch vorhanden, so wie vor drei Jahren, oder war er ausgebrannt?

»Aber du hast es versprochen, Daddy«, sagte Emily störrisch.

Carter hatte inzwischen genügend Erfahrung und wusste, wie schwierig Teenager sein können, aber heute verhielt sich Emily einfach unmöglich. Sie lag wie eine Königin auf dem Sofa, die Fernbedienung des Videorecorders wie ein Zepter in der Hand. Kaum hatte er das Thema angeschnitten, hatte sie den Ton leiser gestellt, eine Geste, die ihm das Gefühl vermittelte, er stünde wie ein dummer Schuljunge vor seiner Rektorin. Es schien, als besäßen Töchter die erstaunliche Gabe, voreilig gegebene Versprechen aufzubewahren, um sie nach Gutdünken hervorzuholen: Vergangenheit wiederkäuen, um das Opfer zu ermahnen.

»Ich weiß, ich habe versprochen, nie wieder zur Polizei zurückzugehen, aber das hier ist etwas anderes. Ich bin Sonderermittler«, lautete sein schwaches Plädoyer.

»Das ist dasselbe. Und der Urlaub? Du hast versprochen, mit mir nach Kariba zu fahren.«

Das zweite gebrochene Versprechen. Mein Gott, dachte er. »Es geht doch nur um eine Woche. Vielleicht noch nicht mal so lange. Zehn Tage höchstens. Du kannst bei deinem Großvater in Mount Longden bleiben.«

»Oh, tausend Dank. Ich, ein Mädchen aus der Stadt, und du schickst mich aufs Land! Hast du eine Ahnung, wie die einen demütigen können, wenn man jemanden falsch grüßt oder auf andere Weise gegen die Umgangsformen verstößt? Als Mädchen wird man dort wie eine Sklavin behandelt. Und jemand mit meiner Hautfarbe wird nie eine anständige afrikanische Enkeltochter werden.«

Carter unterdrückte seinen Ärger und drohte ihr scherzhaft mit dem Zeigefinger. »Red nur so weiter und ich schick dich auch in den nächsten Ferien nach Mount Longden, damit du mal lernst, was Ackerbau und Viehzucht ist.«

Sie war kurz davor, sich aufs Heulen zu verlegen, überlegte es sich jedoch anders. Die Masche hätte vielleicht vor ein paar Jahren gezogen, aber nicht mehr jetzt, nicht mehr als Teenager.

»Wenn ich zurück bin, rufe ich dich an«, sagte Carter.

»Die haben kein Telefon.«

»Okay, ich schick ein Telegramm an das Postamt in Mount Longden.«

Als Zeichen, dass die Unterhaltung für sie beendet war, stellte Emily den Ton wieder lauter, und Arnold Schwarzenegger fuhr fort, das personifizierte Böse unter ohrenbetäubendem Lärm mit Blei voll zu pumpen.

Nachdenklich ging Carter aus dem Wohnzimmer. Emilys Verhalten hatte ihn fatal daran erinnert, wie aufsässig sich Machayas Tochter gebärdet hatte, und wieder fragte er sich, ob die Entscheidung, den Combais-Fall zu übernehmen, eine weise Entscheidung gewesen sei.

Sechstes Kapitel

Mbare Musika, der größte Busbahnhof des Landes, mitten in Harares dicht bevölkertem Vorort Mbare gelegen, war ein berüchtigter Schandfleck. In der umliegenden Wohngegend fand sich alles, von kleinen, einfachen Häusern, deren Bewohner – Familien mit niedrigen Einkommen – stolz darum kämpften, ihre Behausungen auch weiterhin unterhalten zu können, bis zu Baracken und Slums, wo die von Armut Geplagten, Squatter und Kriminelle ihr Dasein fristeten. Die Einwohner lebten mit dem Ruf Mbares, Hauptstadt des Verbrechens zu sein.

Während der gesamten Taxifahrt vom Stadtzentrum nach Mbare Musika saß Emily stocksteif und in sich gekehrt neben Carter, der unter ihrer stummen Anklage ungeheuer litt. Er hatte seinen Wagen in einem Parkhaus in Harare abgestellt, weil ein unbeaufsichtigtes Fahrzeug in der Gegend von Mbare Musika nicht als Fahrzeug, sondern als bewegliches Ersatzteillager angesehen wurde. Diebe, geduldig und hartnäckig wie Geier oder Hyänen, würden über den Wagen herfallen und ihn bis auf das Gerippe ausweiden.

Carter wollte Emily nicht wegschicken, aber es gab keine Alternative. Einen Teenager allein im Haus zu lassen, während er weg war, hieß, Probleme heraufbeschwören.

Die Bilder von Julias Erniedrigung spukten noch immer in seinem Kopf; wie leicht waren junge Menschen zu verführen und liefen so Gefahr, in einen scheinbar bodenlosen Abgrund gestoßen zu werden. Sollten die Belastungen, die der Status eines Alleinerziehenden mit sich brachte, womöglich für Emily und ihn die gleichen Auswirkungen haben wie für Machaya und Julia? Dieser Gedanke ließ ihn nicht mehr los.

Unzählige Male hatte er sich nun schon gefragt, weshalb er sich bereit erklärt hatte, wieder eine Ermittlung durchzuführen. Hatte er nicht – wie Emily es formuliert hatte – ein Versprechen gebrochen? Einen Schwur? Carter war verwirrt und fand keine Antwort. War der arroganteste aller menschlichen Charakterzüge der Motor – die Eitelkeit? Diese selbstgefällige, an Euphorie grenzende Begeisterung, einen Fall lösen zu können, an dem sich andere, mitunter sogar die Besten, versucht hatten und gescheitert waren? Vielleicht verlangte es seinen Körper auch nach Aktivität, danach, die Grenze der Belastbarkeit zu überschreiten, oder nach dem Adrenalinkick, den er so lange hatte entbehren müssen.

»Wir sind da, Schatz«, sagte er zu Emily.

Das Mädchen schaute verächtlich nach links, wo es vor Menschen nur so wimmelte. Händler, die auf dem schmutzigen Bürgersteig saßen und ihre übelriechenden, gekochten Maiskolben anboten; irritierte Frauen vom Lande, in Kangas gewickelt und mit Babys auf dem Rücken; Männer im Sonntagsstaat, auf dem Weg zu einem Kirchentreffen, ihre Bibeln unter dem Arm und ein selbstgerechtes Lächeln auf dem Gesicht; Taschendiebe, die sich auf der Suche nach einer günstigen Gelegenheit unauffällig durch das Getümmel schlängelten; junge Männer, die Zigarette im Mund, lümmelten sich gegen primitiv zusammengeschweißte Schubkarren. Traf ein Überlandbus ein, stürzten sie sich auf die verdutzten Fahrgäste, und bevor die protestieren konnten, war ihr Gepäck bereits verladen und wurde zum Taxistand geschoben, wo ihnen dann mit Nachdruck ein Wucherpreis für diese Dienstleistung abgeknöpft wurde. Und alles schob sich Schulter an Schulter durch diesen Busbahnhof.

Das Taxi hielt. Carter stieg aus, öffnete den Kofferraum und ehe er sich versah, hatte Emily ihren Koffer bereits in der Hand. Carter bat den Taxifahrer zu warten, und dann zogen beide los, um den Bus nach Mount Longden zu finden.

Eine große Hinweistafel informierte über die acht Abschnitte des Busbahnhofs und Pfeile zeigten an, welche Richtung man einschlagen musste, wollte man in eine der acht Provinzen des Landes reisen. Carter und Emily folgten dem Pfeil *Mashonaland Central.* Busse krochen heran wie Drachen, die tödlichen, schwarzen Rauch spien, dröhnende Hupen kündigten bevorstehende Abfahrten an. Ohne dabei auf Widerstand zu stoßen, nahm Carter seine Tochter bei der Hand, und als er bemerkte, dass sich Emilys Augen mit Tränen füllten, drückte er die Hand sanft. Unmerklich hatte sich ein Stimmungsumschwung in Emily vollzogen und tapfer lächelnd gab sie den Händedruck zurück. Sie hatte sich offensichtlich dazu durchgerungen, ihren Vater nicht länger auf die grausame Art zu bestrafen, die Kindern mitunter eigen ist. Carter seinerseits beschloss, sich die Zeit ans Bein zu binden und mit Emily, wie versprochen, Urlaub am Lake Kariba zu machen, koste es, was es wolle.

Es gab keinen langen Abschied; die quäkende Hupe des Busses nach Mount Longden drängte zum Aufbruch.

Carter bezahlte beim Schaffner, gab Emily einen Kuss, sie stieg die Stufen zum Bus hoch und nahm den Koffer, den Carter ihr hinaufreichte. Der Schaffner schlug mit einem Scheppern die Tür zu und der Bus setzte sich in Bewegung. Carter winkte Emily zu und sie winkte mit gequältem Lächeln zurück, bemüht, in dem ruckelnden Bus das Gleichgewicht zu halten. Sie stieß den Koffer vor sich her bis zum nächsten freien Platz, und als sie sich auf den Sitz fallen ließ, hauchte sie ihrem Vater über die Handfläche hinweg einen Kuss zu. Mit beklommenem Gefühl winkte Carter dem Bus hinterher.

Kaum war der Bus aus Carters Blickfeld verschwunden, kehrten die Schuldgefühle zurück. Im Grunde hätte er Emily zu ihren Großeltern bringen müssen, aber er musste auch zum Chesterfield Shooting Club, um Julia über den Fall zu informieren. Ohne Frage, Marias Familie nahm sich gern Emilys an, außerdem war bereits mehr als ein Jahr vergangen, seit sie das Mädchen zuletzt gesehen hatten. Wäre da nur nicht Emilys Komplex wegen ihrer Hautfarbe. Sicher, es gab diese allgemein übliche, herabsetzende Redensart, dass Menschen wie Emily weder Fisch noch Fleisch seien, dennoch, dachte Carter, sollte sie stark genug sein, ihr doppeltes Erbe als etwas Positives zu empfinden, statt sich dessen zu schämen.

Carter zündete sich eine Zigarette an. Das, so redete er sich ein, könne seinen Lungen in Anbetracht der abgasgeschwängerten Luft im Busbahnhof auch nichts mehr anhaben. Er ging zurück zum Taxi und stieg ein.

Das Taxi reihte sich ein in den Verkehrsstrom Richtung Innenstadt und passierte den Markt, der neben dem Busbahnhof lag. Unzählige Waren wurden dort auf wackeligen Tischen angeboten – von billiger Kleidung, die hauptsächlich aus Sambia eingeschmuggelt wurde, bis zu zweifelhaft erworbenen Autoersatzteilen, nach deren Herkunft zu fragen nicht ratsam war.

Mbare war die Operationsbasis vieler Krimineller aus dem Ausland, schließlich herrschte in dieser Hochburg des Verbrechens das Gesetz des Schweigens. Unter den Ausländern gab es zahlreiche Mosambikaner. Ihr zweifelhafter Ruf hatte ihnen den Namen *Moscans* beschert, und innerhalb der kriminellen Bruderschaft kam dieser Begriff, diese spezielle Bezeichnung, einem Markenzeichen gleich, das all jenen Mosambikanern, die als besonders unbarmherzig galten, in einem Akt widerwilliger Bewunderung von ihresgleichen verliehen wurde. Gleichermaßen gefürchtet wie respektiert, stießen die Moscans mehr und mehr in die von Gewalt dominierten Bereiche des organisierten Verbrechens vor. Der Bürgerkrieg in Mosambik hatte aus seinen Kindersoldaten brutale Soziopathen gemacht, die, nach dem Krieg gezwungen, ihre Existenz mit Banditentum zu sichern, in die Nachbarländer auswanderten, wo Fischzüge mehr Erfolg versprachen.

Das Taxi fuhr jetzt an einem Café vorbei, einem Provisorium am Rande des maroden Marktes. Nicht mehr als ein Wetterschutz aus Holz und Plastik, warb es in schlechtem Englisch stolz, aber wenig überzeugend für *Hot and Clean Food*. Carter musste grinsen, als er das las, und schnippte seinen Zigarettenstummel aus dem Fenster des Taxis. Im Café saßen drei mosambikanische Brüder. Tatsächlich war das Ding eine illegale Schnapsbude, und die drei hockten mit einem Vierten bei einer Flasche Arrak am Tisch. Dieser Vierte war Constable Colin Chiwoko, ein Polizeireservist, der auf dem Revier von Mbare Dienst tat. Eduardo war nahezu erleichtert, denn er glaubte nicht mehr an die Notwendigkeit, den Reservisten zu töten. Es hatte keine Ermittlungen bezüglich der Polizeiuniformen gegeben, die sie zur Tarnung getragen hatten. Also hatten sie Chiwoko gestatten können, weiterzuleben. Sehr zur Enttäuschung Juans.

***

Carters Peugeot sauste aus dem leeren Parkhaus, hinaus auf die wenig belebten sonntäglichen Straßen, wo Fahrschüler jetzt die Gelegenheit hatten, sich mit Geschwindigkeiten vertraut zu machen, ohne Angst und ohne die Befürchtung, andere zu behindern. Der Peugeot fuhr die Arcturus Road entlang und ließ die Vororte und den Grüngürtel der Stadt hinter sich. Carter, von Natur aus ein Städter, fühlte sich wie ein Astronaut, der die vertraute Sphäre des Heimatplaneten in Richtung fremder Welten verlässt. Er war so in Gedanken, dass er fast die Ausfahrt nach Chesterfield verpasste, das in einem Gebiet mit stoppeligem Buschwerk lag, in einer Art Niemandsland irgendwo zwischen dem rein Urbanen und dem rein Ländlichen.

Es war eine Schotterstraße, und Carter hüpfte auf den ausgeleierten Sprungfedern seines Sitzes sanft auf und ab. Nach einem Kilometer hatte er den Parkplatz des

Chesterfield Shooting Clubs erreicht und stellte seinen Wagen neben eine Reihe anderer unter einer Akazie ab. Das Klubhaus war nichts weiter als ein weiß getünchter Kiosk, der einem die Qual der Wahl ließ zwischen warmem Bier und warmer Cola. Auf der überdachten Terrasse verteidigten einige Schützen, die gerade vom Schießstand gekommen waren, leidenschaftlich ihre bevorzugten Schusswaffen, um im selben Atemzuge und mit der gleichen Leidenschaft über die Favoriten ihrer Kumpel zu spotten. Als sie dessen müde wurden, maulten sie über ihre lauwarmen Drinks.

Carter trat an die Durchreiche des Kiosks. Ein junger Mann mit Dreadlocks spülte Gläser in einem Eimer mit schmutzigem Wasser. Carter räusperte sich, um auf sich aufmerksam zu machen, und der Jugendliche richtete sich auf. Er trug eine verspiegelte Sonnenbrille und kam sogleich tänzelnd auf Carter zu.

»Yo! Mann! Was kann ich denn für dich tun?«

»Entschuldigen Sie, ich suche Julia Machaya. Ist sie vielleicht auf dem Schießstand?«

Der Typ wiegte seinen Kopf mitsamt den Dreadlocks hin und her, als gäbe es da den Takt einer Musik, die nur er hören konnte.

»Ist sie eine von den beiden Bulletten, Mann?«

Carter wusste nicht, ob er lachen oder wütend werden sollte, also erwiderte er lediglich: »Schon möglich.«

»Der Schießstand ist dort drüben, Mann.« Ein knochiger Finger zeigte ins Nirgendwo. »Die müssen noch da draußen sein.«

Carter folgte dem laienhaft ausgeschilderten Weg. Er führte um die grauen Massen einer alten Abraumhalde herum, die sich wie die halb vollendete Pyramide eines vergessenen Pharaos aus dem Boden erhob, ein Monument eines weiteren Pyrrhussieges der Menschheit über die Natur.

Ein Schuss aus einem Gewehr zerriss die Stille, und als Carter um die Biegung der Abraumhalde kam, sah er zwei Paare. Ein Mann mit Gewehr, neben ihm eine junge Frau, die auf und ab hüpfte und applaudierte. Ein zweiter Mann mit dem perfekten Körper eines Athleten stand gelassen daneben, einen Ghettoblaster auf der Schulter. Die Letzte in der Gruppe war Julia, die jetzt ein Paar Ohrenschützer anlegte und das Gewehr in die Hand nahm; sie verriegelte den Verschluss und setzte sich im Schneidersitz auf den Boden.

Als Carter sich dem Quartett näherte, vernahm er deutliche Klänge aus dem Ghettoblaster, und sein Blick heftete sich auf den attraktiven, athletisch gebauten Mann. Leicht irritiert spürte Carter aufkommenden Neid, Eifersucht wegen dessen Jugend und Aussehen.

Er stand jetzt dicht bei den vieren und hörte den Text des Songs, gesungen von einer afroamerikanischen Stimme, die die Zuhörer zu »Boom! Shake, shake, shake the room!« aufforderte, und als wolle sie dieser Aufforderung nachkommen, drückte Julia ab. Staub wirbelte auf, sorgte für eine Art Halo-Effekt, in dem Brocken Schlackenstein, den die vier als Zielscheibe benutzten, zeigte sich ein Loch vom Durchmesser eines Dollars; das Projektil selbst hatte sich in die grauen Massen der Abraumhalde gebohrt.

»Guter Schuss«, rief Carter über das Echo hinweg, und vier Gesichter wandten sich ihm simultan zu. »Jim!«, rief Julia aus und sprang auf die Füße. Sie entriegelte den Verschluss, um die Geschosshülse auszuwerfen, und reichte

Gewehr und Ohrenschützer an das zweite Mädchen weiter.

»Was machen Sie denn hier?«, fragte Julia und lief auf ihn zu, um ihn zu umarmen.

Über Julias Schulter hinweg sah Carter, wie der junge Mann mit dem Ghettoblaster die Stirn runzelte. Seine Augen verengten sich zu Schlitzen und er stellte das Gerät ab. Carter erkannte, dass Eifersucht auch auf Gegenseitigkeit beruhen kann, und löste sich sanft aus Julias Umarmung. Die Atmosphäre war einen Tick zu angespannt, und um sie aufzulockern, bemerkte er diplomatisch: »Eine tschechoslowakische .308 Brno. Ein gutes Gewehr.«

Angesichts dieses Kompliments taute der Mann, der den ersten Schuss abgegeben hatte, auf. »Danke«, sagte er. »Ein Geschenk meines Vater zu meinem 21. Muss den alten Herrn 'ne Stange Geld gekostet haben. Glücklicherweise braucht man hierfür die gleiche Munition wie für die FNs, die im Krieg benutzt wurden. Und davon gibt's noch reichlich.«

Das Eis war gebrochen, und Julia sagte: »Ich habe euch noch gar nicht miteinander bekannt gemacht. Das ist James Carter, auch Jim genannt. Ein alter Kollege und Freund meines Vaters. Und das hier sind *meine* Freunde und Kollegen. Brian«, sie wies auf den Gewehrschützen, »und seine Freundin Tendai. Und das ist Robert.« Mit einem Anflug von Genugtuung registrierte Carter, wie lasch Roberts Händedruck war, er registrierte aber auch die düstere Miene des jungen Mannes.

»Ich hoffe, Sie haben Verständnis, wenn ich Ihnen Julia für eine Weile entführen muss. Wir haben etwas Privates zu besprechen.« Während er das sagte, fing Carter

Roberts Blick auf, und er rechnete mit Protest. Doch Robert kehrte ihm lediglich den Rücken zu und schaltete demonstrativ den Ghettoblaster wieder an.

»Ist er Ihr Freund?«, fragte Carter, als Julia und er außer Hörweite waren.

»Robert!?«, rief sie mit einem kleinen Lachen aus, als wäre diese Vorstellung äußerst amüsant. »Nein. Er ist nur ein Freund, ein Kollege. Allerdings scheint er sich mehr und mehr für mich zu interessieren, und er wird ein wenig besitzergreifend. Ich werde ihm wohl klar machen müssen, dass er auf Abstand gehen soll, wenn wir Freunde bleiben wollen.«

»Was macht die Arbeit bei der Polizei? Ich hab gehört, Sie laufen Streife. Schießen Sie deshalb im Sitzen? Zu müde zum Stehen, nachdem man sich die Woche über die Hacken abgelaufen hat?«

Julia lachte. »Die Arbeit läuft gut. Selbst beim Streifegehen gibt es hin und wieder eine Herausforderung. Es ist allemal besser als das, was ich vorher gemacht habe.«

Jetzt musste Carter lachen. Er bewunderte Menschen, die sich weigerten, die Schande der Vergangenheit wie ein Kainsmal mit sich herumzutragen.

Während Carter sich von dem Dreadlock zwei lauwarme Castle Lager geben ließ, setzte sich Julia auf die Terrasse. Carter kam zu ihr an den wackligen Tisch, stellte Gläser und Flaschen ab und setzte sich ihr gegenüber. Angesichts der Plörre fiel ihm als Toast nichts Besseres ein als »Bier ist Bier«, Julia wiederholte den Trinkspruch, sie stießen an und verzogen die Gesichter, nachdem sie jeder einen Schluck genommen hatten. Beide schwiegen jetzt und Julia wartete geduldig, dass Carter ihr den Grund für sein Erscheinen nannte.

»Ich habe gestern mit Ihrem Vater gesprochen«, begann er schließlich.

»Ach ja?«

»Er hat mich gebeten, einen Fall unter Federführung des Innenministeriums zu übernehmen.«

Julia stutzte. »Doch nicht etwa den Mordfall Combais?«, brachte sie ungläubig hervor.

»Den Mordfall Combais. Genau den.«

»Der Fall war über Wochen Thema in jedem Dienstzimmer, in jeder Polizeikantine. Aber warum erzählen Sie *mir* davon?«

»Ich brauche jemanden zur Unterstützung, einen Partner, jemanden, dem ich vertrauen kann. Der Einsatz könnte riskant werden.«

Julia hatte verstanden, worauf Carter hinauswollte. »Und Sie haben mich angefordert?«, fragte sie.

»Ich habe Sie angefordert«, bestätigte Carter. »Und wenn Sie auf mein Angebot eingehen wollen, melden Sie sich morgen früh bei Ihrer Dienststelle. Dort händigt man Ihnen die Unterlagen für Ihre Versetzung aus, und anschließend treffen wir uns mit Ihrem Vater im Oasis Hotel, um neun Uhr. Im Übrigen wird man uns außerhalb unterbringen. Packen Sie also Dienstkleidung und Zivilkleidung ein, aber auch Sachen, die für eine Exkursion in den Busch geeignet sind.«

Julias Gesicht drückte immer noch Ungläubigkeit aus. »Sie meinen es wirklich ernst?«, fragte sie.

»Selbstverständlich.«

»Dann stehe ich Ihnen zur Verfügung.«

»Gut. Sie werden eine Waffe brauchen, Julia. Welche Waffe bevorzugen Sie?«

»Smith & Wesson .38 Special«, antwortete sie und fügte

hinzu: »Den habe ich immer dabei.«

Carter war mehr als überrascht. Er hatte nirgends eine Ausbuchtung gesehen, die auf das Vorhandensein einer Waffe hätte schließen lassen.

Julia grinste. »Er hat einen so kurzen Lauf. Ich trage ihn am Fußknöchel.«

Carter verzog das Gesicht. »Nicht unbedingt eine zielsichere Waffe, wenn's um größere Entfernungen geht.«

»Aber leicht zu verbergen«, konterte sie.

»Touché, meine Liebe«, antwortete Carter, immer noch verblüfft, dass ihm die Waffe nicht aufgefallen war.

Carter brachte die Gläser und leeren Flaschen zurück zum Kiosk und ging mit Julia zu seinem Wagen. Dort nahm er das Dossier vom Rücksitz. »Machen Sie sich bis morgen gründlich damit vertraut«, sagte er, »und reden Sie mit niemandem darüber. Erwähnen Sie nicht einmal Ihrem besten Freund gegenüber, worauf Sie angesetzt sind.«

Unfähig, in Worte zu fassen, wie dankbar sie für diese Chance war, fiel Julia Carter um den Hals.

Siebentes Kapitel

Um acht Uhr am folgenden Morgen betrat Carter das Harare Sheraton Hotel. Der Concierge hinter der Rezeption war ein Weißer, dessen erstarrtes Plastiklächeln pure Unaufrichtigkeit war. Carter zückte seinen Dienstausweis. Obwohl das Foto darauf drei Jahre alt war (es stammte aus seiner Personalakte), war er noch gut zu erkennen. Der Concierge nahm beinahe Haltung an.

»Selbstverständlich helfen wir Ihnen, soweit es in unserer Macht steht, Mr. Carter«, sagte er und schielte nervös auf den Ausweis. »Aber wir haben Ihren Kollegen bereits alles gesagt, was wir wissen. Sicher haben Sie dafür Verständnis, dass wir nicht mehr sagen können.«

»Ich müsste mit Miss Temba sprechen. Nach meinen Informationen hatte sie Dienst an dem Tag, als Mr. Combais ermordet wurde, und sie hat den Anruf entgegengenommen, der angeblich Mr. Combais galt. Ist sie im Hause?«

»Gewiss, Mr. Carter. Ich werde Miss Temba sofort holen.«

Mit einer angedeuteten, unterwürfigen Verbeugung zog sich der Concierge nach hinten zurück und verschwand in einem Raum, zu dem nur das Personal Zutritt hatte. Carter hoffte auf ein rasches Erscheinen dieser Miss Temba, damit er Machaya im Oasis Hotel nicht allzu lange warten lassen musste.

Die sanften Klänge einer Klaviersonate von Beethoven plätscherten vom Mezzanin herunter, wo ein älterer schwarzer Pianist mit weißem wolligem Haar seine Finger geradezu magisch über die Tasten gleiten ließ. Er hielt die Augen geschlossen und wiegte den Kopf hin und her wie in Trance. Es war der Sinn fürs Außergewöhnliche, der das Sheraton zum besten Hotel des Landes gemacht hatte. Carter schloss die Augen und lauschte der Musik.

»Guten Morgen, Sir. Wie kann ich Ihnen behilflich sein?«

Er schlug die Augen auf und vor ihm stand eine sehr junge, attraktive Frau. Ein Namensschild wies sie als Constance Temba aus. Carter hatte insgeheim auf eine ältere Mitarbeiterin gehofft, die auf Grund ihrer Erfahrung Nuancen in der Stimme, im Tonfall oder

Akzente besser einzuordnen wüsste. Er fragte sich, ob dieses junge Mädchen Sachdienliches beizutragen habe, ob sie nicht vielmehr befangen sei oder sich genötigt sehe, das auszusagen, von dem sie glaubte, dass man es hören wolle – leider nur allzu oft machten Zeugen in ihrem Bemühen, gefällig zu sein, falsche Angaben.

»Mein Name ist Carter, Miss Temba. Ich untersuche den Mord an Mr. Rodrigo Combais. Ich würde Ihnen gern ein paar Fragen stellen, wenn es Ihnen nichts ausmacht.«

Ihre Lider begannen zu flattern und sie rollte in gespielter Verzweiflung mit den Augen. »Was! Schon wieder! Ich weiß nicht, wie ich Ihnen noch helfen soll«, sagte sie in dem akzentfreien Englisch derer, die in der Tourismusbranche arbeiten. »Ich habe doch bereits alles, was ich weiß, einem anderen Inspector gesagt.«

»Das ist mir bekannt, Miss Temba – ich habe ihre Aussage gelesen. Allerdings habe ich gerade erst meine Ermittlungen aufgenommen, bin sozusagen ganz frisch mit dem Fall befasst und muss mir selbst einen Überblick verschaffen. Außerdem weiß man nie, mitunter erinnert man sich an Dinge, an die man sich vorher nur bruchstückhaft oder gar nicht erinnert hat.«

Carter schlug vor, sich ins Foyer zu setzen. Als sie dort halbwegs komfortabel und ungestört saßen, faltete Constance Temba ihre Hände, wandte sich Carter zu und begann mit ihrem Bericht:

»Es war gegen Mittag, als das Telefon klingelte und ein Mann mit Mr. Combais verbunden werden wollte. Er sprach Englisch. Ich sah, dass Mr. Combais' Schlüssel nicht am Brett hing, also stellte ich die Verbindung her. Der Hörer wurde abgenommen und ich habe aufgelegt.«

Carter schoss der aberwitzige Gedanke durch den Kopf, dass es schön gewesen wäre, hätte Combais sich für irgendeine Klitsche entschieden, wo das Personal mitunter weniger diskret war und auch mal ein Telefonat mithörte. Er ermahnte sich zu mehr Ernsthaftigkeit und konzentrierte sich wieder ganz auf Miss Temba.

»Nannte der Anrufer den Namen Combais' oder wollte er mit dem Zimmer verbunden werden?«

»Beides. Ich brauchte nicht ins Gästebuch zu schauen, sondern habe gleich einen Blick auf das Schlüsselbrett geworfen, also hat er mir die Zimmernummer genannt. Und als Ihre Kollegen mich das erste Mal befragten und den Namen Combais erwähnten, wusste ich sofort, dass ich den Namen vorher am Telefon gehört hatte.«

»Kommen wir noch mal auf den Anrufer zurück. Erinnern Sie sich an irgendetwas Außergewöhnliches in seiner Stimme?«

Das Mädchen zögerte.

»Da war eine Sache ... « Sie suchte nach den richtigen Worten, gestikulierte mit den Händen, als könne sie die Worte so herbeizaubern oder aus der Luft greifen. »Vom Tonfall her klang er wie ein Afrikaner, aber sein Englisch ... da war ein Akzent ... es klang irgendwie ausländisch. Es ist schwer zu erklären.«

»Was meinen Sie mit ausländisch, Miss Temba? Ich möchte, dass Sie sehr gründlich darüber nachdenken – dieser Punkt könnte überaus wichtig sein.«

Immer gut zureden, aber niemals etwas erzwingen, dachte Carter. Irgendwie musste es ihm gelingen, der Temba die Information zu entlocken, die sie in irgendeiner Schublade ihres Gehirns versteckt hatte.

»Miss Temba, Sie haben es bereits mit sehr vielen ausländischen Touristen zu tun gehabt, ich möchte, dass Sie die Augen schließen und sich den Akzent des Mannes in Erinnerung rufen.«

Sie schloss die Augen wie ein gehorsames Kind und ihr Gesicht nahm einen konzentrierten Ausdruck an. Auch Carter blendete bis auf das Klavierspiel alles aus. Plötzlich sprangen Miss Tembas Augen auf und ein zufriedenes Lächeln huschte über ihr Gesicht.

»Italienisch, Portugiesisch oder Spanisch. Nein, halt, jetzt fällt's mir ein. Der Anrufer verlangte nach Señor oder Senhor Combais«, sagte sie triumphierend.

Carter nahm ihre Hand. »Ausgezeichnet«, sagte er, und die neue Spur schien das Anzünden der ersten Zigarette des Tages zu rechtfertigen. Ein Afrikaner, der eine iberoromanische Sprache spricht, dachte Carter. Spanisch konnte er ausschließen, die Verbindung zu Combais sprach für Portugiesisch. Und seine Intuition, auf die er sich immer hatte verlassen können, sagte ihm, dass der Anrufer aus einem nahe gelegenen Land kommen müsse – Angola oder Mosambik, da in beiden Ländern Portugiesisch Amtssprache war. Vieles sprach für Mosambik, vor allem aber die Tatsache, dass viele Mosambikaner in Simbabwe arbeiteten – Vertriebene, die ein Vermächtnis des gerade beendeten Bürgerkrieges waren.

»Eine Sache ist mir jedoch nicht ganz klar, Miss Temba. Wie konnte sich ein Fremder Zutritt zu Mr. Combais' Zimmer verschaffen?«

Die sonst so gelassene Miss Temba brauste augenblicklich auf. »Man gibt mir die Schuld«, stieß sie wütend hervor, »aber ich habe den Schlüssel nicht herausgegeben, sondern Mr. Saunders, der momentan an der Rezeption ist. Wenn der mit seiner Freundin telefoniert, kann es passieren, dass er jedem die Schlüssel gibt, der ihn darum bittet. Er wirft nicht mal einen Blick ins Gästebuch, also hätte jeder Mr. Combais' Schlüssel bekommen können, egal ob Afrikaner oder Europäer, ob Mann oder Frau. Wir hatten beide gemeinsam Dienst an dem Tag und er ist nun mal mein Vorgesetzter, und als sich herausgestellt hat, was Mr. Combais zugestoßen ist und dass sich ein Unbefugter in seinem Zimmer aufgehalten hat, hat sich Saunders rausgeredet, er könne sich nicht erinnern, den Schlüssel herausgegeben zu haben, also müsse ich es gewesen sein und so weiter.«

Carter sah hinüber zu Saunders, dem Mann mit dem Plastiklächeln, der sich gerade angeregt am Telefon unterhielt. Offensichtlich war es Saunders' Nachlässigkeit zuzuschreiben, dass es einem Kriminellen gelungen war, in Combais' Zimmer einzudringen.

»Gut, Miss Temba, ich werde das in meinem Bericht erwähnen. Ich habe keine weiteren Fragen an Sie. Sie haben mir wirklich weitergeholfen. Danke.«

Nachdem das Mädchen gegangen war, machte sich Carter Notizen. Der Anrufer war aller Wahrscheinlichkeit nach ein Afrikaner aus Mosambik und gehörte vermutlich zu den Männern, die Combais getötet hatten. Ein Moscan – das passte, schließlich hatten sich die Täter nicht um Fingerabdrücke geschert. Simbabwe hatte keine Möglichkeit, dergleichen Fingerabdrücke abzugleichen. Es war zwecklos, Combais' Zimmer noch einmal nach Spuren zu durchforsten, die Kollegen hatten alles genau unter die Lupe genommen. Allerdings war bemerkenswert, dass man in Combais' Zimmer keine fremden Fingerabdrücke gefunden hatte. Es stand zu vermuten, dass der, der sich dort aufgehalten hatte, aus Simbabwe kam und die Identifizierung fürchtete. Außerdem sprach alles dafür, dass er die Täter kontrollierte. Man hatte den Boss angerufen, um Vollzug zu melden und weitere Befehle in Empfang zu nehmen. Carter verfluchte dessen Glück, dass er den Schlüssel nicht von der erstaunlich aufmerksamen Miss Temba in die Hand gedrückt bekommen hatte. Insgeheim leistete Carter dem Mädchen Abbitte wegen der vorschnellen Beurteilung, stand auf und verließ das Hotel, begleitet vom Klavierspiel, das mehr und mehr in den Hintergrund trat wie eine Erinnerung an ein anderes Zeitalter.

***

Carters nächste Station war das Landesvermessungsamt in der Samora Machel Avenue, denn was er unbedingt benötigte, war eine Karte des Mashumba-Gebiets.

Überzeugt, dass sein Dienstausweis vom Innenministerium vergleichbar sei mit diplomatischer Immunität, stellte er seinen Peugeot wie selbstverständlich auf einem Parkplatz ab, der eigentlich für Angehörige einer Botschaft reserviert war.

Im Kartenbüro empfing ihn, den Kopf in die Hände gestützt, eine offensichtlich gelangweilte Mitarbeiterin. Man hätte auch sagen können, ihr Kopf ruhte auf der Platte des Tresens, wie auch immer, ihre Augen zumindest verfolgten Carter, der sich dadurch nahezu herausgefordert fühlte, auf diese Frau zuzugehen und sie zu stören. Die Sammlung ausgestellter Karten war beeindruckend und verwirrend zugleich – Karten von kleinen und großen Städten, Relieflandkarten, geologische Karten, Karten, die Vegetations- und Klimazonen darstellten, und alles lag ohne erkennbare Ordnung bunt durcheinander. Carter sichtete kurz die Auslage, und als er zum Tresen hinüberging, hatte die Frau ihre Augen geschlossen und für einen Moment glaubte Carter, sie sei eingeschlafen. Doch dann hoben sich ihre Augenlider schwerfällig und ihr Gesicht verriet Ärger und Unleidlichkeit wegen der Störung.

»Ja!«, sagte sie kurz angebunden.

»Ich brauche eine Karte vom Gebiet der Mashumba Mine.«

Mit einem Seufzer richtete sie sich auf und wies auf eine Relieflandkarte von Simbabwe, die, geschützt durch eine Glasscheibe, vor ihr auf dem Tresen ausgebreitet war. Die Karte war in Quadrate eingeteilt, und in der Mitte jedes dieser Quadrate befand sich eine Zahl, die auf eine Detailkarte der bezeichneten Gegend verwies. Carter suchte und fand Harare, folgte der Hauptverkehrsstraße in nördlicher Richtung und stellte fest, dass die Mashumba Mine in der unteren Ecke eines Quadrates lag. Er hielt es daher für sinnvoll, auch die Karten der drei angrenzenden Gebiete zu kaufen. Er nannte der Mitarbeiterin die Nummern und sie notierte sie mit quälender Langsamkeit, um deutlich zu machen, wie unfair Carters Eingriff in ihren Arbeitsalltag sei.

Die Frau ließ sich von ihrem Hocker gleiten, schlich zu einer Art Speiseaufzug und legte den Zettel mit Carters Order hinein. Sie drückte einen Knopf und der kleine Aufzug schwebte nach oben, hinauf in das Labyrinth der mit Landkarten gefüllten Büros. Als ihre Füße sie zu dem Hocker zurückgetragen hatten, präsentierte Carter ihr den Brief vom Ministerium für Tourismus. Neben der Zusicherung, dass alle durch den Inhaber dieses Briefes verursachten Kosten vom Ministerium erstattet würden, enthielt er auch den ausdrücklichen Hinweis, den Inhaber in jeder erdenklichen Form zu unterstützen. Die Frau gähnte und las den Brief mit völligem Desinteresse.

Irgendwo in den oberen Stockwerken hatte jemand mit mehr Engagement die vier Karten zusammengetragen, aufgerollt, einen Gummi um die Rollen geschlungen und alles innerhalb von zwei Minuten nach unten geschickt.

Die Frau machte eine Fotokopie von Carters Brief, stempelte sie ab und ließ Carter die Kopie unterschreiben. Dann stellte sie eine Quittung aus, Carter wurde aufgefordert, Name und Adresse einzutragen, sie schrieb noch die Nummern der Karten dazu und stempelte schließlich auch die Quittung ab.

Plötzlich hatte Carter eine Eingebung. »Könnten Sie bitte mal in Ihren Unterlagen nachsehen, ob eventuell vor zirka fünf Wochen Karten des Mashumba-Gebiets gekauft wurden, Madam?« Er breitete die Karten aus. »Es handelt sich um die Nummer 284105.«

Sollte die Arbeit, die bisher angefallen war, sie nur verstimmt haben, so brachte sie Carters letzte Bitte zur Weißglut. »Unsere Geschäftsvorgänge sind streng vertraulich! Da muss schon jemand Wichtigeres als das Ministerium für Tourismus auf der Matte stehen«, meinte sie mit wütendem Spott.

Carter zückte wieder einmal den Ausweis vom Innenministerium. Die Frau brabbelte vor sich hin, verzog sich jedoch augenblicklich nach hinten. »Ich benötige zudem Fotokopien aller Quittungen«, rief Carter ihr voller Häme nach.

Es waren drei Quittungen. Ein Mr. R. Grenville aus Gold Strike Hill, Mashumba, hatte eine Karte gekauft.

Sieh an, dachte Carter, Chisungas Archäologie-Kumpel. Die Zweite war für Rodrigo Combais, hier war keine Adresse angegeben. Die Unterschrift auf der dritten Quittung war nur ein unleserliches Gekritzel, als hätte jemand versucht, seine Unterschrift zu verstellen. Er faltete die Fotokopien zusammen und steckte sie in die Tasche.

Carter bedankte sich bei der Mitarbeiterin des Kartenbüros und sie murmelte irgendeine Erwiderung.

Zufrieden mit sich und den bisherigen Erkenntnissen machte Carter sich auf den Weg ins Oasis Hotel. Tatenda Machaya würde erfreut sein, und obwohl er es sich nur ungern eingestand, spürte Carter, wie die kribbelnde Anspannung zunahm. Er war guter Dinge, dass es ihm gelänge, mit seiner Taktik der kleinen Schritte den Fall zu lösen.

***

Detective Chief Inspector Tatenda Machaya saß allein im Biergarten des Oasis Hotels und blickte hinüber zum Swimming-Pool. Topfpalmen umgaben das Schwimmbecken, ein Versuch, die Atmosphäre einer Oase zu schaffen. Dazu gehörte auch ein spuckendes Kamel aus Spanplatte, das vor einem schwarzen Brett stand, auf dem das Tagesmenü angekündigt wurde.

Machaya sah beunruhigt auf seine Armbanduhr – seit er das letzte Mal nachgesehen hatte, waren erst drei Minuten vergangen. Er war besorgt, dass Carter es sich am Ende noch anders überlegt haben könnte. Als er seinerzeit aus dem Polizeidienst ausgeschieden war, hatte es geheißen, er sei mit den Nerven am Ende. Vielleicht hatten diejenigen Recht behalten, die mit Skepsis auf Carters möglichen Einsatz reagiert hatten. Machaya zündete sich eine Zigarette an.

Mit federndem Gang betrat Carter den Biergarten und Machayas Bedenken waren im Nu zerstreut. Er setzte sich zu Machaya an den runden Tisch, in den schützenden Schatten eines großen Sonnenschirms, der wie ein einzelnes, verlorenes Segel in der heißen Morgenbrise flappte.

»Du kommst zu spät!«, blaffte Machaya und sah dabei demonstrativ auf seine Armbanduhr.

»Ich hatte zu tun.«

Machaya musterte seinen Freund. »Du siehst aus, als hättest du Ergebnisse zu vermelden, Jim.«

»Hab ich auch.«

Und dann berichtete er von der möglichen Verbindung nach Mosambik und den Quittungen aus dem Kartenbüro.

Machaya starrte nachdenklich ins Leere. Dann zog er ein Exemplar des *Herald* aus der Tasche seines Trenchcoats und zeigte Carter die Titelseite. Eine reißerische Schlagzeile verkündete: *Verbrechensimporte aus Mosambik. Polizei besorgt.* Carter nahm die Zeitung in die Hand. Sinngemäß war in dem Artikel zu lesen, dass viele Kriminelle aus den Reihen früherer MNR-Rebellen und ehemalige Flüchtlinge aus Mosambik, die jetzt in Simbabwe lebten, vornehmlich die sozialen Brennpunkte der Städte bevölkerten und verantwortlich seien für die bedrohlich steigende Kriminalitätsrate.

Carter gab Machaya die Zeitung zurück und nickte: »Wir werden sehen, ob an der Moscan-Connection was dran ist.«

»Julia müsste bald hier sein«, sagte Machaya und

schnippte mit den Fingern, ein Zeichen für den einsamen Kellner.

»Zwei Castle!«

Meine Unpünktlichkeit hat auch was Positives, dachte Carter, so ist jetzt wenigstens die Hotelbar geöffnet.

In freudiger Erwartung eines Trinkgeldes hatte der Kellner sich um Eile bemüht und war sofort zurück, ein Tablett mit zwei braunen Flaschen und zwei Gläsern balancierend. Allerdings kannte Machaya die Hotelpreise und drückte dem Kellner das genau abgezählte Geld in die Hand. Die eben noch erwartungsvolle Miene des Mannes drückte jetzt Verachtung aus, als er sich umdrehte und arrogant davonstolzierte.

»Das hättest du mich besser machen lassen«, meinte Carter. »Dieser Brief vom Tourismusministerium ist pure Magie. Alles ist umsonst. Ich will nur hoffen, dass die von der Revision keinen Herzinfarkt erleiden, wenn nach Abschluss der Ermittlungen die Rechnungen eintrudeln.«

»Warum sollten sie? Ist ja nicht ihr Geld«, erwiderte Machaya mit einem Grinsen.

»Dann bleibt uns nur zu wünschen, dass der Steuerzahler nicht dahinterkommt.«

»Lass uns doch mal den Wagen ansehen, den ich dir versprochen habe«, schlug Machaya vor. Die beiden Männer nahmen ihre Gläser, verließen den Biergarten und gingen auf den Parkplatz, wo eine brennend heiße Sonne erbarmungslos auf sie herabstrahlte.

Carter fielen fast die Augen aus dem Kopf, während Machaya ihm jovial auf die Schulter klopfte.

»Stimmt was nicht, Jimbo?«

»Das ist nicht dein Ernst, oder?«

Ein offener, safaritauglicher Land Rover der Serie II stand unter einem Jakarandabaum. Der Polizist, den Carter am Samstag vor den Monomatapa-Gärten gesehen hatte, fläzte sich hinter dem Fahrer- und Beifahrersitz auf einer von vier stufenförmig angeordneten Bänken.

»Das ist nicht dein Ernst«, sagte Carter noch einmal und nahm einen Schluck aus seinem Bierglas. »Das Ding ist eine Antiquität.«

Als der Polizist die beiden sah, salutierte er unbeholfen und versuchte gleichzeitig, sich aus dem Wagen zu winden, hatte schließlich Erfolg und bezog in angemessenem Abstand Position.

»Kein Grund zur Sorge, Kumpel«, Machaya geriet ins Schwärmen, »das Baby ist unverwüstlich wie ein Panzer.« Und als wollte er das beweisen, trat er gegen einen der Hinterreifen. »Und sollte dir mal kalt sein oder sollte das Unwahrscheinliche eintreten und es fängt an zu regnen, kannst du das Verdeck hochklappen.« Er fuhr mit der Hand über das leuchtend grüne Segeltuch, das zusammengerollt und an den Seiten festgemacht war.

Er sah, dass Carter noch nicht überzeugt war.

»Das ist der einzige Wagen, den sich das Tourismusministerium leisten kann«, meinte Machaya verstimmt. »Ich musste mich ganz schön krumm legen, um dieses Scheißding zu kriegen.«

»Das beweist nur, dass du nicht das Zeug zum Geschäftsmann hast«, sagte Carter trocken und fügte hinzu: »Okay, okay! Ich geb's auf!« Er hob die Hand, um seinen Entschluss zu bekräftigen. »Ich glaube fast, der ist allemal besser als meine Schrottmühle.«

Carter ging zu seinem Wagen, holte seinen Koffer und die alte Armeetasche aus dem Kofferraum, nahm die

Landkarten vom Armaturenbrett und legte sie in die Armeetasche, dann brachte er sein Gepäck zum Land Rover, verstaute alles und warf dem Polizisten die Schlüssel für seinen Peugeot zu.

»Und das Quartier?«, fragte Carter.

»Schon mal was vom Mashumba Inn Hotel gehört?«, erwiderte Machaya.

Carter nickte. Vor der Unabhängigkeit hatte sich das Mashumba Inn bei weißen Städtern großer Beliebtheit erfreut, vor allem als Ziel für Wochenend-Trips; aber auch weiße Farmer hatten hier gern Zwischenstation gemacht, wenn die Geschäfte sie nach Harare geführt hatten. Carter war skeptisch, ob die Jahre und der soziale Umbruch nach dem Krieg spurlos an dem Hotel vorbeigegangen waren.

»Für euch sind zwei Einzelzimmer reserviert«, sagte Machaya. Doch Carter sah nicht so aus, als vertraue er auf die Qualität der Unterkunft; andererseits musste er sich damit zufrieden geben, da es weit und breit das einzige Hotel war.

Machayas Blick konzentrierte sich auf einen Punkt hinter Carter. Carter drehte sich um und sah Julia, die die Fifth Street entlanggehetzt kam. Sie trug ein schwarzes T-Shirt und hatte das Haar zu einem Pferdeschwanz gebunden. Über ihrer Schulter hing eine Reisetasche.

»Tut mir leid, dass ich zu spät komme, Dad, tut mir wirklich leid, Jim«, keuchte sie, »aber es war kein Taxi zu kriegen.«

Julia warf mit Schwung ihre Tasche in den Land Rover und bemerkte ohne eine Spur von Ironie: »Hübscher Wagen.« Dann zeigte sie ein entwaffnendes Lächeln, das jeden Ärger über ihr Zuspätkommen im Keim ersticken musste. Als Nächstes wurde sie über den neusten Stand der Ermittlungen und über die Einzelheiten der Reise informiert.

»Weiß der Verantwortliche des Polizeicamps, dass wir kommen?«, fragte Carter.

»Er wurde informiert. Ein Typ namens Gotora.«

»Kelvin Gotora?«

»Genau der. Kennt ihr euch?«

Carter lächelte.

»Kelvin gehörte ursprünglich den Freiheitskämpfern an und wurde kurz nach der Unabhängigkeit Polizist. Er war in der Nähe von Gweshe stationiert, das liegt bei Mount Longden, wo ich war, bevor ich mich nach Harare habe versetzen lassen. Ich habe ihn als guten Polizisten und echten Gentleman kennen gelernt.«

Machaya war erleichtert. »Das ist gut. Wir wünschen uns nämlich eine vertrauensvolle Zusammenarbeit zwischen dir und dem leitenden Beamten. Du weißt ja selbst, wie Polizisten auf Einmischung von außen reagieren. Wir sollten auf jeden Fall vermeiden, die Kollegen vor Ort zu brüskieren.«

»Wenn wir hier von ein und demselben Kelvin Gotora reden, sehe ich überhaupt kein Problem. Er wird unsere Arbeit nicht behindern, und er hätte wohl kaum diese Position, wäre er nicht kooperativ. In einem derart schwierigen Fall wird er für jede Hilfe dankbar sein, davon bin ich überzeugt – zumal der CID bereits Feierabend gemacht hat und ihm die Überstunden überträgt.«

Doch bevor Machaya auf diese Sottise reagieren konnte, drückte ihm Carter das leere Bierglas in die Hand und sagte: »Wir fahren jetzt mal los«, schwang sich auf den Fahrersitz und Julia setzte sich neben ihn. Während Vater und Tochter sich zum Abschied zuwinkten, erschien der düpierte Kellner und machte Machaya Vorhaltungen, dass er die Biergläser aus dem Barbereich entfernt habe. Neben Carters Peugeot stand der Polizist immer noch stramm und tat so, als betrachte er die Jakarandabäume, allerdings umspielte der Anflug eines Lächelns seine Lippen.

***

Seine Route führte Carter über die nördlichen Vororte, und als ganz plötzlich die Straßenlampen verschwunden waren, war das ein Zeichen, dass die Großstadt hinter ihnen lag. Er fuhr ein flottes Tempo und dachte dabei an Emily, die tags zuvor über dieselbe Straße gefahren war. Er war froh, dass die Großeltern regelrecht vernarrt waren in das Mädchen und Verständnis zeigten sowohl für ihre von der Großstadt geprägte Erziehung als auch für ihre nicht gerade konventionellen Umgangsformen. Und er konnte nur hoffen, dass Emily ihnen nicht auf der Nase herumtanzte. Schließlich gab es dort Sitten und Gebräuche, die man zu respektieren und denen man sich anzupassen hatte, selbst wenn sie im Widerspruch standen zum Leben in der Stadt.

Sie hatten die letzten verstreut liegenden Häuser passiert und in der Ferne erhob sich jetzt die Iron-Duke-Bergkette vor einem Horizont, der von den Bergspitzen eingefangen zu werden schien. Zwischen der Straße und der Bergkette lag ein dichter Teppich fruchtbaren Ackerlandes, die Heimat zahlreicher weißer Farmer, der Nachfahren der Pioniere. Im Rückspiegel sah Carter, wie die Skyline des Stadtzentrums, zerklüftet wie Quarzkristalle, weiter und weiter nach hinten trat.

Der Fahrtwind war ein einziges Donnern in Carters und Julias Ohren und beide fuhren schweigend dahin, jeder mit seinen eigenen Gedanken beschäftigt. Hin und wieder kam ihnen ein LKW mit einer nur unzureichend gesicherten Ladung Baumwollballen auf seinem Weg zum Auktionsmarkt der Hauptstadt entgegen. Auf den Feldern bewegten sich Gruppen von Erntehelfern, die unter den Augen ihrer Vorarbeiter in langsam monotonem Rhythmus ihrer Tätigkeit nachgingen. Dort, wo es Bohrlochbewässerung gab, stand das Getreide üppig und hoch, aber wo das Getreide auf die Kapricen des unberechenbaren Regens angewiesen war, lagen die Felder braun da und tot. Alles in allem war Carter mit dem offenen Wagen zufrieden; der Fahrtwind verschaffte Abkühlung und nahm der Sonne etwas von ihrer Unbarmherzigkeit.

Sie fuhren jetzt auf die abschüssige Straße, die sich ins Mashumba Tal schlängelte und auf der man des Gegenverkehrs wegen nicht so recht vorankam: Neben dem Heck mancher Busse, die sich die steile Straße hinaufquälten, tauchte der Kühler eines Wagens auf, dessen Fahrer mit wachsender Ungeduld auf eine Gelegenheit zum Überholen lauerte. Carter genoss die reine Luft, und Julia schien völlig versunken im Anblick der Berge und Hügel, die sich beiderseits der Serpentine erhoben.

Überraschend schnell hatten sie die Talebene erreicht und die imposante Berglandschaft der Iron-Duke-Bergkette vor Augen. Wie ein gestrandeter Wal, dachte Carter. Das V der imaginären Fluke und der Körper – das eigentliche Felsmassiv – markierten den Standort des Mashumba Stausees. Neben dem Felsmassiv sah man die Vorberge, die vom Gipfel aus gesehen steil abfielen. Zwischen dem dichten Gras auf der Bergkuppe schimmerte ein Aussichtsturm in strahlendem Weiß. Die Straße schmiegte sich an die Vorberge, um auf der anderen Seite in Richtung des nahezu leeren Stausees abzufallen. Ihr Asphaltband durchzog die Wunde, die man der Natur beim Hochziehen der Wände des Stausees beigebracht hatte, und dann wurde man auf dünn bewaldetes, ausgedörrtes Weideland entlassen.

An der Mashumba-Tankstelle tankten sie noch einmal mit den besten Empfehlungen vom Tourismusministerium, und nach knapp fünfhundert Metern markierte ein Schild mit dem einfachen Hinweis *Hotel* die Einfahrt zu einer Zugangsstraße.

***

Eine Reihe eingeschossiger, überwiegend grün gestrichener Gebäude mit Wellblechdächern bildete den historischen Kern des Mashumba Inn Hotels. Ein Denkmal aus Sandstein erinnerte an einen vergessenen Märtyrer aus der Kolonialzeit, Opfer eines Eingeborenenaufstandes vor gut einhundert Jahren.

Als sie am Hof der Bar vorbeifuhren, dessen Mauern mit Glasscherben gespickt waren, zwang eine Verkehrsschikane Carter, vom Gas zu gehen. Hinter der Bar erstreckte sich ein heller, offener Innenhof, der an drei Seiten von der eigentlichen Hotelanlage begrenzt wurde; die vierte Seite bildete ein mit Kette und Vorhängeschloss gesichertes Tor. Carter bog in die Einfahrt ein und drückte auf die Hupe. Ein spindeldürrer alter Mann in marineblauer Uniform rannte auf das Tor zu und wedelte mit einem Schlüssel. Er lächelte breit und zeigte dabei zwei

Reihen dunkler Zähne. In der Mitte des Innenhofes stand ein riesiger Feigenbaum mit einem Stamm, der an eine Sanduhr erinnerte. Dort stellte Carter den Wagen ab. Vom Innenhof gelangte man über eine durchgehende Veranda in die Hotelzimmer, deren weiße Türen einen starken Kontrast zu den dunklen Mauern der Gebäude bildeten.

»Endstation«, sagte Julia mit einem Lächeln, das leichte Nervosität verriet. »Ich nehm das Gepäck.«

Carter musste unwillkürlich grinsen über das selbstbewusste Shona-Mädchen, das plötzlich in die Rolle der dienstbeflissenen afrikanischen Frau geschlüpft war. »Wenn Sie alles tragen, glauben die, wir sind verheiratet. Wir leben im Zeitalter der Gleichberechtigung«, sagte er und schnappte sich sein Gepäck.

Sie gingen die Stufen hoch und stellten Taschen und Koffer auf den Boden der Veranda ab.

»Sie bleiben hier, Julia. Ich kümmere mich um unsere Reservierung.«

Der Hotelangestellte mit dem maroden Gebiss, der zur Belustigung Carters neben anderen Funktionen auch noch die des Hoteldieners bekleidete, lotste Carter devot durch einen wahren Irrgarten aus Gängen zur Rezeption. Der rundliche, fröhlich lächelnde Manager saß hinter einem Tresen, dessen monumentale, mit Leder bezogene Platte bis auf die Tageszeitung und ein Telefon leer war.

»Sie müssen Mr. Carter sein. Ich bin Sibanda – Edwin Sibanda.«

Sibanda stand auf, und die beiden Männer hatten Mühe, sich über den breiten Tresen hinweg die Hände zu schütteln. Der Manager setzte sich wieder.

»Das Innenministerium hat uns über Ihren Aufenthalt

unterrichtet, Mr. Carter. Sehr bedauerlich, dieser Mord an Mr. Combais, sehr bedauerlich. Nicht unbedingt das, womit wir in unserem kleinen Nest rechnen.« Er schüttelte den Kopf, um zu betonen, wie unwahrscheinlich ein Mord in der Umgebung seines Hotels sei, und sein Doppelkinn flatterte energisch. »Benjamin«, er deutete auf den Hoteldiener, »wird Ihnen Ihre Zimmer zeigen. Ich hoffe sehr, dass Sie einen angenehmen Aufenthalt haben werden ... unter den gegebenen Umständen, meine ich.«

Der Manager lehnte sich so weit zurück, dass sein Stuhl zusammenzubrechen drohte, und schnappte sich zwei Schlüssel vom Brett.

»Es waren doch zwei Einzelzimmer, nicht wahr?«, fragte er mit geschickt getarnter Zweideutigkeit.

»Zwei Einzelzimmer«, erwiderte Carter grinsend.

Offensichtlich war das Hotel jetzt ein Ort, an dem sich Männer aus der Stadt mit ihren Geliebten trafen. Sicher ist es gewöhnungsbedürftig, dachte Carter, wenn ein Paar zusammen anreist und dann getrennte Zimmer bezieht.

Auf dem Weg zu den Zimmern wurde Benjamin nicht müde, auf recht anzügliche Weise zu beschreiben, wie groß selbst die Einzelbetten seien, bis Carter der Geduldsfaden riss und er sich weitere Bemerkungen verbat. Pikiert schlich Benjamin davon.

Nachdem er ausgepackt und sich frisch gemacht hatte, zog Carter los Richtung Bar, um dort auf Julia zu warten. Die Bar trug den phantasielosen Namen *Zur Quelle* und ihre merkwürdigen Schwingtüren hätten eher zum Inventar eines Western-Saloons gepasst.

Zwei Schwarze spielten Poolbillard, ein dritter wartete ungeduldig darauf, gegen den Sieger dieser Partie anzutreten. Ganz hinten, am anderen Ende der Bar, saß ein einzelner Weißer und stierte in sein Glas. Nackte Füße in Filzschuhen, Khakihemd und Khakishorts – er trug die Kluft weißer Farmer. Ein schwarzes Trio an der Bar machte die Schar der Gäste komplett: Zwei Männer, die sich heftig in den Haaren lagen, und eine junge Frau, die völlig desinteressiert an der Unterhaltung ihrer Begleiter nach oben starrte, eine Stelle fixierte, wo sich Decke und Wand berührten.

Carter trat an die Bar, bestellte einen Whisky und sah auf seine Uhr. Julia hatte sich ebenfalls erst einmal frisch machen wollen, und da jedermann wusste, wie lange Frauen dafür benötigten, blieb ihm noch genügend Zeit.

Die beiden Schwarzen debattierten darüber, ob das Denkmal für den toten Siedler abgerissen werden sollte, da es nach Meinung des einen ein rassistisches Symbol der Kolonialzeit sei, nach Meinung des anderen Teil der Geschichte des Landes und erhalten bleiben müsse. Carter sah nicht, wie die beiden auf einen Nenner kommen sollten, nahm sein Glas und ging hinüber zu einer Wand, an der Fotos vom Mashumba-Gebiet aus Zeiten der Kolonialisierung hingen – ein Junge in Breeches, der im Begriff war, den Mashumba zu überqueren, als der Stausee das Wasser des Flusses noch nicht daran hatte hindern können, in Kaskaden herabzufließen; eine Serie von Bildern des Mashumba Inn Hotels, die die Entwicklung des Hotels von einer kümmerlichen Hütte zu einem Gebäude aus Ziegeln und Wellblech dokumentierte; Frauen in voluminösen Kleidern und mit breitkrempigen Hüten beim Tennis im Polizeicamp.

Carter nippte an seinem Drink, schlenderte zurück zur Bar und ging mit sich zurate, ob er eine Zigarette rauchen solle oder nicht. Über seinem Kopf verliefen als Ergebnis eines hilflosen Versuches, den Tudorstil zu kopieren, schwarze Balken, die noch dazu mit fleckigen, verblassten Bierdeckeln und mit Etiketten von Weinflaschen beklebt waren. In einem vermutlich durch Heimweh hervorgerufenen Bedürfnis, die Atmosphäre eines englischen Country-Pubs heraufzubeschwören, hatte jemand ein Joch an die Decke gehängt, und über einem der Balken lag eine Hellebarde, eine altertümliche Waffe, die eine brutale Kreuzung zwischen Lanze und Kampfaxt war. Carter fragte sich, was dieses Monstrum hier verloren habe.

»Barkeeper!« Er zeigte auf die Hellebarde. »Woher stammt dieses schöne Stück?«

Der Barkeeper kam angetrabt, ein breites Lächeln teilte sein Gesicht, jetzt, da er die Gelegenheit bekam, mit seinem Wissen zu glänzen. »Das, Sir, ist eine echte portugiesische Hellebarde. Der vorige Besitzer des Hotels, Mr. Wallace, bekam sie in den Siebzigern von einem Freund geschenkt, oben in der Mine. Das Museum hat eine alte portugiesische Siedlung ausgegraben und einen Handelsposten. Dabei hat man viele Waffen gefunden, manche sogar perfekt erhalten.«

»Wie alt ist sie?«

»Über dreihundert Jahre«, sagte der Barkeeper voller Stolz.

Tja, die Portugiesen, dachte Carter, und plötzlich ging ihm auf, dass es sich bei diesem Handelsposten um die Handelsstation handeln musste, in der sich auch Pedro Combais aufgehalten hatte. Carter bestellte noch einen Whisky und zündete sich gerade eine Zigarette an, als Julia die Bar betrat.

Nach einem kleinen Imbiss stiegen sie in den Land Rover und fuhren zum Polizeicamp, um sich mit Kelvin Gotora zu treffen.

Achtes Kapitel

Das Polizeicamp umfasste drei Reihen Regimentsgebäude aus Schlackenstein, die von einem Sicherheitszaun umgeben waren; die Polizeistation selbst lag auf einem kleinen Gebirgsausläufer und sah hinunter auf das Gelände wie ein Kommandeur auf seine Untergebenen. Polizistenfrauen saßen an schattigen Plätzen, lachten und plauderten miteinander, andere, ihre Babys auf dem Rücken, wuschen Wäsche. Bunte Kleidungsstücke hingen auf Wäscheleinen und bewegten sich sacht in der leichten Brise.

Ein Gefühl von Nostalgie überkam Carter, als er in das Camp fuhr und die blaue Lampe der Polizei am Reviergebäude sah. Hätte ihn dieses Objekt nicht so abgelenkt, wäre ihm aufgefallen, dass der Parkplatz für die Dienstfahrzeuge seltsamerweise leer war.

Der diensthabende Sergeant sah interessiert hoch, als Carter und Julia das Dienstzimmer betraten. Sein Arbeitsalltag schien sich ausschließlich um die Form von Kleinkriminalität zu drehen, die in Gebieten mit einer Goldmine an der Tagesordnung ist – illegaler Goldhandel, Streit um die Ausbeute und Streit um Prostituierte, die man mit dieser Ausbeute kaufen wollte. Hier deutete sich endlich mal was anderes an. So wie die aussahen, bestimmt Leute aus der Stadt, mutmaßte der Sergeant. Wahrscheinlich ein Autounfall, sagte er sich – niemals wäre es ihm in den Sinn gekommen, dass der weiße

Mann und die schwarze Frau zusammengehörten –, und hoffentlich hat der Wagen von dem Weißbrot mehr abbekommen, dachte er gehässig.

»Wir möchten zu Inspector Gotora«, sagte Carter.

Der Sergeant gab sich wenig Mühe, seinen Frust zu verbergen. »Er ist nicht hier«, erwiderte er kurz angebunden. »Er ist oben bei der Mine.« Und mit der Genugtuung derer, die sich im Besitz einer schockierenden Neuigkeit wissen und sie nonchalant verkünden können, fügte er hinzu: »Um eine Leiche zu bergen.«

»Martin Chisunga, der technische Leiter der Mashumba Mine.« Carter hatte keine Frage gestellt, sondern eine Feststellung getroffen. Misstrauisch kniff der Sergeant die Augen zusammen.

»Haben Sie irgendwelche Informationen über seinen Tod, Sir?«, fragte er.

Ein Constable kam um den Tresen herum, stellte sich zwischen Julia und Carter und tat so, als studiere er die Fahndungsplakate an der Wand.

»Kein Grund zur Beunruhigung«, meinte Carter, holte seinen Ausweis hervor und reichte ihn an den Sergeant weiter.

»Was haben wir denn hier?«, sagte der Sergeant ironisch. »Einen Sonderermittler, alle Achtung.« Es hatte ihm schon nicht geschmeckt, dass man ihn vor einem Monat abgestellt hatte, hier die Stellung zu halten, während alle anderen mit dem Mord an Combais beschäftigt waren, aber dass man ihn jetzt auch noch aus der Sache mit Chisunga heraushielt, stieß ihm richtig sauer auf. Aus den beiden hier würde er Informationen herausquetschen, so viel war sicher.

Carter saß wie auf Kohlen, er wollte weg, doch der

Sergeant drehte den Ausweis aufreizend langsam um, betrachtete ihn noch einen Moment und gab ihn dann zurück, hielt ihn Carter mit ausgestrecktem Arm hin, als habe das Dokument oder Carter eine ansteckende Krankheit.

»Wo genau ist Inspector Gotora?«, fragte Julia.

»Auf der Kentucky Farm. Oben bei der Mashumba Mine.«

Carter stürzte hinaus zum Land Rover, eine amüsierte Julia im Schlepptau.

»Hey! Warten Sie!«, rief der Sergeant ihnen hinterher. »Sie wissen doch gar nicht, wo die Kentucky Farm ist.«

Als Julia in den Wagen sprang, hatte Carter den Motor bereits gestartet. »Schnappen Sie sich die Karte vom Mashumba-Gebiet«, rief er, »sie liegt auf dem Armaturenbrett. Suchen Sie die Kentucky Farm und sagen Sie mir, wie ich fahren muss.«

Der Land Rover fuhr davon, und der Sergeant nahm sich vor, keinen weiteren Gedanken an diese beiden Städter zu verschwenden, die so wenig Respekt vor seinem Rang gezeigt hatten. Er befahl dem Constable, ihm eine Tasse Tee zu machen – wenigstens der Constable wusste, wer hier auf dem Revier der Boss war.

***

Julia studierte die Karte auf ihrem Schoß. »Links abbiegen und dann geradeaus. Da müsste eine unbefestigte Straße sein.« Sie sah auf die kleinen schwarzen Rechtecke in dem grün umrandeten Quadrat. »Vermutlich der Weg zur Arbeitersiedlung und zum Farmhaus.«

Die Sandstraße, die parallel zur Nord-Südstrecke der

Eisenbahn verlief, war voller Reifenspuren. Rechts und links der Straße stand das verdorrte Gras mannshoch. Der Land Rover holperte derart über das unwegsame, teilweise mit Geröll bedeckte Gelände, dass Julia sich an die Seiten ihres Sitzes klammern musste und ihre Zähne aufeinander schlugen.

Mit einem Mal hatten sie freie Sicht und umfuhren eine Ebene mit borstigem, widerstandsfähigem Gras. Über dem gleißenden Metall der Eisenbahnschienen flimmerte die Hitze und jenseits davon schob sich ein beeindruckend runder Hügel aus dem Boden, rund wie der Schädel eines Glatzkopfes. Gegenüber dem Hügel lag ein sanft ansteigender Hang, auf dessen Spitze ein weitläufiges Farmhaus thronte, das auf die Hütten der Landarbeiter hinuntersah.

Begleitet von einem Scheppern überwanden die Räder des Land Rovers ein niedergerissenes Viehgitter, und direkt dahinter, im schützenden Schatten einer Gruppe von Akazien, standen mehrere Polizeifahrzeuge und Fahrzeuge der Minengesellschaft. Voller Neugier wandten sich einige Gesichter Carter und Julia zu, als der Land Rover in einer Wolke aus rotem Staub neben den anderen Fahrzeugen zum Halten kam.

Ein hochgewachsener Polizist in makelloser Uniform und mit kerzengerader Haltung bahnte sich seinen Weg durch die Menge. Sein Schnurrbart, der einem Schurken zur Ehre gereicht hätte und dessen Enden gezwirbelt nach oben zeigten, verliehen dem Gesicht den Ausdruck eines Dauergrinsens. Der Mund indessen war grimmig verzogen. »Keine Presse!«, rief Inspector Kelvin Gotora und winkte Carter und Julia zurück, um im selben Moment wie angewurzelt stehen zu bleiben. »Mein Gott!

Jim Carter! Ich dachte, du bist schon längst raus aus diesem Spiel.«

Sie schüttelten einander die Hand, lange und sehr energisch.

»Das bin ich auch«, sagte Carter und reichte ihm seinen Ausweis, »aber für den Combais-Fall haben sie mich reaktiviert.«

Gotora gab ihm den Ausweis zurück. »Wie ich sehe, hast du es zu was gebracht, Jim. Hat mein Sergeant dir gesagt, dass wir hier sind?«

»Ja, das hat er.«

»Ich hoffe, es gab keinen Ärger mit ihm. Er hat manchmal Probleme mit euch langnasigen Brüdern.«

»Er hat sich bemüht«, erwiderte Carter mit einem unverbindlichen Lächeln. Dann stellte er Julia als seine Partnerin vor und Gotora gab auch ihr die Hand.

»Dann kommt mal mit rüber.« Gotora voran, schoben sich die drei durch die Ansammlung Neugieriger. »Bei uns verbreiten sich solche Sachen wie ein Lauffeuer«, sagte Gotora mit Blick auf die Gaffer. »Wir gehen von der Annahme aus, dass Chisungas Tod etwas mit dem Tod von Combais zu tun hat, schließlich verschwand er am Tag von Combais' Ermordung. Für diese Pappnasen von Ermittlern stand am Ende fest, dass Chisunga der Verdächtige ist, weil sie keinen anderen finden konnten. Chisunga war ein liebenswürdiger Kerl, der hätte niemals jemanden umbringen können.« Gotora streifte Carter mit einem Blick, der Verunsicherung ausdrückte. »Trag ich hier Eulen nach Athen? Wie gut bist du über den Fall unterrichtet?«, fragte er.

»Ich habe eine detaillierte Akte«, erwiderte Carter.

»Gut! Dann weißt du auch, dass die beiden Männer

am Tag des Mordes miteinander verabredet waren.«

»Richtig.«

Die drei gingen einen mit Steinen übersäten Weg hoch, der zu einer Grube führte. Dort erwartete sie voller Ungeduld ein älterer Weißer. Er trug ein schäbiges Tweedjackett und einen Kneifer. Neben ihm stand ein grauer Metallsarg.

»Das ist Dr. Adams, unser Allgemeinmediziner. Eigentlich ist er mit einem Fuß schon im Ruhestand, aber wir mussten ihn holen, damit er den Tod feststellt. Eine reine Formalität, aber rechtlich gesehen können wir die Leiche ohne sein Okay nicht von hier fortschaffen.«

»Warum ist die Grube nicht abgezäunt?«, fragte Carter.

Gotora schlug frustriert den Blick gen Himmel. »Du machst dir keine Vorstellung, welche Probleme uns der Diebstahl von Zäunen und Pfählen macht. Ein Trupp von Minenarbeitern ist nur damit beschäftigt, alles wiederherzustellen. Doch kaum haben sie einen Zaun errichtet, wird der Nächste demontiert.«

»Wer hat ihn gefunden?«, fragte Carter.

»Zwei Jungen, die hier durchs Gelände gestrolcht sind.«

Gotora zeigte auf einen jungen Mann, der tief ein- und ausatmete, als bereite er sich psychisch auf eine schwierige Unternehmung vor. »Übrigens, da ist David Pasula. Seit Chisungas Verschwinden ist er kommissarischer technischer Leiter der Mashumba Mine. Der Junge ist wahrlich nicht zu beneiden, jetzt da runter zu müssen, um die Leiche seines Chefs zu bergen. Der liegt vermutlich bereits seit gut einem Monat da drin. Nichts für empfindliche Nasen, kann ich nur sagen.«

Julia verzog angewidert das Gesicht und spürte, wie ihr Magen revoltierte.

»Chisunga hat vor einem Jahr ein Rettungsteam angeführt, um auf Cairn Brae die Leichen von drei illegalen Goldschürfern zu bergen. Pasula war damals seine rechte Hand. Das Makabre ist, dass Pasula jetzt genau dasselbe Rettungsteam leitet, nur dass es diesmal um Chisungas Leiche geht.« Carter, Julia und Gotora traten jetzt dichter an den Rand der Grube, um die Bergungsarbeiten verfolgen zu können.

Man hatte einen Förderhaspel über der Grube installiert, eine Apparatur, die aussah wie die Ziehvorrichtung eines Brunnens, jedoch mit je einem Griff rechts und links der Walze. In der Vergangenheit wurden manuelle Förderhaspeln eingesetzt, um Mensch und Material in die Tiefe zu transportieren oder wieder heraufzuholen. Neben dem Förderhaspel hockten zwei kräftige Männer des Rettungsteams und unterhielten sich.

David Pasula klinkte den Sicherheitsgurt, der mit seinem Gurtzeug verbunden war, in die Öse des Stahlseils, das um die Walze gewunden war. Die Männer betätigten die Walze, strafften so das Stahlseil, Pasula wurde nach oben gezogen und kreiselte jetzt in der Luft. An seinem Gurtzeug hing ein lose aufgerolltes Seil und daran ein zweiter Gurt und eine Sicherheitskette – Ausrüstungsgegenstände, um die Leiche hochzuziehen.

Als Pasula kaum noch hin- und herschwang, ließ man ihn hinunter in das Opak der trägen Wasseroberfläche.

Pasula rief seinen Mitarbeitern zu, ihn langsamer hinunterzulassen. Dann tauchten seine Füße ein und im nächsten Moment hing er von der Taille abwärts in der Brühe. »Stopp!«, rief Pasula aus der Grube. Jetzt schlang er den Gurt um den toten Körper, zog ihn fest und brachte die Sicherheitskette an. Carter sah, wie Pasula immer wieder den Kopf abwenden musste, doch jetzt hatte Pasula Seil und Sicherheitskette miteinander verbunden. »Fertig. Los jetzt!«, ertönte seine raue Stimme von unten. Die beiden Männer vom Rettungsteam betätigten erneut die Walze und Pasula wurde nach oben befördert. Während er aufwärts schwebte, entrollte er das Seil. Ein Fischer des Grauens, schoss es Carter durch den Kopf. Oben angekommen, wurde Pasula von Leuten seines Teams empfangen. Man zog ihn auf festen Boden, machte ihn vom Stahlseil los und verband das Stahlseil mit dem Seil, an dem Chisunga hing.

Gotora wandte sich an zwei junge Streifenpolizisten, die in seiner Nähe standen. »Bringt den Sarg her!« Als sie zögerten, herrschte er sie an: »Reißt euch gefälligst zusammen!«, und die beiden zogen los und kehrten mit dem Sarg zurück, als Chisungas aufgeblähte Leiche über der Grube hing. Pasula verschwand sofort hinter einem Baum und auch Julias Teint sah verdächtig grau aus, selbst einige erfahrene, abgehärtete Streifenpolizisten verzogen die Gesichter und wurden blass. Als Chisunga auf dem Boden lag, trat Dr. Adams heran, warf einen Blick auf die Leiche und knurrte: »Der ist tot. Toter geht's nicht.« Dann trottete er davon. Nachdem man Chisungas Leiche in den Sarg verfrachtet und eiligst den Deckel geschlossen und verschraubt hatte, kamen vier Polizisten, hoben den Sarg an und trugen ihn fort.

»Ich brauche so schnell wie möglich einen Autopsiebericht«, sagte Carter. »Kannst du veranlassen, dass man den Bericht unverzüglich Detective Chief Inspector Machaya zukommen lässt?«

»Ich kümmer mich drum«, sagte Gotora.

Auf dem Weg zurück zum Auto bemerkte Carter zwei

Männer, die abseits der Menge neben einem roten Toyota-Pick-up standen. Der eine von ihnen, offensichtlich ein Afrikaander, war ein wahrer Hüne, bei dem anderen handelte es sich um einen weißhaarigen, älteren Mann mit borstigem Schnurrbart. Die Haltung des Weißhaarigen drückte tiefen Kummer aus.

»Wer sind die Typen dort drüben?«, fragte Carter mit einem leichten Nicken in Richtung der beiden Männer.

»Der Größere ist Peter Van Rooyen, der Betriebsleiter der Mashumba Mine. Er ist sicherlich erleichtert, endlich Gewissheit über das Schicksal seines Mitarbeiters zu haben. Der andere ist Ronald Grenville, der leitende S.A.M.-Sicherheitsbeauftragte.«

»Ach ... das ist Grenville«, murmelte Carter.

»Was bedeutet S.A.M.?«, wollte Julia wissen.

»Southern African Mining Company. Das ist der Multi, dem die Mashumba Mine gehört. Für Grenville ist diese Position als Sicherheitsbeauftragter eine Art Vorruhestandsjob, damit er die Zeit bis zu seinem 65. totschlagen kann.«

»Das ist doch wohl ein wenig zynisch, oder?«, fuhr Julia ihm scharf in die Parade.

Gotora machte einen Rückzieher. »Ja, stimmt. Er ist sehr engagiert, koordiniert Rettungsaktionen und untersucht Unfälle in der Mine. Er und Martin Chisunga waren eng miteinander befreundet. Chisunga war so eine Art Ziehsohn für Grenville. Für gewöhnlich waren sie immer die Ersten im Mashumba Mining Club, saßen stundenlang zusammen und fachsimpelten über Bergbau. Grenville war einer der letzten selbstständigen Goldschürfer. Am Ende musste er aufgeben und an die S.A.M. verkaufen, aber unter der Bedingung, dass er bis zur Rente angestellt bleibt, deswegen dieser Posten als Sicherheitsbeauftragter.«

»Im Dossier heißt es, Grenville und Chisunga hätten den Ruf, Kenner der regionalen Geschichte zu sein.«

»Sie waren fast jeden Sonntag unterwegs, immer auf der Suche nach kolonialen und vorkolonialen Stätten, und davon gibt es hier eine Menge. Soweit ich weiß, haben sie auch das eine oder andere entdeckt.«

Für Carter war klar, dass Grenville der Erste war, dem er ein paar Fragen stellen musste. »Haben Sie Grenville schon befragt, Inspector Gotora?«, fragte Julia, als könne sie Carters Gedanken lesen.

»Selbstverständlich, Miss Machaya, wir haben jeden, der etwas mit der Mine zu tun hat, befragt. In Grenvilles Fall war es allerdings reine Routine. Er ist der Letzte, dem ich einen Mord zutrauen würde.«

Gotora konnte sich noch gut an den grüblerisch-entrückten Carter erinnern, der immer – so wie jetzt auch – seine Zigarettenschachtel hervorgeholt, das Feuerzeug angeklickt und ein nachdenkliches Gesicht gemacht hatte. Es war, als flatterte eine vage Ahnung durch seinen Kopf, einem Schmetterling gleich, der zu entwischen drohte und den er unter allen Umständen einfangen wollte.

Inzwischen hatte sich Grenville von dem Minenmanager verabschiedet, stieg mit hängenden Schultern in den roten Toyota-Pick-up und brauste davon.

»Wenn ihr mit ihm sprechen wollt, solltet ihr nachher in den Mashumba Mine Club gehen«, schlug Gotora vor.

»Ich denke, genau das werden wir tun«, sagte Carter. »Aber in der Zwischenzeit schauen wir uns an der Stelle um, wo Combais ermordet wurde, und fahren anschließend zu Chisungas Haus.«

Gotora saß auf dem Beifahrersitz des Land Rovers, Julia auf der Bank dahinter. Vor ihnen fuhr der Santana, der den Sarg mit Chisungas Leiche transportierte. Direkt vor einer Reihe weißer Betonmarkierungen gab Gotora Carter ein Zeichen, rechts abzubiegen, und ein einsamer Santana setzte seine Fahrt zum Harare-Krankenhaus fort.

»Combais ist genau hier getötet worden«, erklärte Gotora, als sie aus dem Jeep stiegen. »Dafür sprachen Reifenspuren, Schuhabdrücke, Blut und Gehirnmasse auf dem Boden. Nachdem sie ihn getötet hatten, wurde das Fahrzeug zu der Böschung da geschoben und in den Wassergraben dahinter gestoßen.«

Gemeinsam gingen sie zu der bezeichneten Stelle. Nichts in dem hohen, trockenen Gras deutete auf ein Fahrzeug hin, das hier entlanggerollt war; die Natur hatte sich regeneriert und wieder alles in ihren Besitz genommen.

Nachdenklich blickte Gotora hinunter in den Abwassergraben und sagte: »Sicher weißt du von den Fingerabdrücken in und an dem Nissan Sunny und in Chisungas Haus.«

»Ja, aus dem Dossier.«

»Die Jungs aus der Stadt, die in dem Fall ermittelt haben, waren zuversichtlich, dass die Fingerabdrücke zu einer schnellen Festnahme führen und man so vor der Presse eine gute Figur machen kann. Als der Erfolg sich nicht einstellen wollte, sank ihre Motivation rapide und die Ermittlungen wurde nur noch schlampig durchgeführt.«

»Und ... hast du eine Theorie bezüglich der Fingerabdrücke?«

»Nicht was die Fingerabdrücke betrifft, aber was die Schuhabdrücke anbelangt.«

Carter erinnerte sich, was im Dossier über die Schuhabdrücke gesagt wurde: Dicke, widerstandsfähige Gummisohlen, wie man sie bei schweren Schuhen oder Arbeitsstiefeln findet.

»Dort, wo Combais' Wagen gestanden hatte, gab es keine verwertbaren Schuhabdrücke. Kein Wunder bei dem Untergrund. Aber dort hinten wurden die Kollegen von der Spurensicherung fündig«, sagte Gotora und marschierte los. Er führte Julia und Carter zu einer Gruppe von Bäumen, deren Wipfel ein natürliches Dach bildeten.

»Das muss die Stelle sein, wo die Täter ihren Wagen abgestellt haben«, sagte Carter.

»Du hast es erfasst«, erwiderte Gotora. »Und hier, auf diesem recht weichen Untergrund fand man aussagefähige Abdrücke von Schuhen, und alle waren identisch mit diesem.« Mit triumphierendem Blick setzte Gotora seinen weinroten Stiefel fest auf den Boden, hob den Fuß wieder hoch und präsentierte den Abdruck.

Ungläubig starrte Julia auf das Muster im Boden. »Wollen Sie damit andeuten, dass Combais von Polizisten getötet wurde?«

»Das habe ich nicht gesagt, Miss Machaya. Aber heutzutage kann sich jeder, der bereit ist, einen gewissen Preis zu zahlen, Polizeiuniformen beschaffen. Als Polizisten getarnt, wäre es für die Täter ein Leichtes gewesen, Combais zum Anhalten zu bewegen, ohne dass er Verdacht schöpft.«

Carter sah sich um. Hinter der Baumgruppe erhob sich ein kleiner Hügel bis zu den grellweißen Seiten eines Aussichtsturms, die stumm die vier Himmelsrichtungen anzeigten. Gotoras Blick war ebenfalls dorthin gewandert. »Die Mörder haben sich hier versteckt und auf ihr Opfer gewartet. Wir vermuten, dass einer von ihnen da oben, beim Aussichtsturm, auf Beobachtungsposten war. Und um noch einmal auf die Schuhabdrücke zurückzukommen – alle Abdrücke sind von einem Stiefel der Größe 8.«

»Die gängigste Größe«, warf Julia ein.

»Das mag schon so sein, Miss Machaya, aber gleich alle drei? Ein merkwürdiger Zufall, finden Sie nicht?«

»Wer sagt denn, dass alle drei hier waren? Bei identischen Abdrücken kann man doch keine Schlüsse ziehen über die Anzahl der Personen«, gab Julia zu bedenken.

»Wir können wohl davon ausgehen, dass alle drei hier waren. Abgesehen davon gab es Abdrücke eines linken Stiefels, an dessen Sohle ein Stück fehlte. Also müssen mindestens zwei Täter hier gewesen sein. Nein, ich halte es für durchaus wahrscheinlich, dass alle drei Täter Stiefel getragen haben und dass diese Stiefel aus ein und derselben Quelle stammten, einer Quelle, der nur Stiefel der Größe 8 zur Verfügung standen.«

»Da ist was dran«, meinte Carter. »Hast du den Kollegen von deiner Vermutung erzählt, Kelvin?«

»Glaubst du, die nehmen einen Provinzpolizisten ernst, ein Landei? Als ich diese Punkte einmal erwähnt habe, haben sie sofort dichtgemacht, als würden sie befürchten, ein Hinterwäldler könnte ihnen die Schau stehlen. Deshalb haben sie meine Vermutung, Combais' Killer hätten sich als Polizisten getarnt, sofort als abwegig betrachtet.«

Julia tat sich ebenfalls schwer damit. »Drei Männer,

die sich als Polizisten verkleiden, erscheint mir doch weit hergeholt.«

Carter sah das ganz anders. »Da bleiben wir dran. Ich denke, das könnte eine Spur sein.«

Ihm war klar, dass die Ermittlungen in Sachen Uniformen und Stiefel die Suche nach der berühmten Stecknadel im Heuhaufen bei weitem übertraf. Müssen die Jungs in Harare eben mal nachsitzen, dachte er, schließlich scheinen sie bei den bisherigen Ermittlungen ihre Hausaufgaben nur unzulänglich gemacht zu haben, und zu Gotora gewandt sagte er: »Was ist eigentlich mit den Reifenspuren? Fällt dir spontan ein, um welchen Reifentyp es sich gehandelt hat? Ich muss da nämlich passen.«

Gotora grinste.

»Geht mir offen gestanden nicht anders.«

»Okay, ziehen wir nachher das Dossier zurate und jetzt ab zu Chisungas Hütte«, sagte Carter und beschloss, Gotora auf dem Weg dorthin über die mögliche Moscan-Verbindung zu unterrichten.

***

Der Anblick von Chisungas abgelegenem Haus ließ bei Julia fast so etwas wie Wehmut aufkommen. Verdammt einsam hier, dachte sie, und der mysteriöse Tod des ehemaligen Bewohners macht es nicht freundlicher. Sie wurde von Gotoras Stimme aus ihren Überlegungen gerissen.

»Hier stand Chisungas Pick-up.« Gotora wies auf eine Stelle etwa einen halben Meter vom Land Rover entfernt. »Genau wie Combais' Sunny war auch Chisungas Wagen mit einer roten Staubschicht bedeckt. Aber da es hier überall roten Staub gibt, ist das kein Anhaltspunkt, wo genau die beiden sich aufgehalten haben.«

»Wo ist das Fahrzeug jetzt?«, fragte Julia.

»Nachdem klar war, dass es eine Verbindung zwischen Combais und Chisunga gibt, wurde Chisungas Mazda von der Spurensicherung in Augenschein genommen. Allerdings ohne Ergebnis. Man hat lediglich hinten die Leiter gefunden, die Chisunga am Tage seines Verschwindens von der Mine mitgenommen hatte. Also wurde das Fahrzeug für den Einsatz bei der Minengesellschaft freigegeben.«

Die drei stiegen jetzt die Stufen zur Veranda hoch, die Chisunga vor über einem Monat kurzerhand hinuntergestoßen worden war. Gotora zog einen Satz Dietriche aus der Tasche.

»Na, du bist ja bestens ausgerüstet«, kommentierte Carter, während Gotora in dem Schloss herumstocherte.

»Ja, so was ist ganz nützlich, es erspart einem, die Türen eintreten zu müssen. Die Schlüssel zu Chisungas Haus liegen bei der Minengesellschaft, ohne diese Dinger hier hätten wir einen schönen Umweg machen müssen.«

Das Schloss sprang auf und sie konnten das Haus betreten.

»Die haben inzwischen natürlich alles aufgeräumt. Auf dem Tisch standen die Reste eines Mittagessens, das heißt, die ungebetenen Gäste kamen um die Mittagszeit. Man kann das zeitlich so eingrenzen, weil Chisunga dafür bekannt war, einen bestimmten Tagesablauf penibel einzuhalten.«

»Gab es irgendwelche Anhaltspunkte in seinem Terminkalender?«, fragte Carter.

Gotora schüttelte den Kopf. »Nein, nichts. Ich habe alles genau durchgesehen. Auch seinen Schreibtischkalender. Da hatte er lediglich *R. Combais* für den Tag seines Verschwindens notiert. Chisunga nahm sich für dieses Treffen den halben Tag frei und wurde seitdem nicht mehr gesehen.«

»Und in seinem Büro? Sind Sie da auf etwas Bemerkenswertes gestoßen?«, fragte Julia.

»Nein, leider nicht. Und sollte ich etwas übersehen haben, ist es jetzt mit Sicherheit nicht mehr da, jetzt, wo Pasula den Posten innehat.«

Gotora sah sich im Zimmer um. »Die Fingerabdrücke auf dem Lenkrad des Sunnys und auf dem Telefon waren von ein und derselben Person«, sagte er mehr zu sich selbst.

»Daraus könnte man schließen, dass diese Person der Anführer des Trios ist. Er lenkt den Wagen, während die anderen schieben. Er ruft seinen Boss im Sheraton an, während die anderen Däumchen drehen«, resümierte Carter.

Julia ging hinüber zum Telefontischchen und nahm den Notizblock, der dort lag, vorsichtig in die Hand. Gotora sah sie an und sagte: »Ich habe Chisungas gesamte Korrespondenz überprüft, aber da war nichts von Combais. Vielleicht hat er sich auf dem Block eine Notiz gemacht, aber wenn, dann ist die schon lange weg.«

Julia ging mit dem Block zum Fenster und hielt ihn ins Licht.

»Hat einer von Ihnen einen Bleistift dabei?«, fragte sie unvermittelt und starrte auf das Papier. Die beiden Männer sahen sie irritiert an. Julia blickte hoch. »Ja, was denn? Ein uralter Trick. Kennen Sie den nicht? Hier ist ein Abdruck auf dem Zettel.« Sie ging zu dem Telefontischchen zurück, zog eine Schublade auf und kramte darin herum. »Na wer sagt's denn!«, rief sie und nahm einen Bleistift heraus. Dann fing sie an, sanft mit der Spitze über das Blatt zu fahren. Carter und Gotora traten zu ihr an den Telefontisch und alle drei starrten auf das Symbol, das Chisunga für die drei Mosambikaner hatte zeichnen müssen. Für Carter sah es aus wie drei Nägel neben einem Kruzifix, darunter ein Halbmond, der ihn an einen lächelnden Mund erinnerte mit einer waagerechten Linie dort, wo die Lippen aufeinander trafen. Er zeichnete die Symbole in sein Notizbuch.

»Ich denke, wir sollten den Block mitnehmen. Man sollte nichts unversucht lassen, vielleicht finden sich darauf noch Fingerabdrücke«, sagte Julia.

Gotora zog eine durchsichtige Plastiktüte aus der Tasche. »Als Dorfpolizist muss man eben alles dabeihaben«, meinte er schmunzelnd und steckte den Block behutsam in die Tüte.

Auf dem Weg zum Land Rover fiel Gotora etwas ein. »Eine Sache noch«, sagte er, »wir haben in Chisungas Esszimmer einen Zigarettenstummel vom Boden aufgehoben. Chisunga war Nichtraucher – «

»Was für eine Marke war es?«, unterbrach ihn Carter.

»Camel. Also Importware.«

»Davon stand überhaupt nichts im Dossier«, meinte Carter.

»Einer von meinen Leuten hat ihn gefunden, vielleicht deshalb. Unsere so genannten Experten aus Harare haben doch alles in den Wind geschlagen, was von unserer Seite kam.«

»Combais?«, mutmaßte Julia.

»Tja, man hat nirgendwo im Haus Fingerabdrücke von Combais gefunden«, sagte Carter. »Es ist also eher unwahrscheinlich, dass er hier war. Ich tippe vielmehr auf die Täter, die ja sehr verschwenderisch waren, was ihre Spuren betrifft.«

Im Land Rover nahm Julia die Karte vom Mashumba-Gebiet zur Hand, markierte und bezeichnete den Tatort im Mordfall Combais, die Grube, wo Chisungas Leiche gefunden worden war, und Chisungas Haus.

Während der Fahrt zurück zum Polizeicamp sagte Gotora: »Die Leute hier glauben, Chisunga habe sich umgebracht oder sei versehentlich in die Grube gefallen.«

Carter blickte den Mann von der Seite an.

»Es war von Anfang an klar, dass der Mord an Combais und Chisungas Verschwinden in Zusammenhang stehen, Kelvin. Ich gehe also nicht von einem Unfall aus. Allerdings müssen wir erst mal die Autopsie abwarten. Doch wenn du mich fragst, wurde Chisunga entführt. Man hat versucht, ihn über Combais auszuquetschen, und sich anschließend seiner entledigt.«

»Ich befürchte, dass es Chisungas wegen zu einer weiteren Ermittlung kommt. Wieder 'ne Horde Cops, die hier einreitet, man wird dich und deine Partnerin kaltstellen und alles an sich reißen.«

»Da mach dir mal keine Sorgen, Kelvin. Ich hab freie Hand und kann die Jungs aus der Stadt in die Schranken weisen.«

Gotora lächelte. »Na dann auf gute Zusammenarbeit, Jim.«

»Auf gute Zusammenarbeit«, erwiderte Carter.

Nachdem sie Gotora im Polizeicamp abgesetzt hatten, kehrten Carter und Julia in das Hotel zurück. Sie verabredeten sich für fünf Uhr, um in den Mashumba Mine Club zu fahren.

Dezent parfümiert und mit offenem Haar stand Julia pünktlich vor Carters Zimmertür. Sie trug einen knöchellangen Rock und eine pastellfarbene Bluse mit langen Ärmeln. Carter gefiel ihre zurückhaltende Aufmachung – Leute vom Land hatten wenig übrig für städtische Modetrends.

Neuntes Kapitel

Mit einem Knirschen kam der Land Rover auf dem mit Kies bedeckten Parkplatz des Mashumba Mine Clubs zum Stehen.

»Hoffentlich ist er ohne Begleitung«, sagte Carter beim Aussteigen mit Blick auf Grenvilles roten Toyota, der neben dem Land Rover das einzige Fahrzeug weit und breit war. »Die Fragen, die wir ihm stellen, könnten ziemlich persönlich sein.« Er blickte auf seine Uhr. »Viertel nach fünf. Eigentlich früh genug, um eine Weile ungestört miteinander reden zu können.«

Carter und Julia stiegen die Stufen zur Veranda hoch. Hinter der Bleiverglasung eines Erkerfensters zeichnete sich der weiße Haarschopf ab, den sie bereits früher am Tag gesehen hatten. Als Julia und Carter den Raum betraten, blickte Grenville hoch. Das tat er automatisch bei jedem neuen Gast. In seinen Augen blitzte kurz Erkennen auf, dann richtete sich sein Blick wieder auf den Wodka in seinem Glas. An der Mitte der Bar, dicht bei Grenville, blieb Carter stehen, zündete sich eine Zigarette an und setzte sich auf einen Barhocker. Julia nahm auf dem Hocker daneben Platz.

Selbstgefällig stolzierte der Barkeeper heran und schwang eine in Leder gebundene Kladde. *Gästebuch* stand auf dem Deckel, in stolzen, goldenen Lettern.

»Sind Sie Mitglied, Sir?«, fragte der Barkeeper süffisant, überzeugt davon, die beiden Fremden augenblicklich des Klubs verweisen zu können.

Nicht minder arrogant warf Carter den Ausweis des Innenministeriums auf den Tresen. »Mr. Grenville wird uns eintragen.«

Verunsichert durch die Bestimmtheit in Carters Auftreten und die dem Ausweis anhaftende Nötigung, suchte der Barkeeper Rückendeckung, die ihm die Nähe von Mr. Grenville bot; er schlug den letzten Eintrag in der Kladde auf und trat die Verantwortung an den Sicherheitsbeauftragten ab.

Grenville blickte auf, sein Gesicht war eingefallen und grau. »Ich wähne mich hier absolut im Nachteil. Zwar wissen Sie, wer ich bin, ich jedoch hab nicht den geringsten Schimmer, wer Sie sind. Wären Sie vorhin nicht auf der Kentucky Farm gewesen, würde ich sagen, ich habe Sie noch nie gesehen, selbst wenn ich bei Adam anfinge.«

»Und bei Eva«, bemerkte Julia schlagfertig.

Grenville grinste breit, und selbst der eben noch so zugeknöpfte Barkeeper konnte sich ein Schmunzeln nicht verkneifen.

Es gehörte zu Carters Gewohnheiten, sich blitzschnell ein Bild von Menschen zu machen – dreizehn Jahre lang war das Teil seines Jobs gewesen. Grenvilles noch immer kraftvolle, sehnige Erscheinung strahlte eine distinguierte Würde aus und sein sonorer Bariton unterstrich dieses Attribut.

»Mein Name ist James Carter. Ich untersuche die Todesfälle von Rodrigo Combais und Martin Chisunga. Das ist meine Partnerin Julia Machaya.«

Julia lächelte zurückhaltend. Eine bigotte Öffentlichkeit begegnete Polizistinnen oftmals mit milder Verachtung oder freundlicher Toleranz. Sie fragte sich, wie wohl dieser ältere Weiße, der vermutlich noch dem Denken des alten Rhodesiens verhaftet war, sich einem Polizeibeamten gegenüber verhalten werde, der nicht nur weiblich, sondern obendrein noch schwarz war.

Doch Grenville stand auf, streckte seine Hand aus und sagte: »Ronnie Grenville. Erfreut, Sie kennen zu lernen.«

Zu Julias Erleichterung war der Händedruck warm und freundlich, als wäre Grenville tatsächlich froh, sie kennen zu lernen.

Carter bestellte eine Runde Drinks und ein Päckchen Madison, während er seine Gedanken ordnete und sich daran zu erinnern versuchte, wie man bei einer Befragung vorgeht. Allerdings kam ihm Grenville zuvor.

»Martin wurde ermordet, nicht wahr?«

»Nun, das wissen wir noch nicht. Wir müssen erst den Obduktionsbericht abwarten. Dennoch brauchen wir jede nur mögliche Information.«

Grenville seufzte, und mit einem Mal sah er alt und verbraucht aus. Er richtete seinen Blick auf einen Punkt irgendwo hinter Carter und Julia, als wolle er den Augenkontakt mit den beiden vermeiden.

»Ich kannte Martin quasi von Geburt an. Sein Vater hat für mich gearbeitet, in meiner letzten Mine, der Sunlight Mine. Er war Vorarbeiter, mehr kann man als Ungebildeter, als Analphabet im Bergbau nicht erreichen. Unglücklicherweise blieb die lange Tätigkeit in kleinen Minen, wo die Sicherheit dem Profit geopfert wird, nicht ohne

Folgen. Er hatte sich eine Pneumokoniose zugezogen.«

»Pneumo – was?«, fragte Julia.

»Pneumokoniose. Eine Staublunge«, erklärte Grenville. »Die Ursache dafür sind mikroskopisch kleine Staubpartikel, die Tag für Tag, jahrein, jahraus eingeatmet werden. Durch Röntgen kann man die Krankheit heutzutage im Frühstadium feststellen, doch früher füllten sich die Lungen mehr und mehr, das Lungengewebe veränderte sich und vernarbte. Anfänglich spürt man nur eine leichte Kurzatmigkeit, doch wenn der Prozess fortschreitet, kann man nichts mehr gegen die Krankheit tun. Martins Vater hat die Mine zu spät verlassen. Er brauchte das Geld. Als sich seine Gesundheit verschlechterte, arbeitete er Übertage. Eine leichtere Tätigkeit, dennoch war sie für ihn zu anstrengend. Ich habe ihn dann als Gehilfen für meinen Gärtner eingestellt. Natürlich konnte er nicht viel tun, aber er behielt seine Würde und hatte das Gefühl, noch nützlich zu sein.«

»Haben Sie sich zu diesem Zeitpunkt bereits um Martin gekümmert?«, fragte Julia.

»Sie sind beide gut informiert«, meinte Grenville und zwinkerte Julia zu. »Aber als Ermittler muss man das wohl sein. Nun, Martins Mutter starb Jahre vor der Erkrankung seines Vaters. Später dann half der Junge seinem Vater im Garten, war ihm eine Stütze und ermutigte ihn immer wieder, weiterzumachen. Das hat mich beeindruckt, also habe ich dafür gesorgt, dass er die Schule beendet, und ihm anschließend ein Studium ermöglicht. Ich habe ihm auch den Job bei der Mashumba Mine vermittelt. Damals hatte ich Sunlight bereits verkauft und die Stelle des Sicherheitsbeauftragten der S.A.M. angenommen. Leider durfte Martins Vater den Erfolg seines Sohnes nicht mehr miterleben, er starb knapp einen Monat vor Martins Examen.«

»Das tut mir leid«, sagte Carter wenig überzeugend, doch er sah den Ausdruck echten Mitgefühls in Julias Augen.

Grenvilles Schweigen hing wie eine Last in der Luft, und Carter drückte seine Zigarette aus, unsicher, wie er den Faden aufnehmen sollte. Alle drei nippten mehr oder weniger verlegen an ihren Drinks, dann fuhr Grenville fort.

»Ich habe nie geheiratet. Irgendwie war nie Zeit dafür, und ehe ich mich versah, war es zu spät. Die Arbeit hatte immer Priorität, die nächste Mine, die ganz große Mine. Männer, die so besessen sind, haben wenig Chancen bei Frauen. Eine mehr als ungewisse Zukunft, nicht mal mittelfristige Planungen, Ruß und Dreck, immer einem flüchtigen Traum auf den Fersen – das ist die Realität der Goldschürfer und der Besitzer kleiner Minen, doch das ist nichts für das schöne Geschlecht.« Grenville lachte, doch es war ein seltsam freudloses Lachen. Seine geäderte Hand schaufelte das dichte weiße Haar zurück, und plötzlich entdeckte man in ihm den Mann, der sein Leben Revue passieren ließ, ein Leben voller erfolgloser Versuche, das Schicksal zu überlisten, um das Paradies zu finden.

»Im Laufe der Jahre wuchs mir Martin mehr und mehr ans Herz. Ich würde gern glauben, dass er all das verkörperte, was ich mir bei einem eigenen Sohn gewünscht hätte, und in gewisser Weise bin ich mir sicher, dass ich für ihn eine Art Vater war. Komisch, nicht wahr? Unter den Schwarzen hier ist es üblich, dass derjenige, den man als väterlich empfindet, voller Respekt mit *Vater* angesprochen wird. Auch Martin hat das mir gegenüber ab und an getan. Das Einzige, was unser Verhältnis immer belastet hat, war die Stigmatisierung durch die Gesellschaft, die engen Beziehungen zwischen Schwarzen und Weißen mit Ablehnung begegnet.«

Diese letzte Bemerkung Grenvilles versetzte Carter einen Stich, erinnerte sie ihn doch an sein eigenes Leben mit Maria und Emily, an die Verunsicherungen, die seine Heirat mit sich gebracht hatte, und zwar exakt aus dem Grund, den Grenville jetzt erläuterte.

»In den Augen der Weißen ist es unverzeihlich, wenn jemand engen Kontakt zu Schwarzen unterhält. Auch innerhalb der schwarzen Gemeinschaft wird so etwas als Akt der Schwäche angesehen und nicht als Geste der Versöhnung oder Freundschaft. Für beide Seiten gestaltet es sich schwierig, eine über vier Generationen andauernde rassistische Indoktrination auszulöschen, selbst fünfzehn Jahre nach der Unabhängigkeit gibt es immer noch viel Misstrauen und Vorurteile.«

Grenville blickte versonnen in sein Glas, doch dann fing er sich unvermittelt und lachte sein trauriges Lachen. »Jetzt kennen Sie die Geheimnisse eines alten Mannes, der einen Menschen verloren hat, der ihm nahe stand wie ein Sohn.«

Auch Julia starrte in den Rest Wermut und Cassis in ihrem Glas, und Grenville packte die Gelegenheit beim Schopfe, bestellte eine zweite Runde und die bedrückte Stimmung verflüchtigte sich allmählich.

»Der Leiter des Polizeicamps hat mir erzählt, dass Martin und Sie das Interesse an lokaler Geschichte teilten«, sagte Carter.

Ein wehmütiges Lächeln huschte über Grenvilles Gesicht. »Ja, ja, dieser Gotora ... ein heller Kopf. Schon vor ein paar Wochen hat er mir deswegen diverse Fragen gestellt. Möglicherweise gibt es nirgendwo in Simbabwe eine so große Anzahl Relikte und historischer Stätten wie im Mashumba-Gebiet. Höhlenmalereien der San, uralte Goldgruben, portugiesische Minen und Ansiedelungen. Briten und Buren, die vor einem Jahrhundert in Scharen kamen, hofften, ohne größere Anstrengung auf Gold zu stoßen, doch die meisten wurden enttäuscht. Mindere Qualität und Adern, an die schwer heranzukommen war. Viele Pioniere wurden Opfer des ersten Shona-Aufstandes, und die Mehrheit der desillusionierten Überlebenden verließen ihre Claims und gingen nach Salisbury oder wurden Farmer.

»An den Wochenenden haben Martin und ich diese Stätten aufgesucht. Hier und da stießen wir auf bisher Unentdecktes oder auf chinesisches Porzellan zum Beispiel, das noch von den Portugiesen stammte. Natürlich haben wir jeden Fund dem Queen Victoria Museum mitgeteilt.«

»Wer war dort Ihr Ansprechpartner, Mr. Grenville?«, fragte Carter.

»Ms. Drake. Sie ist für die Portugiesische und die Prähistorische Abteilung zuständig. Nebenbei bemerkt, eine äußerst attraktive Person.«

Carter amüsierte sich insgeheim über die nahezu identische Beschreibung dieser Ms. Drake sowohl seitens Machayas als auch Grenvilles.

»Sie sagen, die Portugiesische und die Prähistorische Abteilung, aber wer ist zuständig für die Kolonialgeschichte?«

Grenville dachte einen Augenblick nach. »Martin hat

den Mann getroffen. Sein Name war Zulu ... Zulu ... genau, Josiah Zulu. Wenn ich mich recht erinnere, hat Martin nicht viel von ihm gehalten. Still und unheimlich, so hat er ihn bezeichnet.«

Carter notierte sich den Namen in seinem Notizbuch, dann zog er fragend eine Augenbraue hoch und sagte: »Mr. Grenville, Sie haben kürzlich beim Landesvermessungsamt eine Karte des Mashumba-Gebietes gekauft.«

Mehrere Sekunden lang herrschte verblüfftes Schweigen, bis Grenville anfing, herzhaft zu lachen. »Sie haben tatsächlich Ihre Hausaufgaben gemacht, Carter. Keine Ahnung, warum Sie das interessiert, ich frag auch gar nicht nach, aber nur so viel: Ich habe sie mir besorgt, weil die, die ich seit zwanzig Jahren benutze, nicht mehr zu gebrauchen ist. Die ist ganz schön zerfleddert, das können Sie mir glauben.« Er blickte in die undurchdringlichen Mienen Carters und Julias und fügte hinzu: »Wenn Sie zu mir nach Hause kommen, können Sie sich ja die alte Karte und die neue Karte anschauen.«

»Das wird nicht nötig sein«, sagte Carter.

Plötzlich fragte Grenville: »Stehe ich unter Verdacht?«

Die Frage kam so unerwartet, dass Carter kaum Zeit fand, sich eine taktvolle Antwort zurechtzulegen. »Nun«, begann er, »in diesem Stadium der Ermittlungen können wir niemanden ausschließen, der in irgendeiner Weise mit einem der beiden Toten in Beziehung stand. Wenn Sie mich jedoch nach meiner persönlichen Meinung fragen, kann ich Ihnen versichern, dass ich nicht glaube, dass Sie involviert sind. Und ich denke, ich kann diesbezüglich auch für Inspector Gotora sprechen.«

»Danke, dass Sie so offen sind.«

Carter hielt es für angebracht, der Befragung eine

andere Richtung zu geben. »Combais war hier, um etwas über einen Vorfahren herauszufinden, der sich vor dreihundert Jahren in der Gegend aufgehalten hatte. Wenn man so will, ein Urlaub in Sachen Ahnenforschung. Hat Martin Ihnen gegenüber mal erwähnt, dass Combais kommt?«

»Nein. Mitunter verhielten wir uns wie Konkurrenten. Zugegeben, ganz schön kindisch, doch wir waren ziemlich stolz, wenn wir alleine loszogen und etwas fanden, mit dem wir den anderen dann beeindrucken konnten. Ich könnte mir vorstellen, dass Martin Combais deshalb nicht erwähnt hat.«

»Ich würde es begrüßen, wenn Sie es ermöglichen könnten, uns mit Ihren Kenntnissen bei den Ermittlungen zu unterstützen. Der Portugal-Aspekt tritt immer mehr in den Vordergrund und es wäre hilfreich, wenn uns jemand zu den Fundstätten aus der Ära der Portugiesen führte. Wenn es Ihnen recht ist, übermorgen, denn morgen muss ich nach Harare, um ein paar Leuten einige Fragen zu stellen.«

Mit einem Male schien Grenville wieder voller Energie zu sein. »Kein Problem«, sagte er lebhaft. »Ich nehme mir einfach frei und stehe ganz zu Ihrer Verfügung.«

Er wirkte plötzlich zehn Jahre jünger. Die Hoffnung, den ausfindig zu machen, der für den Tod seines Ziehsohnes verantwortlich war, brachte die Farbe zurück in sein Gesicht. Sein borstiger Schnurrbart zuckte munter, und Grenville fing an zu erzählen, geriet richtig ins Schwärmen, als er von den frühen Tagen des Goldschürfens berichtete. Er zeigte auf die sepiafarbenen Fotografien aus der Kolonialzeit, die die Wände der Bar schmückten, zählte mindestens ein Dutzend Claims auf und nannte auch die meisten Männer beim Namen, die sich auf den Fotos in Positur warfen.

Nicht lange und sie nannten sich beim Vornamen. Grenville bot Julia und Carter an, in sein Haus zu übersiedeln, und beide nahmen dankend an. Carter versprach sich vor allem mehr Platz, eine Art Einsatzraum, von dem aus man die Ermittlungen planen und koordinieren konnte, etwas, was in dem engen Hotelzimmer nicht möglich war.

Nachdem die beiden Männer ihre Einladung mehrmals abgelehnt hatten – Julia empfand das nahezu als Machogehabe –, konnte sie schließlich doch die dritte Runde Drinks ausgeben, und so blieben die drei noch eine Weile beisammen.

***

Carter saß mit einem abendlichen Scotch und einer Zigarette allein auf der Hotelveranda. Der Vollmond stand rot und kräftig am Horizont und versuchte vergeblich, die Dunkelheit aus einem kleinen Winkel Afrikas zu verbannen.

Unversehens tauchte Julia auf, zum Schutz gegen die noch angenehm kühle Abendbrise in eine leichte Strickjacke gehüllt. Sie wirkte ernst und nagte geistesabwesend an ihrer Unterlippe.

»Was ist los?«, fragte Carter.

Sie setzte sich auf den Stuhl neben ihm und lachte auf, nur kurz, aber auch mit einer Spur Nervosität. »Es ist nur so ein Gefühl, aber ich glaube, jemand hat sich in meinem Zimmer umgesehen«, sagte sie und es hörte sich an, als könne sie es selbst nicht so recht glauben.

»Vielleicht ist ein Zimmermädchen da gewesen oder dieser widerliche Benjamin. Ich könnte mir gut vorstellen, dass der hier auch noch die Zimmer sauber macht.«

»Das Zimmer ist nicht sauber gemacht worden«, widersprach Julia. »Wenn dem so wäre, gäbe es kein Problem. Aber ich bin mir sicher, dass einiges in meinem Zimmer – auf dem Nachttisch und in den Schubladen zum Beispiel – nicht mehr an seinem Platz liegt.«

Nachdenklich blickte Carter über die Brüstung der Veranda, hinüber zu dem nur notdürftig beleuchteten und mit Unkraut überwucherten Minigolfplatz und dem heruntergekommenen Pavillion daneben, der verstohlen von der längst vergangenen Pracht des Hotels kündete. Mit einem Mal schien die Nacht hereinzubrechen und das Licht des Vollmondes war kühl und erzeugte ein Frösteln.

»Wo war Ihre Waffe?«

»Ich hatte sie dabei. Sie war zusammen mit dem Holster in meiner Handtasche.«

Carter nickte und verfiel wieder ins Grübeln. Schlussendlich zuckte Julia die Achseln, und genau wie Carter versank sie in der Betrachtung des melancholischen Stimmungsbildes vor ihnen. Doch dann sagte sie völlig unvermittelt: »Ich würde nachher ganz gern noch einen Blick in das Dossier werfen.«

»Ach ja?«, erwiderte Carter gedehnt.

»Ja, wegen dieser Reifenspuren. Apropos Reifenspuren, meinen Sie nicht auch, man sollte an der Grube auf der Kentucky Farm mal nach Reifenspuren suchen? Ich habe dort niemanden irgendwelche Spuren sichern sehen.«

»Da haben Sie allerdings Recht. Bloß wenn es welche

gegeben hat, sind die mit Sicherheit zerstört, so wie die alle da rumgetrampelt sind. Aber ich kann Gotora mal darauf ansetzen.« Nach dem Abendessen zog sich Julia mit dem Dossier zurück. Als Carter allein in seinem Zimmer saß, ging ihm das Gespräch auf der Veranda nicht aus dem Kopf. Er hoffte, dass Julia es nicht persönlich genommen hatte, aber er hatte so tun müssen, als ob ihr Verdacht ziemlich absurd wäre. Sollte sich nämlich tatsächlich ein Komplize der Täter im Hotel aufhalten und sie belauern, wollte Carter unter allen Umständen vermeiden, dass er gewarnt wurde und die Flucht ergriff. Andererseits war auch ein Fall von leichtem Diebstahl nicht ausgeschlossen; ein paar Dollar hier mitgehen lassen, einen Gegenstand da, wem würde das schon auffallen? Allerdings spielte Intuition bei Ermittlungen eine gewichtige Rolle, insofern sollte er Julias Intuition vertrauen.

Carter sah sich in seinem Zimmer um.

Die Kommode in der Ecke, ein wackeliges Ding. Ein Bein war abgebrochen und durch einen Ziegelstein ersetzt worden. Carter ging hinüber und kontrollierte jede Schublade. In der mittleren Schublade auf der linken Seite der Kommode stieß er auf etwas, was Julia Recht geben könnte. Er war sich ziemlich sicher, die drei Karten der Areale, die an das Gebiet der Mashumba Mino angrenzten, hinten in die Schublade gelegt zu haben, oder etwa nicht? Jetzt lagen sie vorn. Er schrieb die Nummern der Karten in sein Notizbuch – er musste veranlassen, dass Machaya das Kartenbüro im Landesvermessungsamt ins Visier nehmen ließ für den Fall, dass die Mörder dort auftauchten, um sich auch diese drei Karten zu beschaffen, die bisher nur er, Carter, gekauft hatte. Inzwischen stand es für Carter außer Frage, dass eine Karte der Mashumba Mine im Besitz der Täter war – die Quittung mit der unleserlichen Handschrift stammte von ihnen.

Er schloss die Schublade, verließ das Zimmer und ging durch das Labyrinth der Flure zur Rezeption.

Der fette Manager hing weit zurückgelehnt auf seinem Stuhl, die Beine übereinandergeschlagen auf der Platte des Tresens, und bohrte geistesabwesend in der Nase.

»Guten Abend, Mr. Sibanda. Dürfte ich mal Ihr Telefon benutzen?«

Mit Schwung nahm der Manager die Beine herunter, wobei der Stuhl unter der Masse des Mannes bedrohlich ins Kippeln geriet.

»Hach! Mr. Carter, haben Sie mich erschreckt«, sagte er und griff sich dorthin, wo er sein Herz vermutete. »Erst einmal Guten Abend. Ja, natürlich können Sie es benutzen.«

Carter hob den Hörer ab und wartete auf das Freizeichen.

Taktlos blieb Sibanda dort, wo er war.

Als Carter anfing, mit den Fingern auf der Schreibtischplatte zu trommeln, verstand der Manager den Wink und zog sich zurück. Benjamin oder Sibanda, dachte Carter, einer von beiden hat in den Zimmern herumgeschnüffelt.

Machayas Stimme klang anfänglich schroff und ärgerlich – man merkte, er fühlte sich gestört –, doch als Carter sich meldete, war er sofort hellwach.

»Tatty, ihr müsstet etwas im Kartenbüro des Landesvermessungsamts überprüfen, und zwar geht es um folgende Karten.« Carter leierte die Nummern der Landkarten herunter. »Fragt bitte nach, ob sie eventuell heute bereits gekauft wurden. Wenn nicht, stellt sicher, dass wir sofort informiert werden, wenn sich jemand für diese Landkarten interessiert ... Ja, die Karten, die ich gekauft habe. Übrigens, hat Gotora dich auf dem Laufenden gehalten?... Hat er, gut. Und die Autopsie? Schon ein Ergebnis? ... Wasser in den Lungen ... Hämatome, hm, hm!«

Er lehnte sich gegen die Kante des Tresens.

»Noch etwas. Recherchiert bitte mal, ob irgendwo Polizeiuniformen vermisst werden.« Er berichtete Machaya von Gotoras Theorie über gestohlene Uniformen. »Und an einem linken Stiefel fehlt ein Stück Sohle ... Ich weiß, das ist eine Heidenarbeit, aber ich schlage vor, dass ihr bei den Kollegen in Mbare anfangt. Wenn unsere These zutrifft und die Täter aus Mosambik stammen, wird man da vielleicht schnell fündig. Schließlich ist Mbare äußerst beliebt bei kriminellen Mosambikanern.«

Trotz aller Bedenken sicherte Machaya Carter am Ende zu, den Ermittlungen in Sachen verschwundene Polizeiuniformen Priorität einzuräumen.

»Morgen statte ich dem Queen Victoria Museum einen Besuch ab«, fuhr Carter fort. »Ich muss mit dieser Ms. Drake sprechen und mit einem Knaben namens Zulu – «, Carter blätterte in seinem Notizbuch, »Josiah Zulu, um genau zu sein. Das ist der zuständige Mitarbeiter für die Kolonialgeschichte. Anschließend fahr ich zu Armitage in die Nationalarchive. Lass bitte etwas über die Biographien der drei zusammenstellen, und zwar so viel wie möglich. Am liebsten wäre mir die ganze Geschichte ... Ja, Josiah Zulu heißt der Mann.«

Nachdem er Machaya versichert hatte, dass es Julia gut gehe, legte Carter den Hörer auf und fluchte sogleich über sich selbst, weil er vergessen hatte, ihm vom bevorstehenden Umzug in eine andere Unterkunft zu unterrichten. Und das erinnerte ihn daran, den Manager von ihrer Abreise zu informieren.

Etwas rührte sich hinter ihm. Carter fuhr herum und sah Benjamins braune Zähne, sein anzügliches Lächeln. Seine dürren Armen bewegten demonstrativ einen Besen.

»Entschuldigen Sie, Mr. Carter«, sagte Benjamin und schlurfte fegend an ihm vorbei.

Carter fragte sich, wie lange der Typ wohl schon hier sei. Er neigte nicht zur Paranoia, aber er war sich jetzt sicher, dass jemand hinter ihm und Julia herschnüffelte, und sein Verdacht richtete sich gegen den Hoteldiener, vor allem weil der Boden, den Benjamin gerade bearbeitete, im Grunde peinlich sauber war.

Zehntes Kapitel

Mr. Sibanda hatte Carters und Julias Abreise philosophisch aufgenommen und mit großer Erleichterung, schließlich ging ihr Aufenthalt auf Staatskosten. Pünktlich um halb sechs hatte er ihnen das Frühstück zubereitet und – ungeachtet ihres Protestes – geholfen, das Gepäck ins Auto zu laden.

Inzwischen war aus Carters Verdacht gegen Benjamin Gewissheit geworden, als der Hoteldiener die ganze Zeit dreist umhergeschlichen war, immer in Hörweite, um ja nichts von Carters und Julias Unterhaltung zu verpassen. Am liebsten hätte Carter Gotora angerufen, damit der den Knaben mal in die Mangel nähme. Schließlich hatte er sich dagegen entschieden, da er den rechten Zeitpunkt für noch nicht gekommen hielt.

Auf der Fahrt zu Grenville berichtete Julia, was sie im Dossier entdeckt hatte. »Was glauben Sie wohl«, sagte sie, »um welchen Typ Reifen es sich gehandelt hat?«

»In meinem Alter vergisst man schon mal das eine oder andere Detail«, erwiderte Carter, »also machen Sie's nicht so spannend.«

Julia schwieg und blickte sich viel sagend im Land Rover um. Carter musterte sie von der Seite. »Sie meinen – «

»Genau!«, warf Julia ein.

»Das stützt Gotoras Theorie. Zum Fuhrpark der Behörden gehören auch Land Rover. Mit einer entsprechenden Lackierung könnte man einem unbedarften Ausländer vorgaukeln, dass es sich um ein Fahrzeug der Polizei handelt«, schlussfolgerte Carter. Als die beiden Grenvilles Anwesen erreichten, stand das Tor bereits einladend offen. Auf dem langen, unbefestigten Weg, der von der Hauptstraße hinauf zu Grenvilles Haus führte, fuhr man schnurgerade dahin, wie auf der entrollten Zunge eines Chamäleons. Das Haus stand auf einem kleinen Hügel, an dessen Fuße, eingehüllt in ein zartes Gespinst aus Staub, eine Bergarbeitersiedlung lag. Mit Reisigbesen bewaffnet, wirbelten afrikanische Frauen dort unten den Staub vor ihren Türen zu lichtbogenartigen Mustern der Reinlichkeit auf.

Als Kulisse, im Schimmer der unterschiedlichen Schattierungen des Sonnenaufgangs, erstreckte sich die imposante Iron-Duke-Bergkette am Horizont.

Inzwischen hatte der Land Rover die staubige Stille hinter sich gelassen und rollte jetzt vorbei an exotischen Bäumen, die Grenvilles Garten zu einer Oase machten. Der Gastgeber – in Hemd und obligatorischen Khakishorts – trat beim Geräusch des Jeeps vor das Haus und dirigierte den Wagen in den Schatten eines australischen Flammenbaumes. Die morgendliche Kühle würde sich nämlich nicht lange halten.

»Sie sind früh dran«, begrüßte Grenville seine Gäste.

»Nun, Sie wissen ja, was man über frühe Vögel sagt, nicht wahr, Ronnie? Und wir haben ein paar ziemlich dicke Würmer zu fangen«, sagte Carter.

»Und ob wir das haben«, erwiderte Grenville lachend und hob eine der Taschen aus dem Land Rover.

Er führte Carter und Julia in das geräumige Haus. Das Wohnzimmer verfügte über einen Essbereich, in dessen Ecke eine mit allem ausgestattete Bar ihre ganze Pracht entfaltete; die gepolsterten Barhocker davor bildeten ungeachtet ihrer dezentralen Position den Mittelpunkt des weitläufigen Raumes. Über einen Flur gelangte man zu Grenvilles Schlafzimmer und zwei Gästezimmern.

Carters Zimmer bot einen Ausblick auf die Berge des Iron Duke, die jetzt eine orangebraune Färbung hatten. Diese unglaublichen Ausmaße sind atemberaubend, dachte Carter.

Als Julia aus ihrem Zimmer kam, saß Carter bereits auf einem Barhocker und Grenville stand hinter der Bar. Beide waren gerade dabei, den Tagesablauf zu besprechen, allerdings hatten sie sich darauf verständigt, angesichts der frühen Stunde auf einen Drink zu verzichten. Diese Entscheidung fand Julias uneingeschränkte Zustimmung.

»Ich nehme den Land Rover und fahre in die Stadt, Julia«, verkündete Carter. »Queen Victoria Museum und Nationalarchive. Ich will herausfinden, weshalb Combais tatsächlich hier war. Es muss sich um mehr gehandelt haben als um einen sentimentalen Besuch der Stätten seines Ahnen.«

»Und was mache ich derweil?«, fragte Julia leicht verdrossen.

»Sie und Ronnie könnten sich Karteikarten oder Postkarten besorgen und mit der Tafel beginnen.«

»Tafel? Was für eine Tafel?«, fragte Grenville.

Julia erklärte es ihm. »Man überträgt alle Informationen, die man über einen Fall hat, auf Karteikarten und pinnt sie an eine Tafel. Dann setzt man sich hin und überlegt, ob und wenn ja, wie die einzelnen Informationen miteinander in Verbindung stehen. Da man alles vor Augen hat und nichts in Ordnern abgelegt ist, ist es einfacher, Verbindungen zwischen scheinbar unzusammenhängenden Fakten herzustellen, und es fällt einem leichter, einen Fall zu lösen, weil – «

Carter unterbrach sie. »Berücksichtigen Sie alles aus dem Dossier, was Ihnen auch nur im Ansatz relevant erscheint, ferner alles, was Sie seitdem gesehen und gehört haben. Und befestigen Sie die Karte der Mashumba Mine an der Wand. Ich möchte, dass Sie sich besonders auf den Moscan-Aspekt unserer Ermittlungen konzentrieren.«

»Moscan-Aspekt!«, stieß Grenville hervor. »Sie glauben, dass Mosambikaner mit der Sache zu tun haben?«

»Es gibt einiges, was in diese Richtung weist, Ronnie. Nichts Konkretes, wenn man jeden Hinweis einzeln betrachtet, aber hat man sie erst einmal alle an der Tafel, werden Sie sehen, wie wahrscheinlich diese Verbindung ist.« Carter hielt einen Moment inne, um sich zu sammeln, bevor er Grenville Unangenehmes enthüllte. »Die Autopsie hat ergeben, dass Martin ertrunken ist. Mit anderen Worten, er hat noch gelebt, als er in die Grube gefallen ist. Trotzdem gehen wir von keinem Unfall aus, sein Körper weist jede Menge Hämatome auf und auch Prellungen an den Rippen, das heißt, er wurde erst verprügelt und vermutlich anschließend von den Tätern in die Grube geworfen. Es tut mir leid, Ihnen das mitteilen zu müssen.«

Grenville starrte für einen Moment vor sich hin, dann sagte er: »Karteikarten kriegen wir beim Großhandel in Mashumba. Und was die Tafel betrifft, wir haben eine im Schulungszentrum, das ist sogar eine Magnettafel.«

Carter ließ Julia und Grenville allein und verschwand in sein Zimmer, um sich für seinen Ausflug in die Stadt umzuziehen.

***

Mit einem Anflug von schlechtem Gewissen dachte Carter daran, dass er das letzte Mal als Schüler im Queen Victoria Museum gewesen war. Entlang einer Seite des Gebäudes stand eine Reihe riesiger weißer Tierstatuen: eine Schildkröte, ein Chamäleon, eine Gottesanbeterin und schneckenartige Figuren, die auch aus einem Albtraum hätten stammen können.

Die smaragdgrünen Außenwände des Museums und die weiß gefliesten Stufen erinnerten ihn an ein Schwimmbecken, ein Eindruck, der durch den kühl glänzenden Kartenautomaten aus Stahl noch verstärkt wurde, der nach Betätigung durch einen Angestellten ein festes, blaues Ticket ausspuckte.

Aus dem Augenwinkel nahm Carter links von sich einen Schatten wahr, der sofort verschwand, als er seinen Kopf in die Richtung drehte. Was er sah, war eine Treppe und ein Treppenabsatz, davor eine Kette, die den Zutritt verwehrte, und ein Schild, das den Bereich dahinter als ausschließlich für Personal zugänglich auswies. Carter tat den Schatten als Mitarbeiter ab, der die Treppe hochgegangen war, oder es war jemand vom Reinigungspersonal gewesen.

Er beschloss, vor der Befragung von Josiah Zulu und Ms. Drake der Ausstellung über portugiesische Siedlungsgeschichte einen Besuch abzustatten; so wäre er besser vorbereitet, wenn er bei den Experten Erkundigungen zu Combais' vermeintlichem Motiv, das Land zu besuchen, einzöge. Carter trat vor den Lageplan, der in der Eingangshalle hing, und verschaffte sich einen Überblick.

Von der hellen, großzügigen Halle gelangte man in einen klaustrophobisch anmutenden Irrgarten aus dunklen Gängen, die nur durch die Neonröhren in den Schaukästen beleuchtet wurden. In einer dieser Vitrinen illustrierte eine Reihe von Schädeln die fortschreitende intellektuelle Entwicklung des Frühmenschen, bis sich der Betrachter am Ende mit dem selbstgefälligen Grinsen des Homo sapiens konfrontiert sah. Carter betrachtete einige Figuren, San beim Bemalen der Wände ihrer Höhlen oder mit kleinen Kindern im Arm. Von einer Tafel, die die frühen und oftmals risikoreichen Methoden des Bergbaus veranschaulichte und beschrieb, lächelten dem Museumsbesucher aberwitzigerweise Bergarbeiter und Goldschürfer bei der Ausführung ihrer lebensgefährlichen Arbeit zu.

Carter nahm das Erbe längst Verstorbener in Augenschein, das Archäologen für Ausgrabungen hinterlassen worden war. Eine mit Grünspan überzogene Epaulette aus Kupfer, stumpf gewordene Achselschnüre und ganz gewöhnliche Medaillons mit Heiligen, denen es nicht gelungen war, ihre Träger vor den Speeren und Messern der Aufständischen zu schützen. Unter jedem Exponat lag eine Strichzeichnung, die das Stück näher erläuterte. Mit Verwunderung nahm Carter zur Kenntnis, dass eines der Medaillons fehlte.

Direkt über dieser Vitrine – in Augenhöhe, um vermutlich die Bedeutung zu betonen – hatte man eine weitere mit Objekten aus Edelmetall bestückt. Zwei einfache Goldringe waren in Carters Augen jedoch nichts weiter als Ringe aus matt gewordenem Metall. Daneben lag eine silberne Gürtelschnalle mit Gittermuster. Auf einer Tafel wurde erklärt, dass diese Funde aus einer Grabstätte stammten, wo sich zu Zeiten der Portugiesen der Mashumba Handelsposten befunden hatte, und dass die Eingeborenen sich am Ende des 17. Jahrhunderts gegen die Eindringlinge aufgelehnt, sie vertrieben und getötet hatten. Um die spärlich gefüllte Vitrine voller erscheinen zu lassen, hatte man eine verwirrende archäologische Karte hineingelegt, die das Gebiet zeigte, wo man die Artefakte gefunden hatte, daneben stand das Modell einer portugiesischen Karavelle mit vollen Segeln, und aus einem unerfindlichen Grund lag in der Vitrine zudem eine korrodierte Kanonenkugel aus Sofala, einer alten portugiesischen Festung an der Küste Ostafrikas.

»Entschuldigen Sie bitte!«

Eine emotionslose Stimme riss Carter aus seinen Betrachtungen.

Er erschrak und fuhr herum.

Vor ihm stand ein Mann mit Brille; die starken Gläser in dem schwarzen Gestell vergrößerten die Augen in einem Maße, dass man den Eindruck gewinnen konnte, die Linsen bestünden nur aus diesen Augen. Leicht nach oben gezogene Mundwinkel verliehen dem Gesicht den Ausdruck eines spöttischen Dauergrinsens. Das diffuse Licht schluckte den dunklen Anzug des Mannes, so dass das grinsende Gesicht merkwürdig losgelöst vom Körper in der Luft zu schweben schien.

»Dürfte ich bitte mal an die Vitrine?«, fragte er, um ein Lächeln der Entschuldigung bemüht, und fischte einen Schlüssel aus der Tasche.

Er führte den Schlüssel in das Schlüsselloch im Rahmen der Holzvitrine, und als er ihn drehte, pflanzte sich das Geräusch des aufschnappenden Schlosses ungewöhnlich laut in der muffigen Stille fort. Carter sah, wie sich die andere Hand des Mannes öffnete, wie er das Medaillon auf seiner Handfläche behutsam zwischen Daumen und Zeigefinger nahm.

»Interessieren Sie sich für die portugiesische Periode der Geschichte Simbabwes?«, fragte der Mann und legte das Medaillon zurück in die Vitrine. »Ich für meinen Teil finde sie faszinierend.«

Carter spürte deutlich, dass dieser Sonderling sich einen Dreck darum scherte, ob er, Carter, sich für die portugiesische Periode interessierte oder nicht.

»Ich ermittle im Mordfall Combais und im Fall Chisunga.« Carter zeigte seinen Ausweis. »Combais kam nach Simbabwe, um etwas über einen seiner Ahnen in Erfahrung zu bringen, der sich wahrscheinlich während der portugiesischen Belagerung im Mashumba-Gebiet aufgehalten hatte.«

»Wie faszinierend!« Der Mann verschloss die Vitrine, nahm Carters Ausweis und starrte mit seinen unnatürlich großen Augen darauf. »James Carter«, sagte er. »Wie der 39. Präsident der Vereinigten Staaten von Amerika.«

Die tonlose Stimme und das scheinbar umfassende Wissen des Mannes irritierten Carter. Hatte er eventuell vorab von seinem Besuch im Museum erfahren? Eine Spur zu nervös, rettete sich Carter in einen Scherz. »Hätte ich für jeden Witz, den man über meinen Namen gemacht hat, einen Dollar bekommen, wäre ich jetzt Millionär.« Einer plötzlichen Eingebung folgend fügte er hinzu: »Sie müssen Mr. Zulu sein – Josiah Zulu.«

Es flackerte in den riesigen Augen, vielleicht ein Zeichen von Überraschung?

»Der bin ich«, sagte Zulu und gab Carter den Ausweis zurück. »Äußerst bedauerlich, was Mr. Combais zugestoßen ist. Natürlich habe ich gehört, dass er irgendwelcher Nachforschungen wegen hier im Museum war, allerdings sind wir uns persönlich nicht begegnet. Und was Mr. Chisunga betrifft – er war regelmäßig hier und hat sich um das Museum verdient gemacht. Ich habe erst heute Morgen von seinem vorzeitigen Ableben erfahren. Wir werden ihn sehr vermissen.«

In Carters Ohren klang das wie eine Floskel.

Mit gespenstischer Langsamkeit bewegte Zulu einen Arm in Richtung auf das Medaillon, das er soeben zurückgelegt hatte. Der Zeigefinger seiner zur Faust geballten Hand streckte sich und wies auf das Objekt. »Combais' Besuch hat mich dazu inspiriert, mich näher mit den Europäern zu beschäftigen, die im 17. Jahrhundert in Mashumba gelebt hatten. In den siebziger Jahren wurden etliche Skelette ausgegraben. Die meisten stammten von Leuten, die von aufständischen Eingeborenen ermordet wurden, folglich hatte man die Toten ihres Besitzes beraubt. Die Exponate, die wir hier ausgestellt haben, stammen von einem Skelett, das auf einem Friedhof der portugiesischen Siedlung gefunden wurde. Es handelte sich dabei um das Skelett eines Mannes, der während des Aufstandes verstarb. Ich bemühe mich derzeit, den Namen herauszufinden.«

Carter betrachtete eingehend die wenig aussagefähigen Stücke in der Vitrine und zog eine Augenbraue hoch.

»Wie ich sehe, sind Sie skeptisch, Mr. Carter. Doch lassen Sie mich erklären. Die Portugiesen waren schon immer Katholiken. Einzelne Familien oder auch ganze Dörfer hatten ihre eigenen Schutzheiligen, und oftmals trugen die Leute Medaillons, die diese Schutzheiligen abbildeten. Vergleicht man jetzt Sterberegister und Aufzeichnungen über die portugiesische Besetzung Mashumbas mit den Schutzheiligen derer, die dort gestorben sind, kann man die Identität dieses Individuums ermitteln.«

»Also haben Sie herausgefunden, wem diese Dinge gehörten?«

»Ach, Mr. Carter«, erwiderte Zulu nachsichtig, »wenn das so einfach ginge. Eins der Medaillons habe ich noch nicht zuordnen können, während das andere den äußerst populären Sankt Christopherus zeigt, den Schutzpatron der Reisenden. Dieses Stück kann daher als Geschenk für eine Reise in ferne Länder angesehen werden. Das Medaillon, das ich gerade zurückgelegt habe, zeigt einen eher seltenen heiligen Antonius und könnte so einen vortrefflichen Hinweis auf die Identität des Gentlemans abgeben.«

Carter starrte in die Vitrine, sich der kalten Augen

Zulus bewusst, die sich im Glas spiegelten. Wie viele Gemeinsamkeiten es doch gibt zwischen meinem gegenwärtigen Job und dem eines Archäologen. Beide müssen wir eine Fülle von Informationen nach Spuren und Wahrheiten durchsieben, dachte Carter, und diese Erkenntnis beunruhigte ihn auf merkwürdige Weise.

Da Carters Aufmerksamkeit sich noch immer auf die Vitrine konzentrierte, fuhr Zulu fort: »Die Achselschnüre, die Sie dort sehen, gehörten zu einer Uniform, ergo können wir davon ausgehen, dass unser Mann beim Militär war. Wenn Sie sich die oberste genau ansehen, entdecken Sie, dass sie mit dem Symbol einer geballten Faust oder eines Panzerhandschuhs versehen ist, möglicherweise Teil eines Familienwappens.«

In Carter regte sich Ungeduld, da ihm bewusst wurde, wie sehr die Unterhaltung ihm entglitt. »Ein Freund Martin Chisungas, Mr. Grenville, sagte mir, dass Sie der Experte für Kolonialgeschichte seien und dass das alles hier in den Verantwortungsbereich von Ms. Drake falle.«

Wieder flackerte es in Zulus Augen und wenn Carter sich nicht täuschte, dann huschte sogar der Anflug eines Lächelns über das sonst so teilnahmslos wirkende Gesicht.

»Das stimmt, Mr. Carter. Eigentlich ist Ms. Drake die Leiterin nicht nur der Portugiesischen, sondern auch der Prähistorischen und der Paläontologischen Abteilung. Wie Sie ganz richtig bemerkt haben, bin ich auf Kolonialgeschichte spezialisiert, obwohl ich mich, wie ich bereits sagte, interessehalber auch in portugiesischer Geschichte versuche.«

»Dann könnten Sie mich also ins Bild setzen, was historische Stätten aus der Kolonialzeit betrifft?«, fragte Carter.

Für einen kurzen Moment verharrte Zulu reglos wie eine der San-Figuren, dann sagte er: »Es existieren noch um die zwanzig Minenschächte aus der Zeit der Jahrhundertwende. Bedauerlicherweise wurden fast alle Gebäude wegen ihres Baumaterials abgetragen, so dass lediglich die Fundamente noch stehen. Haben Sie das Denkmal auf dem Gelände des Mashumba Inn Hotels gesehen?«

Carter nickte.

»Nationaldenkmal Nr. 206. Es erinnert an Terrance Ratcliffe, der 1896 in der Beatrice Mine arbeitete, als die Shona sich gegen die Briten erhoben. Jeder in dem Gebiet – Bergarbeiter, Prospektoren, Farmer, Ladenbesitzer und ihre Frauen – verschanzten sich in der Mine. In einem selbstmörderischen Ritt brachte Ratcliffe die Nachricht von der Belagerung nach Salisbury. Er kam durch, starb jedoch an den Wunden, die ihm bei seinem Weg durch die feindlichen Linien beigebracht worden waren. Doch Ratcliffes heldenhafte Tat führte dazu, dass eine Truppe losgeschickt wurde, um die, die in der Mine festsaßen, zu befreien – deshalb das Monument.«

Carters Neugier war geweckt.

»Was machte das Mashumba-Gebiet für Siedler und Pioniere so außerordentlich attraktiv?«

Zulu zögerte mit seiner Antwort.

»Legenden, Mr. Carter«, sagte er schließlich. »Legenden von Bergen von Gold. Legenden von Ophir, den sagenhaften Goldminen des Königs Salomo. Natürlich war das alles reine Phantasterei. Die meisten Minenbesitzer betrieben letztendlich nur ihren eigenen Ruin – die Erträge waren einfach zu gering angesichts der mehr als einfachen Bergbautechnik seinerzeit. Am Ende wurden ihre Unternehmen von den multinationalen Konzernen geschluckt.«

Carter blickte Zulu an, ohne ihn zu sehen. Das Ganze war so offensichtlich und irreal zugleich. Er hätte sich selbst in den Hintern treten können, weil er nicht früher darauf gekommen war. Das Mordmotiv, das ihm jetzt nahezu ins Gesicht sprang, war Gold. Gold war auch der Grund gewesen für Combais' Reise in das Mashumba-Gebiet.

Das Flackern in Zulus Augen holte Carter zurück in die Wirklichkeit.

»Könnten Sie mich zu Ms. Drake bringen?«, fragte er. »Ich würde jetzt gern mit ihr sprechen.«

Die undurchdringlichen Augen des Mannes strahlten eine Kälte aus, die Carter unwillkürlich frösteln ließ.

»Sicher«, sagte Zulu.

***

Während sie die Treppe in der sonnendurchfluteten Eingangshalle hochstiegen, fragte sich Carter, ob der Schatten, den er zuvor gesehen hatte, Josiah Zulu gewesen sei. Er fragte sich, ob Zulu ihm aufgelauert habe.

Im ersten Stock führte Zulu ihn über den Parkettboden eines breiten Flurs, vorbei an einem Hörsaal, vorbei an einem Konferenzzimmer, und mit einem Mal befanden sie sich in einem Gewirr von Gängen, das an einen Kaninchenbau erinnerte. Überall dort waren Büros. An einer Stelle hatte man einen Blick hinunter in den Innenhof des Museums, wo aus Draht und Pappmaché gefertigte Modelle eines Stegosaurus und eines Apatosaurus den Betrachter mit grimmiger Miene anstarrten.

Schließlich gelangten sie in einen Bereich, der zugleich Magazin und Werkstatt zu sein schien. Ähnlich wie im

Lagerraum eines Schuhgeschäfts standen überall Metallregale, die gerammelt voll waren mit geheimnisvollen Kästen. Am Tisch fügte ein Mann im Overall die Scherben einer blauweißen Porzellanvase zusammen.

Carter blieb neugierig stehen und sah zu.

»Zum Büro von Ms. Drake geht es hier entlang«, sagte Zulu ungeduldig.

Es erschien Carter merkwürdig, dass Zulu ihn derart zur Eile antrieb, hatte er doch zuvor eher zögerlich auf Carters Wunsch reagiert, zu Ms. Drake gebracht zu werden. Dann fiel ihm ein, dass Grenville erzählt hatte, er und Chisunga seien im Mashumba-Gebiet auch schon mal auf chinesisches Porzellan gestoßen.

»Stammt das aus dem Mashumba-Gebiet?«, fragte Carter den Mitarbeiter des Museums.

Der Mann sah von seiner Arbeit auf und warf Zulu einen unsicheren Blick zu. Der nickte unmerklich und der Mitarbeiter sagte: »Ja, Sir. Das ist eins von Ms. Drakes Projekten. Vor ein paar Jahren hat die Minengesellschaft unten am Stausee graben lassen und dabei haben sie Unmengen von diesem Zeug gefunden. Es ist eine Mordsarbeit, alles zu sortieren, ganz abgesehen davon, dass die einzelnen Gefäße auch noch zusammengesetzt werden – «

Der Mann hielt mitten im Satz inne, nachdem er Zulu angesehen hatte, und nahm seine Arbeit wieder auf. Aus dem Augenwinkel hatte Carter den Blick bemerkt, mit dem Zulu den Mann zum Schweigen gebracht hatte. Offensichtlich hatte der bereits zu viel gesagt.

»Wollen wir?«, fragte Zulu, doch die Geste, die er dabei machte, ließ die Frage zu einer Aufforderung werden, der man nachzukommen hatte. Sie gingen weiter, um kurz darauf vor einer offenen Tür stehen zu bleiben. Das Schild an der Tür informierte darüber, dass Cecelia Drake Leiterin der Paläontologie und der Prähistorischen Abteilung war.

Drinnen, eingehüllt in blaugrauen Zigarettenqualm, hockte eine dunkelhäutige Frau Anfang dreißig vor der unkooperativen Tastatur ihres Computers, bearbeitete energisch diverse Tasten und fluchte angesichts der Ergebnisse. Einen Arm an der Stirn, vermittelte sie in theatralischer Pose den Eindruck des verzweifelten Genies. Zwischen ihren Fingern stieg der blaugraue Rauch einer Zigarette auf.

Carter klopfte an die Tür.

»Herein!«

Er drehte sich um, wollte sich bei Zulu bedanken, doch der war lautlos wie ein Geist verschwunden.

»Mr. Zulu hat mich hergebracht«, sagte Carter etwas betreten und tauchte ein in die rauchgeschwängerte Atmosphäre.

Ms. Drake drehte sich auf ihrem Stuhl zu Carter und wies auf den Stuhl ihr gegenüber.

Carter nahm dort Platz.

»Ich vermute, er hat sich wieder mal in Luft aufgelöst. Sein Davonrennen begründet er normalerweise damit, dass er Zigarettenrauch nicht ausstehen kann.«

Carter konnte das nachempfinden. Dennoch zündete er sich eine an. Wenn schon rauchen, dachte er, dann lieber aktiv als passiv.

Ms. Drake schob den übervollen Aschenbecher in die Mitte und Carter fiel auf, dass sie Berkley rauchte, also keine Importware. »Sie haben Glück, dass es hier keine Rauchmelder gibt«, bemerkte er.

Ms. Drake lachte rau, doch das Gelächter ging ziemlich schnell in einen trockenen Husten über. Während beide die Prozedur des Vorstellens hinter sich brachten und Carter sein Anliegen formulierte, verschaffte er sich bereits einen Eindruck von der Fachfrau für Vorgeschichte. Sie hatte eine wellige, schwarze Mähne und ihr Teint war honigfarben. Eine Stupsnase sprach von Übermut und ihre schönen Gesichtszüge strahlten Lebensfreude aus. Die übertriebene Gestik, die ihre Rede begleitete, verriet Unsicherheit.

»Ich weiß wirklich nicht, wie ich Ihnen helfen könnte, Mr. Carter. Ich habe Mr. Combais an Professor Armitage verwiesen, mehr nicht. Das habe ich Combais in einem Brief mitgeteilt, doch er hat darauf bestanden, mich zu treffen, wenn er in Simbabwe ist. Ohne Zweifel wollte er sichergehen, dass ich ihn nicht irgendwie abwimmle.«

»Haben Sie Combais' Brief noch, Ms. Drake? Ich habe lediglich eine Abschrift in der Polizeiakte gefunden – nicht einmal eine Fotokopie.«

Cecelia Drake drehte ihren Bürostuhl herum, sprang auf und fing an, den Inhalt eines schiefergrauen Aktenschrankes zu durchwühlen, bis der Zufall ihr zu Hilfe kam und sie das fand, wonach sie suchte. Sie reichte Carter einen auf teurem Briefpapier getippten Brief. Es war eine an die für portugiesische Geschichte zuständige Abteilung des Museums gerichtete Bitte, alle in ihrem Besitz befindlichen Informationen über Pedro Combais an den Lissabonner Wohnsitz Rodrigo Combais' zu schicken. Carter las sich das Schreiben durch, und als sein Blick auf das Wappen der Familie Combais im Briefkopf fiel, blieb ihm fast das Herz stehen – ein goldenes Kreuz in einem roten Schild und im linken oberen

Segment drei goldene Nadeln unterschiedlicher Größe.

Er hielt den Brief gegen das Licht, das durch die Jalousien fiel, und entdeckte das Wasserzeichen: Es war ebenfalls das Familienwappen. Jetzt gab es eine Verbindung zwischen dem Notizblock aus Chisungas Haus und der Familie Combais. Carter musste unwillkürlich lächeln.

»Sind Sie auf etwas gestoßen, Mr. Carter?«, fragte Ms. Drake voller Ungeduld.

»Möglicherweise«, erwiderte er unverbindlich und dachte, dass es besser sei, das Thema zu wechseln.

»Wie gut kannten Sie Martin Chisunga, Ms. Drake?«

Ihr Gesicht nahm einen Ausdruck von Bestürzung an. »Ist das nicht schrecklich«, rief sie aus. »Ich habe heute aus der Zeitung von seinem Tod erfahren. Entsetzlich! So jung! Er und Mr. Grenville sind immer zu uns gekommen, wenn sie etwas Neues oder Interessantes im Mashumba-Gebiet gefunden hatten – Sie müssen wissen, dieses Areal ist von großer historischer Bedeutung. Wir haben die Fundorte auf unseren Karten markiert und später unter die Lupe genommen.«

»Was haben die beiden denn so gefunden?«

Jetzt war sie in ihrem Element und in ihrer Stimme schwang Begeisterung mit. »Nun, es war nicht unbedingt der Schatz von Captain Flint. Ein paar Dinge von lokalem historischem Interesse eben. Sie haben einige Felsbrocken entdeckt, wo Golderz zermahlen worden war und der Goldstaub sich angesammelt hatte – absolut einmalig in Simbabwe. Wahrscheinlich 17. Jahrhundert oder früher. Und als die Minengesellschaft da unten mit Grabungen anfing, haben sie uns auf Tonscherben aufmerksam gemacht. Ich fuhr dorthin, und mit der Unterstützung einiger Arbeiter der Minengesellschaft habe ich den Boden durchforstet. Haben Sie den Mitarbeiter gesehen, der gerade die große Urne zusammensetzt?«

Carter nickte.

»Die Teile wurden ebenfalls dort gefunden. Sie stammen aus der Zeit der Portugiesen – 16. oder 17. Jahrhundert.«

Sie hielt inne, um Atem zu holen und sich eine neue Zigarette anzuzünden, während die andere vom Stummel zum Filter herunterbrannte.

»Eine bis dahin nicht erfasste befestigte Bergkuppe gehörte ebenfalls zu ihren Entdeckungen«, fügte sie mit Nachdruck hinzu.

»Eigentlich bin ich mehr an der portugiesischen Okkupation interessiert«, sagte Carter so taktvoll wie möglich. »Wie komme ich an die Namen der Leute, die mit der Handelsstation von Mashumba zu tun hatten?«

Ohne zu zögern sagte sie: »Professor Armitage ist der Einzige, der Ihnen da weiterhelfen könnte. Das ist genau das, was ich auch Combais zu verstehen gegeben habe. Ich leite die Portugiesische Abteilung allein aus Kostengründen, doch der Professor hält an der Universität Vorlesungen über die Portugiesen, über ihre Geschichte und Sprache.« Dann schien ihr etwas einzufallen. »Aber natürlich, heute ist ja Dienstag – dienstags widmet er sich immer seinen Forschungen in den Nationalarchiven. Bislang hat er siebzehn Bände über die *Portugiesische Kolonisation und Besiedlung des subsaharischen Afrikas* verfasst. Er war heute hier, um mir den neuesten Band als Geschenk für das Museum zu übergeben.« Sie zeigte auf eine beeindruckende Reihe von Büchern, die hinter der Glastür eines Bücherschranks stand. »Wie Sie sehen, hat der Professor uns im Laufe der Jahre alle siebzehn Bände geschenkt. Das Ganze ist ein Mammutprojekt, und er hat massive Probleme, an Mittel für die letzten sieben oder acht Bände zu kommen.«

»Das ist sehr bedauerlich«, meinte Carter. »Jedenfalls scheint er genau mein Mann zu sein. Nun, Ms. Drake, ich will Sie nicht länger aufhalten.«

Carter gab ihr Combais' Brief zurück.

»Soll ich Ihnen eine Fotokopie davon machen?«, fragte Ms. Drake.

»Danke, aber das wird nicht nötig sein.«

Als er sich von seinem Stuhl erhob, blieb sein Blick an dem Chaos auf dem Schreibtisch hängen. Unter dem Zettelwirrwarr lugte das untere Drittel einer Landkarte hervor. Carter sah genauer hin und konnte die Nummer entziffern. Er war sich nicht ganz sicher, glaubte aber, dass es sich um eine der Karten handelte, über die Machaya im Landesvermessungsamt Erkundigungen einholen lassen sollte. Er prägte sich die Zahlenfolge ein, verabschiedete sich von der qualmenden Ms. Drake und verließ das Büro.

Draußen spürte er ein Prickeln im Nacken und drehte sich gerade noch rechtzeitig um, um mitzubekommen, wie die Lamellen einer Jalousie geschlossen wurden. Carter ließ seine Zigarette auf den Bürgersteig fallen und trat sie mit dem Absatz aus. Zufall oder Zulu?, fragte er sich. Aber warum sollte Zulu ihn beobachten? Vielleicht hatte ihm auch die lebenslustige Ms. Drake nachgesehen. Carter lachte insgeheim über seine Eitelkeit und stieg in den Land Rover. Bevor er losfuhr, warf er einen Blick in sein Notizbuch, und richtig, die Nummer der Landkarte war identisch mit der einer seiner Karten.

Etwas anderes war genauso sicher: Carter kannte jetzt nicht nur das Motiv für den Mord an Combais, sondern auch den Grund, weshalb Chisunga hatte sterben müssen, und von Professor Armitage erhoffte er sich noch mehr Erhellendes.

***

»Ihr seid wirklich echte Freunde«, sagte Polizeireservist Constable Colin Chiwoko.

Chiwokos Fähigkeiten, echte Freunde von falschen zu unterscheiden, waren mehr als beschränkt. Es lief darauf hinaus, dass die, die ihm einen Drink ausgaben, Freunde waren, und die, die es nicht taten, keine Freunde waren. Die drei Mosambikaner betrachtete er als Freunde, merkwürdig nur, dass sie ihm beim Trinken keine Gesellschaft leisteten.

Er leerte sein Glas mit Arrak, sehr darauf bedacht, nichts auf seine Uniform zu schütten. Chiwoko fürchtete keine Konsequenzen, nur weil er in einer illegalen Schnapsbude ein verbotenes Gesöff zu sich nahm. In Mbare drückte die Polizei ein Auge zu, und war er am Ende nicht auch ein Polizist?

Die Moscans wollten ihm noch einen Drink aufdrängen; anfänglich zierte er sich – nur so zum Schein –, doch dann stimmte er zu. Als sein Glas gefüllt vor ihm stand, fand er sich mit der Tatsache ab, eine weitere Viertelstunde zu spät zum Dienst zu erscheinen – nun, er konnte sich jederzeit mit Verkehrsproblemen herausreden.

Ja, sie sind echt gute Freunde, dachte er, obwohl sie Ausländer sind, aber, bei Gott, sie sind fair gewesen. Sie hatten eben so ihre Geheimnisse und die sicherten ihm jede Menge Schnaps. Den Moscans war es um drei Polizeiuniformen gegangen, leihweise, versteht sich, und für einen Riesen pro Stück. Und war es nicht kinderleicht gewesen? Seine eigene Uniform hatte ihm den ersten Tausender gesichert. Dann, eines Nachmittags, nachdem seine Kollegen lautstark gefordert hatten, beim Heimspiel der Dynamos im Stadion Dienst schieben zu dürfen und man ihn angefordert hatte, damit er auf der Wache die Stellung halte, war es ihm gelungen, den Schlüssel zur Kleiderkammer zu ergattern und zwei weitere Uniformen hinauszuschmuggeln. Beim nächsten Heimspiel der Dynamos hatte er dafür gesorgt, wieder auf der Wache zu sein, um die Uniformen zurückbringen zu können. Seiner Meinung nach hatte er nicht zwingend etwas Illegales getan, schließlich war er bar jeder Ahnung, wofür man die Uniformen gebraucht hatte.

Gute Freunde, dachte Chiwokos benebeltes Hirn. Aber warum nur trommelte Eduardo mit den Fingern auf dem Sperrholztisch, als erwarte er, dass er, Chiwoko, sich baldigst verabschiede? Immerhin war es Eduardo gewesen, der ihn herangewinkt und zu einem Drink eingeladen hatte. Diese Ausländer waren aber auch so was von schweigsam.

»Cheers!«, sagte Chiwoko, kippte den Arrak hinunter und verzog sofort das Gesicht. »Und wenn ihr mich jetzt entschuldigen wollt, ich muss wirklich los. Die Studenten randalieren wieder mal und sind scharf drauf, Bekanntschaft mit meinem Gummiknüppel zu machen.«

Die Mosambikaner lachten, aber der Reservist meinte, einen eisigen Unterton herauszuhören, der ihrem Lachen etwas Unaufrichtiges verlieh. Er stand auf und wurde für seinen Geschmack mit einem Zuviel an Schulterklopfen und freundlichen Gesten buchstäblich aus der Bude komplimentiert.

Er nahm die Abkürzung zur Bushaltestelle – einen gewundenen Trampelpfad, der unter dem Druck unzähliger Füße einer Narbe gleich durch das Dickicht aus Gestrüpp, Gras und verkümmerten Bäumen verlief. Mit dem Alkohol war der Mut gekommen, und so weidete sich Chiwoko an dem Gedanken, gleich richtig draufhalten zu können und die Studenten zu verprügeln, die wieder einmal Amok liefen. Sie machten ihn kirre mit ihrem ständigen Gejammer über alles und jeden, mit ihrer Randale in Harare, mit der sie versuchten, ihren Standpunkt durchzusetzen. Aber diesmal würden sie nicht so einfach davonkommen. Chiwoko fuhr über seinen glatten Gummiknüppel und grinste.

Als er an dem ausgebrannten Wrack eines Wagens vorbeikam, blieb er verblüfft stehen. War das nicht Juan, der da aus der entgegengesetzten Richtung auf ihn zulief? Aber der war doch gerade eben noch in der Schnapsbude gewesen. Der Junge musste mit einem Affenzahn um den Wald herum gerannt sein.

Juan lächelte und hielt Chiwoko ein dickes Bündel mit Hundertdollarscheinen hin.

Chiwoko fuhr sich mit der Zunge über die Lippen.

»Hier«, sagte Juan, »deine Prämie. Weil du uns neulich geholfen hast. Komm! Nimm es!«

Der Polizist ging auf Juan zu und streckte die Hand aus, sein natürliches Misstrauen und seine Urteilskraft von Habsucht und Trunkenheit getrübt. Ihm entging auch, dass sich eine Gestalt aus dem Dickicht hervorstahl, hinter dem Autowrack auftauchte und mit geübter Präzision einen Käsedraht um seinen Hals schlang.

Chiwokos Hände fuhren in die Höhe und seine Finger schabten hektisch über die Haut an seinem Hals bei dem Versuch, sich unter den Draht zu schieben. Den hatte Leonardo jedoch bereits zu einer Schlinge gebogen, die er jetzt zuzog. Dort, wo der Draht in die Haut schnitt, sickerte Blut hervor und Chiwokos Augen traten aus dem Schädel.

Leonardo rammte Chiwoko ein Knie in den Rücken, um den Druck verstärken zu können. In den Mundwinkeln des Polizisten bildeten sich Speichelbläschen und die Zunge schlüpfte aus dem Mund. Nicht ohne Stolz registrierte Leonardo, wie sanft das Röcheln war, das den Tod seines Opfers ankündigte, das jetzt vergeblich nach Luft rang.

Ein lachender Juan, der das Geld – *seine* Prämie! – wieder einsteckte, war das Letzte, was Chiwoko durch einen pulsierenden, roten Nebel wahrnahm, dann verschwamm Juans Gesicht, der Schmerz ebbte ab und Chiwoko erkannte, welche Prämie die Moscans ihm zugedacht hatten.

Er sackte zusammen, seine Arme sanken an die Seiten und sein Kopf kippte nach vorn. Leonardo löste die Schlinge und der Körper fiel zu Boden.

Juan war völlig außer sich und johlte: »Schau dir nur mal seine Zunge an, Leo. Wie eine blutige Avocado. Und seine Augen! Ich hab gedacht, die springen jeden Moment aus seiner Birne.«

Leonardo fand nichts Amüsantes an Chiwokos grotesk verzerrten Gesichtszügen und rollte resigniert mit den Augen. Wann nur wurde der jüngere Bruder endlich erwachsen?

Gemeinsam schleiften sie die Leiche ins Unterholz und machten sich auf den Weg zurück zur Schnapsbude, wo ein melancholisch gestimmter Eduardo auf sie wartete. Selbst Abschaum wie Chiwoko aus dem Verkehr zu ziehen machte ihn krank, und irgendwie schien das Töten kein Ende zu nehmen. Nachdenklich betrachtete er die Sprite-Dose in seiner Hand.

Elftes Kapitel

Carter machte einen Zwischenstopp, um im Sheraton etwas zu Mittag zu essen. Anschließend fuhr er weiter zu den Nationalarchiven, mied aber das Stadtzentrum, da er von der angekündigten Studentendemonstration gehört hatte. Während der Fahrt wurde er an seinen eigentlichen Beruf erinnert, als er an der St.-Paul's-Realschule vorbeikam. Die neugotischen Türme aus rotem Backstein mit ihren dem Himmel zustrebenden Spitzen schienen Dinge aus einer anderen Welt zu sein, und er fragte sich, wie leicht oder wie schwer es ihm fallen werde, in diese Welt zurückzukehren, wenn der Fall erst einmal gelöst sei.

Carter fuhr weiter nach Lendale, in den plüschigen Vorort der Wohlhabenden und Sitz der Nationalarchive. Schwarze Kindermädchen in entsprechender Tracht schoben Kinderwagen oder disziplinierten bockige, aufmüpfige Kinder. Hier schien sich seit der Unabhängigkeit nichts verändert zu haben – der Vorort war eine Zeitkapsel aus der Vergangenheit, allerdings mit einem Unterschied: Einige der beaufsichtigten Kinder waren schwarz.

Er hatte die Nationalarchive erreicht. Links von Carter stand ein Palisadenzaun, dessen schwarze Lanzen das

Nationalerbe schützten. Carter bog in eine Auffahrt ein und folgte dem Zaun, der an einem offenen Schlagbaum mit Wächterhäuschen endete.

Ein Wachtposten in flaschengrüner Uniform nahm augenblicklich Haltung an, marschierte auf Carter zu und hielt ihm ein Klemmbrett nebst Formular unter die Nase. Carter trug seine Personalien und Angaben zu seinem Fahrzeug ein, erst dann durfte er auf das Gelände.

Das gesamte Archivgelände strahlte eine klinische Sauberkeit aus, nirgendwo schien es ein Stück Abfall oder auch nur ein Staubkörnchen zu geben. Gruppen von Aloen und pedantisch angelegte Blumenbeete umgaben den asphaltierten Parkplatz, und durch den Verzicht auf Bäume hatte man den tief gelegenen Bauten eine künstliche Dominanz gegeben. Das Dokumentationszentrum wirkte auf Carter wie ein weiß getünchter Bunker. Kompakte Jalousien dienten als Hitzebarriere und dahinter schützte Rauchglas die Dokumentation der nationalen Vergangenheit vor der heimtückischen Zerstörung durch das Sonnenlicht.

***

Am Empfang wandte ein älterer Mann in blauer Uniform den Blick von einer Monitoranlage ab und lächelte Carter freundlich zu.

»Als ich das letzte Mal hier war, gab es die noch nicht«, bemerkte Carter im Plauderton. Der alte Mann gehörte der aussterbenden Gattung redseliger Bediensteter des öffentlichen Dienstes an, die stolz sind auf ihre Arbeit und sich ihr voll und ganz widmen. »Oh, ja! Die haben wir letztes Jahr installieren lassen. Es geht schließlich nicht an, dass Leute unersetzbare Dokumente und Ausstellungsstücke mitgehen lassen.« Und dann fügte er hinzu: »Obwohl, wenn Sie mich fragen, ist die Hälfte von dem Zeug hier sowieso nur Müll.«

Carter lachte.

»Ich kann nicht den ganzen Tag hier sitzen, ohne einzunicken«, fuhr der Mann fort. »Ein paarmal war ich kurz davor, deswegen gefeuert zu werden. Als ob ich was dafür könnte, vor allem im Sommer, wenn's so heiß ist und ich in dieser Uniform und mit Krawatte. Glauben Sie vielleicht, die geben mir einen Ventilator? Ich hätte kein Recht darauf, sagen sie, obwohl in jedem Büro so ein Ding rumsteht. Ist eben nichts mehr so wie früher. Naja, jetzt hab ich wenigstens ein bisschen Unterhaltung, um munter zu bleiben.« Sprach's und wandte sich wieder den Monitoren zu.

Carter wechselte ganz schnell das Thema. »Ich bin hier, um Professor Armitage zu treffen«, sagte er und zückte seinen Ausweis. »Könnten Sie ihn auf einen der Bildschirme holen?«

Der ältere Mann verstand die Frage als Herausforderung an seine Fähigkeiten. Er kniff die Augen zusammen und starrte auf den obersten rechten Schirm. »Entweder ist er im Lesesaal oder – «, er betätigte jetzt einen Schalter, »in einem der angrenzenden Büros.« Er betätigte einen anderen Schalter und die Szene mit einem bunt zusammengewürfelten Haufen Akademiker, die im Lesesaal hockten und eifrig Notizen machten, wurde durch die Aufnahme einer Frau ersetzt, die, bekleidet mit der marineblauen Uniform der Mitarbeiter der Nationalarchive, außerhalb des Lesesaals an einem Schreibtisch saß. »Hier haben wir die Kollegin, die für den Lesesaal zuständig ist«, erklärte der Mann. »Mal sehen, wo der Professor steckt.« Er drückte auf einen Knopf und die Kamera schwenkte herum, bis sie einen hochgewachsenen Weißen in Hemd und Krawatte einfing, der in offensichtlicher Erregung in einem Büro auf und ab ging. »Der arme Professor Armitage«, kommentierte der Mann vom Empfang. »Er macht sich wahrscheinlich Sorgen, wie er das Geld für sein nächstes Buch beschaffen soll.«

»Band 18 der Reihe *Die portugiesische Kolonisation und Besiedlung im subsaharischen Afrika*«, sagte Carter.

Pikiert, dass der andere über mehr Informationen zu einem Sachverhalt verfügte, den er, ein Mitarbeiter, insgeheim für vertraulich hielt, bemerkte der Mann spitz: »Ganz recht!«, und stellte eine Verbindung mit Professor Armitage her.

Zu Carters Belustigung fuhr der Professor auf dem Monitor zusammen und eilte zum Telefon. Warum nur saß Armitage wie auf glühenden Kohlen? Irgendwie hatte Carter das Gefühl, kein unerwarteter, dafür aber ein unwillkommener Gast zu sein.

Nicht lange, und es erschien ein großer Mann mit schwarz gefärbtem Haar, der gemessenen Schrittes und mit einer an Arroganz grenzenden würdevollen Attitüde auf Carter zukam und ihm steif die Hand entgegenstreckte. »Professor Randolph Armitage, zu Ihren Diensten«, sagte der Mann und nahm Carter mit einem stechenden Blick aus grünen Augen ins Visier. Carter tauschte einen festen Händedruck aus, stellte sich vor, nannte den Grund für sein Erscheinen und erklärte, dass Ms. Drake ihm geraten habe, ihn, den Professor, aufzusuchen.

Carter bedankte sich bei dem älteren Mann, der jetzt

den Strahlemann gab, und heftete sich an Armitages Fersen. Über Flure ging es in den Bauch des Gebäudes und in den Bereich des Staatsarchivs.

Der Lesesaal war ein lang gestreckter Raum mit einer unsolide wirkenden Täfelung aus lackiertem Holz, die von großen Glasscheiben unterbrochen war. Selbst ohne die Kameras war jeder Quadratzentimeter von außen einsehbar, und die Benutzer sahen aus wie zur Schau gestellte Zootiere. Ein Rastafari arbeitete sich durch diverse Bücher zum Thema Kultur, Sitten und Gebräuche Simbabwes; ein Mann mit rosigem Teint und Doppelkinn, ein Laptop vor sich, ließ Carter unwillkürlich an einen Amerikaner denken; schließlich war da noch eine unscheinbare weiße Frau mit nordischen Gesichtszügen und blasser Haut, der klassische Blaustrumpf mit Buch vor der Nase. Man hatte den Eindruck, alle drei hätten sich große Mühe gegeben, voneinander Abstand zu halten, und zwar so weit wie möglich. Carter stellte sich die Verwirrung vor, käme eine vierte Person in den Lesesaal.

»So, da wären wir. Treten Sie bitte näher und nehmen Sie Platz«, sagte der Professor und wies in das Büro, das Carter auf dem Monitor gesehen hatte.

Ein dick gepolsterter Sessel stand etwas abseits von Armitages Schreibtisch, allerdings noch nahe genug, um integraler Bestandteil seines Arbeitsbereiches zu sein. Carter sank in den Sessel, während der Professor sich mit einem Stuhl begnügte, der – nicht zuletzt der geraden Rückenlehne wegen – eher funktional als bequem zu sein schien.

Die Unausgewogenheit der Sitzpositionen löste in Carter Irritationen aus; die Gegenwart des Professors wirkte bedrohlich, seine Gestalt alles beherrschend. Das Grün der Augen leuchtete intensiver als zuvor, und was der freundliche Blick eines gütigen Mentors hätte sein können, wurde auf Grund der erhöhten Sitzposition zu einem finsteren, durchdringenden Starren.

Leicht aus der Fassung geraten, richtete Carter sein Augenmerk auf den Schreibtisch. Anders als der von Ms. Drake, war dieser hier pieksauber und ordentlich: Telefon, Gegensprechanlage, Computer und Drucker waren im Halbkreis angeordnet, rechts davon lagen, akkurat aufgereiht, diverse Kugelschreiber. Pedantisch gestapelte Papiere füllten Ablagekörbe für Ein- und Ausgänge, ohne dass diese Gefahr liefen überzuquellen – dieses Büro hatte nichts gemein mit den Büros, die Carter bisher gesehen hatte.

Mit dem Gefühl, unter Armitages starrem Blick buchstäblich zu schrumpfen, kramte Carter seine Zigaretten hervor.

»Ich würde es begrüßen, wenn Sie nicht rauchten, Mr. Carter. In den Archiven ist das Rauchen nicht gestattet, außerdem bin ich allergisch gegen Zigarettenrauch.«

Um seine Äußerung zu unterstreichen, hüstelte er, die zur Faust geballte Hand vor dem Mund.

Carter hielt es für das Beste, sogleich zur Sache zu kommen. »Was können Sie mir über Ihren Kontakt mit Rodrigo Combais sagen?«, fragte er und schob die Zigarettenschachtel zurück in die Hosentasche.

»Wie ich bereits der Polizei gegenüber erwähnt habe«, sagte der Professor mit einer Spur Ungeduld, »schrieb er mich in Sachen Ahnenforschung an, denn genau wie Sie wurde er von Ms. Drake an mich verwiesen. Wir ließen ihm die Informationen zukommen, die wir hatten, dann erschien er persönlich, um Ms. Drake und mich zu treffen, und besuchte auch den Ort, wo sein Vorfahre gelebt hatte.«

»Hätte er noch andere Beweggründe für seinen Besuch haben können?«

Der Professor blickte etwas betreten drein. »Nun, es gibt gewisse Legenden, Erzählungen, die, wie Sie vielleicht wissen, mit diesem Land in Verbindung gebracht werden.«

Carter nickte. »Ja, und?«

»In den meisten dieser Geschichten geht es um Gold. Eine Geschichte dreht sich um das Gold von Pater Gonsalo da Silveira und darum, was mit diesem Gold geschah, als Silveira starb.«

Carter kramte in seinen Erinnerungen, reiste zurück in den Geschichtsunterricht seiner Schulzeit und hatte es. »Da Silveira war Missionar, nicht wahr?«

»Ja, Mr. Carter.« Der Professor schloss die Augen, als wolle er seine Gedanken in die richtige Reihenfolge bringen, und legte die Fingerspitzen beider Hände aneinander. »Ich werde kurz ausführen, welche Rolle die Portugiesen in diesem Teil Afrikas spielten und welche Bedeutung da Silveira und Pedro Combais in diesem Zusammenhang zukam. Im Übrigen deckt es sich mit dem, was ich Rodrigo Combais sowohl schriftlich als auch mündlich mitgeteilt habe, und nicht nur ihm, sondern auch der Polizei. Die hingegen empfand das alles als an den Haaren herbeigezogen.«

Der Professor begann mit seinem Monolog. »Im 15. Jahrhundert war Portugal die bedeutendste Seefahrernation. Dabei ging es den Portugiesen sowohl um Eroberungen als auch um Abenteuer. Nach der Vertreibung der letzten Mauren aus Granada im Jahre 1492 erfuhren portugiesische Gelehrte, die des Arabischen mächtig waren, aus Dokumenten, die die Mauren zurückgelassen hatten, von arabischen Siedlungen entlang der Ostküste Afrikas. Einige Dokumente waren eher romantisch verklärte Schilderungen von Schätzen, die man angeblich auf der Insel Kilwa finden konnte, und aufgebauschte Berichte über den Gold- und Elfenbeinhandel in der Küstenstadt Sofala – nebenbei bemerkt befinden sich Kilwa und Sofala heute auf mosambikanischem Territorium. Die Erwähnung Sofalas ließ Bibelforscher nach dem Alten Testament greifen, denn sie glaubten, in *Sofala* eine Korruptel des Namens *Ophir* zu entdecken, Ophir, das sagenumwobene Goldland des Königs Salomo. Die Portugiesen glaubten nun, dass ein Goldland auf sie warte, und eroberten konsequenterweise zu Beginn des 16. Jahrhunderts Sofala von den Arabern, damit das Gold aus den Minen nach Portugal gebracht werden konnte.

»Unglücklicherweise entpuppte sich der Goldfluss als bescheidenes Rinnsal, doch die Illusion vom fernen Ophir hatte Bestand und die Bibelforscher verlegten den Ort der mythischen Minen. Jetzt war es ein Berg im Sambesi-Tal. Folgerichtig besetzten die Portugiesen die Flusshäfen Sena und Tete und erforschten den Fluss. Die Vorteile des Sambesis gegenüber Sofala waren enorm. Zum einen konnten Händler feindlichen Stämmen ausweichen, zum anderen garantierte der Fluss eine direkte Route in das Monomatapa-Reich, wo das Gros des Goldes herkam. Der König von Monomatapa war zu dieser Zeit sehr mächtig, und Tribut wurde ihm überwiegend in Gold entrichtet, das dann wieder gehandelt wurde.

»Kommen wir jetzt zu dem Missionar Gonsalo da Silveira, einem Jesuiten. Er war der erste Missionar, der seinen Fuß auf Monomatapa-Gebiet setzte, und tauchte 1560 am königlichen Hofe auf. Dort gab es bereits vier portugiesische Händler und einige Konkurrenten arabischer Herkunft. Das berichten Dokumente eines portugiesischen Kaufmanns namens Antonio Caiado. Der König war derart überwältigt, auf einen weißen Mann zu treffen, der weder Gold noch Diener, noch Konkubinen oder irgendeine Form von Versorgung für sich beanspruchte, dass er da Silveira gestattete, die Konvertierung seiner Untertanen zum Christentum einzuleiten – selbst der König und die Königin wurden getauft.

»Caiado erwähnt, dass man dem Priester Gold, Frauen, Sklaven und Vieh zum Geschenk machen wollte, er aber alles ablehnte. Ein Zeitgenosse berichtet hingegen, dass das Gold angenommen wurde, im Namen Christi, versteht sich, und dass ein gewisser Teil davon zu einem Kreuz verarbeitet wurde, ein Kreuz, so schwer, dass man beide Hände benötigte, um es halten zu können.«

Carter zuckte unwillkürlich zusammen. Das Kruzifix. Der Abdruck der Symbole auf Chisungas Notizblock, jetzt ergab das einen Sinn, genau wie das Wappen der Familie Combais.

Carter mahnte sich zur Gelassenheit und bemerkte: »Sie sagten, dass nur ein Teil des Goldes zu einem Kruzifix verarbeitet wurde. Was geschah mit dem Rest?«

Der Professor lachte. »Sehen Sie, nun habe ich doch Ihr Interesse geweckt. Es wurde vermutlich verpackt, in Lederbeutel, Kisten ... wie auch immer. Zuerst müssen Sie die Bedeutung des Goldes für die Monomatapa verstehen. Für sie war es nur irgendein Metall und noch dazu ein minderwertiges. Die Afrikaner jener Tage bevorzugten Kupferschmuck. Der König fand es amüsant, dass man für etwas derartig Belangloses wie Gold Stoffe, Perlen oder sogar Schmuck tauschen konnte. Seine Untertanen füllten Stacheln von Stachelschweinen mit Goldstaub und brachten sie in die Hauptstadt, entweder als Tribut oder um damit zu handeln.«

Stacheln von Stachelschweinen, dachte Carter, das könnten diese merkwürdigen Nadeln sein.

Armitage fuhr fort: »Die meisten Historiker vertreten die Ansicht, da Silveira habe alle Präsente des Königs rundweg abgelehnt. Und es muss nicht betont werden, dass die katholische Kirche jede Andeutung vehement zurückgewiesen oder bekämpft hätte, die das Gegenteil suggeriert – vor allem, da der Priester später den Märtyrertod starb.

»Da Silveiras Märtyrertod geht auf das Konto arabischer Händler. Einige von ihnen waren Flüchtlinge, von den Portugiesen aus Mosambik Vertriebene, und sie hegten natürlich eine starke Antipathie gegen alles Portugiesische. Als Muslime standen sie mit dem Missionar nicht gerade auf gutem Fuß, und seine erfolgreiche Mission erzeugte Missgunst unter ihnen. Zudem fürchteten sie, dass die Freundschaft zwischen dem König und dem portugiesischen Priester Konsequenzen für den Goldhandel nach sich zöge, für den sie fast so etwas wie das Monopol hatten.

»Die Araber wussten um die Hinwendung der Afrikaner zum Aberglauben und machten dem König weis, da Silveira sei ein Zauberer, dessen Zaubersprüche des Königs Krieger schwächen könnten – ein raffinierter

Schachzug, der darauf abzielte, die Unsicherheit und Paranoia des Königs auszunutzen. Caiado warnte den Priester, aber da Silveira wandte sich von Caiado ab und beschloss, sich dem Willen Gottes zu fügen. Eines Nachts wurde da Silveira von Kriegern des Königs im Schlaf überfallen, erwürgt und seine Leiche wurde in den nahen Fluss geworfen – ganz offenbar hatte da Silveiras Magie sie nicht allzu sehr geschwächt.«

In Erwartung eines Kommentars hielt der Professor mit einem Leuchten in den Augen inne. Als Carter nicht reagierte, nahm er seinen Vortrag wieder auf.

»Doch Caiado bekam seine Rache. Auf den Mord an dem Priester folgte eine Dürre, und Caiado deutete dem König an, dass da Silveiras Ahnengeister über dessen Tod erzürnt seien und beschwichtigt werden müssten. Daraufhin wurden die Araber allesamt hingerichtet und – welch ein Glück für Caiado – die Regenzeit löste die Dürre ab, ein Zeichen, dass die Geister besänftigt waren.«

»Aber was geschah mit dem Gold? Welche Rolle spielte Combais bei alldem?«

Armitage lächelte Carter milde an, dem diese herablassende Art langsam auf die Nerven ging.

»Dazu komme ich gleich, Mr. Carter«, sagte der Professor schroff. »Der Legende zufolge ließ der König für da Silveira einen Schrein bauen, um zu verhindern, dass sein auf Vergeltung sinnender Geist zurückkäme. Der Schrein wurde auf dem Gipfel eines Berges errichtet und das Gold darunter vergraben. Dort sollte es über hundert Jahre unberührt bleiben.«

»Bis Pedro Combais auftauchte«, wagte Carter einzuwerfen.

Erfreut wie ein Lehrer, der einem ausgemachten Trottel die richtige Antwort entlockt hatte, rief der Professor aus: »Genau! Das Schicksal der Portugiesen, der Araber und des Monomatapa-Reiches war wie unser Erdtrabant verschiedenen Phasen unterworfen und Ende des 17. Jahrhunderts wurde für die Ära der Portugiesen das Ende eingeläutet. Ein afrikanischer Stamm im Süden des Reiches, die Rozvi, erhoben sich gegen die Portugiesen. Aufgehetzt und bewaffnet von den Arabern, rebellierten die Rozvi am Ende gegen alles Fremde, auch gegen die einstigen arabischen Wohltäter. Die Kette von Handelsposten, die die Portugiesen quer durch das ganze Monomatapa-Reich errichtet hatten, wurde zerstört und die Europäer wurden massakriert. Der amtierende König, inzwischen nur noch eine Marionette der Portugiesen, wurde ein Vasall der Rozvi.

»Welche Rolle in diesem Drama kam nun Pedro Combais zu? Was Sie bis jetzt gehört haben, sind historische Tatsachen oder entstammt der Legende. Doch im Folgenden gebe ich die Worte Rodrigo Combais' wieder.

»Pedro Combais war der Spross einer alten, angesehenen und reichen Familie. Unglücklicherweise war er das sprichwörtliche schwarze Schaf, verzogen und von launischer Natur. Den Höhepunkt bildete dann ein Vorfall im Hafenviertel von Lissabon, in dessen Verlauf eine Prostituierte getötet wurde. Für sein Verbrechen hätte Pedro Combais eigentlich die Todesstrafe zu erwarten gehabt, doch seine Familie traf ein Arrangement, und statt die Todesstrafe zu vollstrecken, wurde er nach Afrika in die Verbannung geschickt. Seinerzeit traf die Verbannung Delinquenten, aber auch andere missliebige Personen. Im Falle von Kriminellen sah die Maßnahme vor, dass der Täter seine Schuld gegenüber der Gesellschaft sühnt, indem er beim Aufbau ihrer Kolonien anpackt, um irgendwann geläutert und rehabilitiert nach Portugal zurückkehren zu können.

»Durch den Einfluss der Familie erfüllte sich Pedros Wunsch, seine Schuld im südlichen Afrika zu sühnen – man schrieb das Jahr 1690, über hundert Jahre nach dem Märtyrertod von Gonsalo da Silveira. Warum, aber, wollte Pedro ins südliche Afrika? Nun, dazu muss man wissen, dass die Familien Combais und Caiado miteinander verwandt waren und Pedro von einem ähnlich missratenen Sprössling der Caiados nicht nur von da Silveiras Gold erfahren hatte, sondern auch, wo es versteckt war. Somit deutet alles darauf hin, dass Antonio Caiado sehr wohl um das Gold des Priesters gewusst hatte und auch gewusst hatte, wo es sich befand. Nur war es ihm wohl nicht gelungen, sich dieses Schatzes zu bemächtigen. Also beschloss Pedro Combais, sich das Gold zu holen.

»Pedro Combais' Aufgabe während seiner Verbannung umfasste die Versorgung der portugiesischen Handelsposten entlang des Sambesis und im Landesinnern, genauer gesagt dort, wo heute Simbabwe ist. Wie sich herausstellte, war das Auffinden des Goldes sein geringstes Problem. Der Berg war leicht zu finden, und da dieser Berg jetzt heilig war und mit abergläubischen Vorstellungen verbunden, war das Gold von den Afrikanern nicht angerührt worden. Als seine Route ihn in die Hauptstadt führte, ging Pedro eines Nachts mehrmals zu dem Schrein, sammelte das Gold ein und verteilte es auf seine Träger.«

»Und was hat das Ganze am Ende vereitelt?«, warf Carter ein.

»Sie sind scharfsinnig, Mr. Carter. Es stellte sich folgende Frage: Wie den Schatz nach Portugal schaffen? Ursprünglich war geplant, die Versorgung der Handelsposten zu beenden, zum Sambesi-Delta zurückzukehren und sich die Rückreise nach Portugal durch Bestechung zu erkaufen. Mit dem Gold hätte Pedro sich aus den rechtlichen Folgen, die sein Verstoß gegen die Auflagen der Verbannung gezeitigt hätte, freikaufen können. Doch unerwartet kam es zu einem Problem. Der Aufstand der Rozvi, Sie erinnern sich? Pedro beschloss, sich zur Küste durchzuschlagen und einen windigen Kapitän zu bestechen, ihn mitzunehmen. Doch zuerst musste er noch den Mashumba-Handelsposten beliefern, um im Anschluss mit einem Führer und einem Minimum an Trägern den Marsch Richtung Sofala anzutreten.«

»Und etwas hat ihn an der Ausführung dieses Plans gehindert«, stellte Carter fest.

»Offensichtlich«, erwiderte der Professor barsch.

»Sofern der Bericht Rodrigo Combais' den Tatsachen entspricht. Wie ich bereits erwähnte, richtete sich der Aufstand der Rozvi anfänglich nur gegen die Portugiesen und wurde von den Arabern unterstützt. Pedro Combais erkannte, dass er so schnell wie möglich den Mashumba-Handelsposten verlassen musste. In Unkenntnis, dass sie die Rebellion finanzierten, schloss er vor Ort einen Pakt mit einigen arabischen Händlern. Gemeinsam mit ihnen versteckte er das Gold und vereinbarte, dass sie alle später zurückkehren und das Gold untereinander aufteilen würden.«

»Aus Combais' Sicht keine sehr vernünftige Vereinbarung«, kommentierte Carter.

»Die Politik der Verzweiflung. Combais überließ die Europäer auf dem Handelsposten ihrem Schicksal und rettete seine eigene Haut. Und wie der Zufall es wollte, hieß der frisch eingesetzte Statthalter dieses Handelspostens Vasco Caiado. Er war ein Urenkel Antonio Caiados und durch den Einfluss seiner Familie auf diesen Posten gesetzt worden, um am Ende seiner Dienstzeit da Silveiras Gold nach Portugal zu bringen. Wie auch immer, die Handelsstation hielt der Übermacht der Aufständischen fünf Tage stand. Caiado hatte noch Glück. Am dritten Tag wurde er getötet und beerdigt. Als nämlich die Rozvi die Station einnahmen, wurden alle Männer abgeschlachtet und die Priester lebendig gehäutet. Und die wenigen Frauen? Bevor man sie vergewaltigte und schließlich ermordete, mussten sie mitansehen, wie ihre Kinder gepfählt wurden.«

Die lebhafte, mit Leidenschaft vorgetragene Schilderung der Ereignisse durch den Professor schlug Carter völlig in ihren Bann.

»Was wurde aus Pedro Combais? Und aus dem Gold?«, fragte er.

»Mit einer kleinen Menge Gold, die er sich zurückbehalten hatte, schaffte es Pedro tatsächlich bis zur Küste. Allerdings war sein Körper vom Fieber aufgezehrt und er war nur noch ein Schatten seiner selbst. Ein loyaler Afrikaner, der den letzten Angriff durch die Rozvi überlebt hatte, berichtete ihm, was sich im Handelsposten zugetragen hatte, und unter dem Vorwand, der einzige Überlebende des Mashumba-Massakers zu sein, gelang es Pedro, mit einem Schiff zurück nach Portugal zu fahren. Nur wenige Wochen später starb er als gefeierter Held in Portugal.

»Was das Gold betrifft, es könnte sich immer noch in dem Versteck befinden, es sei denn, Pedros Kumpane, die

Araber, haben es sich geholt. Ich halte das allerdings für eher unwahrscheinlich, da, wie Sie ja inzwischen wissen, der Aufstand der Rozvi schnell zu einem Feldzug gegen alle Ausländer mutierte und jeder arabische Händler, der den Rebellen in die Hände fiel, durch das Schwert getötet wurde. Eine dritte Möglichkeit ist, dass Prospektoren darauf gestoßen sind, es eingeschmolzen und als Produkt ihrer eigenen kleinen Minen ausgegeben haben.«

»Sicher haben doch Combais und die Araber schriftliche Aufzeichnungen über das Gold und seine Lage hinterlassen?«

Armitage lächelte nachsichtig. »Jetzt enttäuschen Sie mich aber, Mr. Carter. Glauben Sie wirklich, jemand hätte in einem derart brisanten Fall etwas Schriftliches hinterlassen?«

»Als Sie mit Rodrigo Combais sprachen, Professor, hatte er da Dokumente über die Geschichte von da Silveira und Pedro Combais?«

Armitage zuckte die Achseln.

»Er saß vor mir und erzählte mir die Geschichte, so wie ich Sie Ihnen gerade erzählt habe. Er hatte keinerlei Dokumente dabei, als er mit mir sprach.«

Carter runzelte die Stirn. Es musste irgendetwas existieren, was die Geschichte belegte. Entweder hatte man es aus Combais' Hotelzimmer oder aus seinem Mietwagen gestohlen.

»Hat Combais Ms. Drake diese Geschichte erzählt?«

Wieder zuckte Armitage nur mit den Achseln.

»Er hat nichts dergleichen erwähnt, und ich habe auch nicht danach gefragt.«

Carter spürte, wie seine Frustration wuchs.

»Noch etwas, Professor. Für wie authentisch halten Sie

das, was Rodrigo Combais Ihnen berichtet hat?«

»Selbst bei vernünftigen Menschen löst Gold mitunter seltsame Reaktionen aus. So könnte die Geschichte von da Silveiras Gold genauso gut nichts weiter sein als eine dieser Fabeln, mit denen Männer ihre Freunde beeindrucken wollen, wenn sie, zurück aus exotischen Gefilden, wieder das alltägliche Einerlei vorfinden – ein wenig das Grau der Realität zum Schillern bringen. Wir alle machen uns manchmal dessen schuldig, was man Seemannsgarn spinnen nennt, Mr. Carter. Meine Antwort auf Ihre Frage lautet also: Ich halte es für wenig authentisch. Mr. Combais hatte keine Dokumente, alle Berichte waren nur vom Hörensagen. Meine Forschungen haben mich oft nach Lissabon geführt und mir ist nicht die leiseste Andeutung untergekommen, was Combais' Geschichte betrifft. Ich für meinen Teil habe große Zweifel, dass das Ganze Hand und Fuß hat.«

»Und meine Kollegen haben Ihre Zweifel geteilt?«

»Sie fanden es sehr amüsant.« Armitage beugte sich vor, umfasste dabei die Kante seines Schreibtisches derart fest, dass seine Fingernägel weiß wurden. »Man hat mich wohl für eine Art Spinner gehalten«, stieß er wütend hervor.

Carter konnte sich ein hässliches Lächeln nicht verkneifen. Endlich verlor der Eisblock vor ihm mal die Contenance. Wenn auch alles phantastisch anmutete, Carter war überzeugt, den Grund für Combais' Aufenthalt im Mashumba-Gebiet zu kennen. Zu unwahrscheinlich war es, dass zwei Menschen wegen eines Hirngespinstes, einer aberwitzigen Schatzsuche wegen getötet wurden. Die Mashumba Mine und Ermittlungen untertage hatten jetzt oberste Priorität. Doch zuerst musste mal Tatenda Machaya informiert werden.

»Dürfte ich mal Ihr Telefon benutzen, Professor Armitage? Ich müsste mich mit einem Kollegen kurzschließen.«

»Selbstverständlich. Fühlen Sie sich wie zu Hause«, sagte Armitage und stand auf. »Ich warte unterdessen draußen, im Vorzimmer.«

Carter wählte Machayas Nummer und wartete ungeduldig darauf, dass abgenommen wurde. Als Machaya sich am anderen Ende meldete, informierte Carter ihn zuerst über den Umzug in Grenvilles Haus, gab ihm die neue Telefonnummer und berichtete anschließend ausführlich von dem Gespräch mit Armitage. Zuerst verschlug es Machaya die Sprache, doch dann, im Anschluss an ein überraschtes Pfeifen, folgte eine wahre Salve Fragen. Ohne sich etwas dabei zu denken, nahm Carter während des Gespräches eine Fotografie in die Hand, die auf einem Bücherregal direkt neben Armitages Schreibtisch stand. Sie zeigte einen deutlich jüngeren Professor, im Hintergrund ein Strand mit Palmen.

Carter wandte seine Aufmerksamkeit der zweiten Person auf dem Foto zu, einer dunkelhäutigen Frau, einer Europäerin mit südländischen Zügen. Ihr dunkles Haar war zu einem Bob frisiert und beide, sie und der Professor, lächelten selbstbewusst in die Kamera. Dann blieb Carters Blick an etwas haften, er sah genauer hin und entdeckte, dass die Frau eine Goldkette trug, an der ein Medaillon hing. Es sah aus wie ein Heiligenbildnis.

»Bist du noch dran, Jim?«

Carter fühlte sich wie auf frischer Tat ertappt und stellte die Fotografie zurück an ihren Platz.

»Tut mir leid, Tatty«, sagte er. »Ich war gerade mit den Gedanken woanders.«

»Okay, also dann noch mal von vorn. Wir sind immer noch bei der Nummer mit den Uniformen. Bisher ohne Ergebnis. Ein Albtraum, sag ich dir.«

»Ja, aber bleibt bloß dran. Habt ihr schon was über unser Trio ausgegraben?«

»Da ist Interessantes zu vermelden. Ms. Drakes Mutter war zur Hälfte Portugiesin und Armitages Frau ist Portugiesin, obwohl, nach dem Aktenfoto zu urteilen, hat sie das, was man einen Schuss Teer im Blut nennt.«

»Und Zulu?«

»Nach dem, was du gerade erzählt hast, hätte er ein Motiv. Wirtschaftlich schlechte Verhältnisse. Lebt mit seiner gebrechlichen Mutter zusammen und ist kaum in der Lage, sich und seine Mutter über Wasser zu halten.«

Carter machte sich Notizen, während Machaya die letzte Information vom Stapel ließ. Am Tag zuvor, am Nachmittag, war eine dunkelhäutige Frau im Landesvermessungsamt aufgetaucht und hatte drei Landkarten erworben. Machaya nannte Carter die Nummern und der verglich sie mit den Nummern in seinem Notizbuch. »Das sind die Karten der Gebiete, die an die Mashumba Mine grenzen, Tatty. War sonst noch etwas mit der Frau?«

Sie sei nervös gewesen, habe eine Sonnenbrille getragen und Kette geraucht, außerdem sei sie Linkshänderin, berichtete Machaya.

Carter grinste und schilderte seinen Besuch bei Ms. Drake.

»Demnach könnte sie mit der Sache zu tun haben. Ich sollte sie schnellstens zu einer Befragung vorladen«, sagte Machaya.

Carter war damit nicht einverstanden. »Wer auch immer darin verwickelt ist, wir sollten niemanden aufscheuchen. Gegen die Drake haben wir noch nicht genug in der Hand. Nehmt euch lieber nochmals das Material über die drei zur Brust. Ich werde das Gefühl nicht los, dass da noch mehr drinsteckt.«

Als Carter sein Gespräch beendet hatte, begleitete ihn der Professor hinaus. In Höhe des Empfangs fing Armitage an zu husten und machte dem älteren Mann Vorwürfe, dass er geraucht habe, obwohl doch Dienstag sei und er wisse, dass er, Armitage, allergisch auf Zigarettenrauch reagiere.

Aus Solidarität mit dem Alten unternahm Carter den Versuch, Armitage von ihm abzulenken. »Wie ich gehört habe, schreiben Sie Bücher über die Portugiesen in Afrika, Professor«, sagte er.

Der Professor lächelte. »Es ist mein Lebenswerk: *Die portugiesische Kolonisation und Besiedlung im subsaharischen Afrika*. Ich habe bislang siebzehn Bände verfasst. Der siebzehnte Band ist sozusagen druckfrisch. Heute Morgen erst habe ich im Queen Victoria Museum ein Exemplar für Ms. Drake abgegeben. Allein dieser Band ist das Ergebnis sechsmonatiger Recherche«, sagte er stolz. Doch dann verzog Armitage das Gesicht. »Die Gelder fließen unregelmäßig. Die Forschung wird hauptsächlich in portugiesischen Archiven in Lissabon betrieben. Sicher, es wird mir gelingen, die Geldmittel für die etwa sieben Bände zu beschaffen und das Werk zu vollenden. Doch leider investiert die Regierung sehr wenig in die Forschung auf dem Gebiet der Landesgeschichte und so sind die Zuschüsse eher ein Almosen.«

Abrupt beendete der Professor seinen Wortschwall, betreten über seinen Gefühlsausbruch, rang er um Fassung.

Als Carter sich zum Gehen wandte, bemerkte er die Krawattennadel an Armitages weinroter Krawatte – dort baumelte ein kleiner silbergrauer Panzerhandschuh.

Zwölftes Kapitel

Der Land Rover glitt hinunter in die Senke des Mashumba Tals. Carters Gedanken überschlugen sich, während er Hinweise auswertete, Spuren analysierte und die Verdächtigen vor seinem geistigen Auge aufmarschieren ließ. Ein Fall, den man fast abgeschrieben hatte, war wieder brandaktuell. Obwohl Carter sich darüber im Klaren war, dass er – ermittlungstechnisch gesehen – etwas eingerostet war, wurde er das Gefühl nicht los, den Schlüssel zur Lösung des Falles bereits in den Händen zu halten.

Der Wind fuhr ihm in die Haare und eine nachmittägliche Kühle lag in der Luft, eine Kühle, die die Vorbotin des Winters war.

Benjamin, dachte Carter. Er hatte sich nicht getäuscht. Er konnte sich nicht getäuscht haben. Wer auch immer die Täter waren, man hatte sie informiert, sowohl über die Landkarten, die sich in seinem Besitz befanden, als auch über seinen anstehenden Besuch im Museum und in den Nationalarchiven. Natürlich waren da auch noch andere, die sein und Julias Zimmer hätten durchsuchen können, doch Benjamin war der Einzige, der gelauscht hatte, als er Machaya am Telefon in seine Pläne eingeweiht hatte. Carter beschloss, einen Abstecher zu machen, nicht sofort zu Grenville, sondern zum Mashumba Inn Hotel zu fahren. Sicher, besser wäre es, Gotora zu informieren und Benjamin ins Polizeicamp zu schaffen, um ihn dort zu befragen. Würde den Alten vermutlich ganz schön einschüchtern. Er hätte auch Tatty von seinem Verdacht berichten müssen, aber egal, das Ding zog er jetzt durch, notfalls konnte er Benjamin auch in den Land Rover verfrachten und zum Polizeicamp bringen, die Autorität dazu hatte er.

Als Carter das Hotel erreichte, sah er sofort, dass etwas nicht stimmte. Mehr noch, ihn beschlich eine Vorahnung, dass sich etwas Dramatisches ereignet hatte. Auf dem Hotelgelände standen zwei Santanas der Polizei, ein dritter Streifenwagen zog mit theatralisch blinkenden Lichtern an Carter vorbei. Als Carter vor der Bar aus seinem Land Rover stieg, bewegte sich sogleich ein Hüne von Polizist auf ihn zu. Carter zeigte seinen Ausweis und wurde durchgelassen. Hinter einem Rundbogen konnte Carter diverse Polizisten ausmachen, die hektisch hin und her liefen. Die Erinnerung an seine Jugend kehrte zurück, an die Zeit, als er an den Wochenenden mit seinen Eltern hierher gefahren war. Hinter dem Rundbogen befand sich der Swimming-Pool und jetzt befand sich auch Gotora dort und signalisierte Carter, näher zu kommen. Carter zögerte, doch seine Beine drängten ihn vorwärts.

Der üppige, penibel gepflegte Rasen seiner Kindheit war zu wuchernden, braunen Grasbüscheln verkommen, selbst zwischen den gesprungenen Fliesen und den Rissen der Betonumrandung des Pools kämpfte sich das Gras durch. Wo früher Horden weißer Kinder unter einem klaren, rhodesischen Himmel geplanscht und getobt hatten, erwartete Carter ein Pool, an dessen tiefster Stelle sich eine braune Brühe gesammelt hatte. Am Rand stand Doc Adams' gebeugte Erscheinung. Die melancholischen Augen hinter dem Kneifer musterten Carter kurz und wanderten zurück zu den beiden Polizisten, die gerade durch den Morast jahrelanger Vernachlässigung auf eine Gestalt zuwateten, die in dem trüben Gemisch aus Blättern, Abfall und fauligem Wasser auf dem Rücken lag. Sie packten den Körper unter den Achseln und an den Füßen und schleppten ihn durch den Pool. Der Mund des Toten stand weit offen, aber auch ohne den Anblick der verfaulten Zähne hätte Carter Benjamin erkannt. Die Polizisten hatten inzwischen die flachste Stelle erreicht, trugen den Toten aus dem Pool und legten ihn auf die Betonumrandung.

Carter sah, dass es sich um eine Schädelverletzung handelte; die gesamte rechte Seite war zerschmettert und blutverschmiert.

Doc Adams hockte sich neben den Toten, tastete am Hals nach dem Puls, schüttelte den Kopf und stellte so zum zweiten Mal innerhalb von etwas mehr als vierundzwanzig Stunden den Tod fest. »Da ist nichts mehr zu machen«, knurrte er, während er sich schwerfällig erhob. »Danke, Doc«, sagte Gotora. Adams nickte ihm zu und schlich davon.

»Das ist Benjamin Sakala, so eine Art Mädchen für alles hier im Hotel«, sagte Gotora zu Carter. »Ach, bitte entschuldige, Jim, du kennst ihn sicher. Schließlich seid ihr hier abgestiegen. Jedenfalls muss der alte Trottel aus Versehen in den Pool gefallen sein und sich dabei den Schädel eingeschlagen haben. Vermutlich war er nicht ganz nüchtern, er hat nämlich gerne mal einen gehoben. Trotzdem, es ist traurig, irgendwie war er eine echte Type.«

Was für ein Grabspruch, dachte Carter. Hier ruht Benjamin Sakala – eine echte Type. Vielleicht könnte man noch hinzufügen, dass er sterben musste, weil James Carter seinen Verdacht zu lange für sich behalten hatte.

»Ich war gerade auf dem Weg zu ihm«, erklärte Carter, »in Zusammenhang mit dem Combais-Fall.«

Gotora zog die Augenbrauen hoch und strich über die Enden seines Schnurrbarts. »Ach was?«

»Ja. Offensichtlich ist mir jemand zuvorgekommen.«

»Das solltest du mir erklären.« Der sonst so gelassene Gotora legte eine gehörige Portion Schärfe in seine Stimme. »Benjamin Sakala war nämlich nichts weiter als ein harmloser alter Mann.« Er machte eine abwehrende Handbewegung gerade in dem Moment, als zwei seiner Leute mit dem Metallsarg auftauchten. Sie blieben stehen und sahen ihren Chef fragend an. »Nein, ist schon okay«, sagte Gotora zu den beiden, »bringt ihn hier weg.« Er berührte Carter an der Schulter. »Lass uns ein paar Schritte gehen, Jim. Ich hab das Gefühl, ich bin nicht ganz auf dem neusten Stand, obwohl wir doch zusammenarbeiten wollten. Also, was geht hier vor?«

»Ich habe gestern Abend Detective Chief Inspector Machaya angerufen. Es ging um einige Informationen, die er mir beschaffen sollte, außerdem wollte ich ihn über meine nächsten Schritte in Kenntnis setzen. Ich hab das Telefongespräch an der Rezeption geführt, und plötzlich stand Benjamin hinter mir. Ich denke, er hat mich belauscht.«

»Ist das alles?«, fragte Gotora. »Nicht gerade schlagende Argumente für eine wie auch immer geartete Verwicklung Benjamins in den Fall, findest du nicht?«

Carter war klar, dass sein Kollege ein Recht auf mehr hatte und dass es unverschämt war, es ihm vorzuenthalten. Aber Carter liebte nun mal die One-Man-Show.

Dennoch, Gotoras offensichtliche Verärgerung verlangte es, dass Carter etwas preisgab.

»Gestern Abend hatten Julia und ich den Eindruck, jemand habe in unseren Zimmern herumgeschnüffelt. Kennst du das, wenn man nur so ein Gefühl hat, Kelvin?«

Gotora nickte. »Du meinst, Benjamin war der bezahlte Informant der Moscans, den sie sich jetzt vom Halse geschafft haben?«

»Davon bin ich überzeugt«, sagte Carter. »Man war sich seiner nicht sicher, war sich nicht sicher, ob der alte Mann dichthalten würde. Also hat man ihn nachhaltig zum Schweigen gebracht.«

Gotora runzelte die Stirn. »Das heißt, sie sind noch ganz in der Nähe.«

»Sehr wahrscheinlich«, sagte Carter. »Wonach auch immer sie in Mashumba gesucht haben, sie haben es noch nicht gefunden. Ich könnte mir vorstellen, dass sie sich irgendwo in den Bergen aufhalten. Sie wissen, wir sind ihnen auf den Fersen, und sie warten ab, was wir als Nächstes tun.«

»Dann sollten wir so schnell wie möglich die Suche nach ihnen organisieren und sie aufstöbern«, meinte Gotora wütend.

»Nein, warte«, Carter versuchte ihn zu bremsen. »Natürlich wollen wir sie ergreifen, aber wir wollen auch herausfinden, wer hinter alldem steckt. Nach meinem Dafürhalten sind die Moscans nichts weiter als gedungene Mörder.«

Gotora befand sich in einem Dilemma. Der Mord an einem Ausländer hatte den Tod von zwei Männern nach sich gezogen, die er gekannt und in gewisser Weise gemocht hatte. Der Privatmann Gotora wollte Vergeltung, der Polizist Gotora musste mit Augenmaß handeln, genau wie Carter es vorgeschlagen hatte. Er nahm ein paar tiefe Atemzüge, um sich zu beruhigen, und sagte schließlich: »In Ordnung, Jim, du hast mich überzeugt.« Sein Blick heftete sich auf die Stelle, wo man Sakala gefunden hatte.

»Was meinst du, wie haben sie miteinander Kontakt aufgenommen? Die Moscans und Benjamin, meine ich«, fragte er. »Klar, sie haben miteinander telefoniert, aber hat Benjamin sie immer angerufen? Ich kann mir kaum vorstellen, dass *sie* ihn hier im Hotel angerufen haben.«

Carter dachte nach. »Das Gelände um den Pool ist von einer Mauer umschlossen, mit Ausnahme des Rundbogens dort drüben, durch den man zur Bar gelangt – «

»Die im Übrigen geöffnet hatte, als wir hier eintrafen«, unterbrach ihn Gotora. »Hier ist nicht mehr allzu viel los, drei Mosambikaner wären mit Sicherheit aufgefallen, wenn sie sich tagsüber mit Sakala hier getroffen hätten. Vermutlich fanden die Treffen im Dunkeln statt.«

»Ein Zeichen ... ein Signal«, murmelte Carter vor sich hin. Sein Blick glitt die Mauer entlang. »Komm mal mit, Kelvin, ich glaube, ich hab was entdeckt.«

Er führte Gotora zu einer Stelle in der Mauer, wo einige Steine locker zu sein schienen. Tatsächlich waren sie gelockert worden und ließen sich mühelos entfernen. Das Loch, das jetzt entstanden war, reichte aus, um sich – wenn auch mit Mühe – durchzwängen zu können. Der Pool samt Gelände wurde nicht mehr genutzt, insofern war nachvollziehbar, dass die Beschädigung der Mauer niemandem aufgefallen war.

»Gut«, meinte Gotora, »das erklärt, wie sich die Täter unauffällig Zutritt zum Hotelgelände verschaffen konnten, es erklärt aber nicht, wie die Kontaktaufnahme mit Sakala funktioniert hat.«

Carter ließ seinen Blick abermals über die gesamte Mauer wandern und blieb an dem Teil hängen, der an die Bar grenzte. Zwischen den Glasscherben, die dort oben lagen, schimmerte etwas. »Da ist es!«, rief Carter aus und lief los.

Gotora trabte hinterher. »Eine leere Sprite-Dose?«, fragte er zweifelnd.

»Das ist das Zeichen, Kelvin – damit haben die Moscans Sakala signalisiert, dass sie ihn treffen wollen. Wir lassen die Dose nach Fingerabdrücken untersuchen, und ich fress 'nen Besen, wenn MacPherson da nicht fündig wird und die Fingerabdrücke nicht identisch sind mit denen aus Combais' Wagen und Chisungas Haus.«

Gotora winkte einen Streifenpolizisten heran, der die Anweisung erhielt, die Dose einzupacken und anschließend zur Spurensicherung nach Harare zu schicken.

Auf dem Weg zu ihren Fahrzeugen rang sich Carter dazu durch, Gotora den Vorschlag zu machen, ihn zu Grenville zu begleiten. Für Carter war es zum einen eine Frage der Diplomatie, zum anderen erhoffte er sich von dem Inspector wertvolle Anstöße bei der anstehenden Lagebesprechung. Gotora war sofort einverstanden. »Lass mich nur eben von der Rezeption im Polizeicamp anrufen, damit man dort Bescheid weiß, wo man mich erreichen kann. Hast du die Nummer von Grenville dabei?«, fragte er.

»Natürlich«, erwiderte Carter. »Das trifft sich gut, ich wollte sowieso Mr. Sibanda noch ein paar Fragen stellen.«

Während Gotora mit seiner Dienststelle telefonierte, fiel Carter die Aufgabe zu, einen völlig derangierten Mr.

Sibanda zu beruhigen. Mehrmals musste er ihm versichern, dass dem Hotel keinerlei Verantwortung für den Tod Sakalas zugeschoben werden konnte. Die Befragung des aufgelösten Hotelmanagers gestaltete sich einigermaßen schwierig und ergab lediglich, dass Benjamin am Morgen angeblich mit seinem Bruder telefoniert hatte, und zwar kurz nachdem Carter und Julia abgereist waren. Wenn die Aussage auch nicht ergiebig war, so stellte sie doch ein weiteres Teil des Puzzles dar, und Carter hoffte, dass dieses Teil, zusammen mit den anderen, ihn und seine Mitstreiter nachher, in Grenvilles Haus, der Lösung ein Stück näher bringe.

***

Als der Land Rover vor Grenvilles Haus hielt, standen Julia und der Gastgeber bereits auf der Veranda. Beide waren in der letzten Stunde von einem Fuß auf den anderen getreten und als sie endlich den Wagen kommen hörten, sofort aus dem Haus gelaufen. Carter stürmte wortlos an ihnen vorbei, er wollte unverzüglich Machaya anrufen. Irritiert ob dieser Eile, sahen Julia und Grenville Gotora verdutzt an, doch der zuckte lediglich mit den Achseln. Drinnen, im Wohnzimmer, war Carter gerade im Begriff, den Hörer abzunehmen, als das Telefon schrillte.

»Carter am Apparat. Bist du's, Tatty?«

In Machayas Stimme schwang keinerlei Überraschung mit, vielmehr klang sie müde, deprimiert. »Deine Moscans haben wieder zugeschlagen, Jim. Am frühen Nachmittag hat man die Leiche des Polizeireservisten Colin Chiwoko in einem Waldstück bei Mbare gefunden. Eigentlich hatte er Bereitschaftsdienst und sollte bei der Studentendemo eingesetzt werden. Zum Dienst ist er nicht erschienen, dafür wurde er vermutlich mit einem Stück Draht stranguliert. Tja, und – «

»An seinem linken Stiefel fehlt ein Stück Sohle«, ergänzte Carter und schlug sich gegen die Stirn. »Mann, Tatty, wir waren so dicht dran. Chiwoko war ein Handlanger genau wie Sakala.«

»Sakala ... wer?«

Machaya erfuhr jetzt alle Einzelheiten, die Benjamin Sakala betrafen, und Carter räumte am Ende selbstkritisch ein, dass der Tod von Sakala in gewisser Weise auch auf sein Konto ging.

»Das kannst du laut sagen, Jim.« Machaya war außer sich. »Hättest du mich von deinem Verdacht unterrichtet, hätten wir diesen Sakala unter Beobachtung gestellt. Vermutlich wäre er jetzt noch am Leben und wir hätten zumindest diese Mosambikaner. Entschuldige die groben Worte, aber deine Arroganz ist schlicht zum Kotzen.«

»Du hast ja Recht, Tatty, es war völlig daneben. Ich hab jetzt Gotora mehr eingebunden, er ist gerade hier und wir wollen gleich mal so eine Art Bestandsaufnahme machen.«

»Ja, tut das ... Und noch was, Jim, reiß dich künftig am Riemen, auch meiner Tochter wegen. Damit das klar ist, sie soll bei diesem Einsatz Erfahrungen sammeln und nicht ihr Leben riskieren.«

Carter legte zerknirscht den Hörer auf, als Julia, Grenville und Gotora das Haus über die Terrasse betraten. Alle versammelten sich jetzt an der Bar. Grenville servierte Julia einen trockenen Martini – auf ihren Wunsch mit etwas Zitronenschale –, sich und den beiden

Männern schenkte er einen Whisky ein.

Direkt neben der offenen Terrassentür stand die Tafel. Carter ging hin, studierte die Karteikarten und rieb sich nachdenklich das Kinn. An der Wand dahinter hing die Karte der Gegend rund um die Mashumba Mine.

»Das sieht recht ordentlich aus, Julia. Gute Arbeit. Nun, dann wollen wir mal loslegen«, sagte er betont locker, obgleich ihm das Gespräch mit Machaya buchstäblich vor dem Magen stand.

Gotora ergriff unverzüglich das Wort. »Ich habe die beiden anderen bereits informiert, was Benjamin Sakala betrifft. Sie sind also im Bilde und du kannst gleich zum Wesentlichen kommen, Jim.«

Carter verspürte sofort einen Anflug von Ärger, weil – wie er meinte – Gotora die Vermessenheit besessen hatte, in Eigenregie zu handeln. Im selben Moment erinnerte er sich jedoch seiner guten Vorsätze und kämpfte den Impuls nieder, mit einer bissigen Bemerkung zu kontern. Stattdessen ging er hinüber zur Bar, schnappte sich seinen Whisky und trat wieder vor die Tafel. Auf der linken Seite hingen etliche Karteikarten mit Informationen, die den Mord an Combais und Chisungas Tod betrafen, ebenso ein Hinweis auf die Moscan-Theorie. Auf der rechten Seite hing eine einzige Karte und darauf stand *Dr. No* mit einem Fragezeichen dahinter. Carter musste unwillkürlich grinsen und fragte sich, wer hier wohl der James-Bond-Fan sei. Ferner enthielt die Karte noch einen Vermerk, dass diese Person aus Combais' Zimmer im Sheraton mit einem der Mosambikaner telefoniert habe.

»Combais und Chisunga wurden Opfer dreier Mosambikaner, die im Auftrag von *Dr. No* operieren. Inspector Gotora und ich glauben, dass sie sich gegenwärtig irgendwo in der Nähe der Mine versteckt halten. Das lässt den Schluss zu, dass sie sich mächtig verrechnet haben, was den Mord an Combais betrifft, und dass sie noch nicht am Ziel sind. Sie haben uns im Visier und warten auf unseren nächsten Zug.«

»Aber woher wissen die Moscans, dass die Untersuchung wieder aufgerollt wurde?«, fragte Grenville. »Und weshalb haben sie sich verrechnet, als sie Combais töteten?«

»Dazu komme ich später«, erwiderte Carter mit einem Lächeln. »Im Augenblick sollten wir Schritt für Schritt vorgehen. Die Indizien«, Carter wandte sich der Tafel zu, »die wir zusammengetragen haben, sind Anhaltspunkte für eine Täterschaft der Mosambikaner. Wir haben den Akzent des Anrufers, der *Dr. No* im Sheraton anrief. Wir haben den Zigarettenstummel, den Stummel einer Camel. Die Marke *Camel* ist in Simbabwe wenig verbreitet. Anders in Mosambik, einem Land mit diversen Häfen, dort sind derlei Luxusartikel etwas Alltägliches.«

Bei der Erwähnung von Zigaretten machte Carter eine Pause. Er stellte sein Glas auf den Beistelltisch, der neben der Tafel stand, und zündete sich eine Zigarette an. Der erste Zug ließ ihn wehmütig an die Sanftheit importierter Marken denken.

»Kommen wir jetzt zu den drei Sätzen frischer Fingerabdrücke, die die Polizei in und an Combais' Wagen und in Chisungas Haus gefunden hat. Die Fingerabdrücke konnten keiner Person zugeordnet werden. Das spricht für sich selbst. Kämen die entsprechenden Personen aus Simbabwe, wären ihre Fingerabdrücke allein schon durch den Ausweis-Antrag erfasst.«

»Sollten wir diesbezüglich nicht mal mit den Kollegen in Mosambik Kontakt aufnehmen?«, fragte Gotora.

»Ich wüsste nicht, was dagegen spräche, Kelvin. Wenn du da etwas veranlassen könntest ... doch ehrlich gesagt, ich bezweifle, dass das was bringt. Die haben einen langen Bürgerkrieg hinter sich, mit anderen Worten, deren Akten sind alles andere als lückenlos. Unsere Moscans werden wohl kaum erfasst sein. Unsere Täter sind mit Sicherheit junge Männer, die, auf welcher Seite auch immer, im Bürgerkrieg gekämpft haben, und in Kriegszeiten funktioniert das Rechtssystem nicht so reibungslos wie in Friedenszeiten.«

Carter nahm einen Schluck aus seinem Glas und wandte sich dann an Julia und Grenville.

»Inspector Gotora hat Sie bereits über Benjamin Sakala informiert. Sicherlich auch über meine Vermutung, dass er einem Gewaltverbrechen zum Opfer gefallen ist, oder Kelvin?«

Gotora nickte.

»Gut. Dennoch lassen Sie mich kurz zusammenfassen: Benjamin Sakala war der Informant der Mosambikaner. In ihrem Auftrag hat er unsere Zimmer im Mashumba Inn Hotel durchsucht und vermutlich auch ein Telefonat belauscht, das ich mit meinem Kollegen Machaya geführt habe. Schlussendlich wurde er zu einem Unsicherheitsfaktor, den es auszuschalten galt.«

»Im Grunde unglaublich!«, rief Grenville aus. »Warum das alles?«

»Ich kann Ihre Ungeduld absolut nachvollziehen, Ronnie«, erwiderte Carter, »aber jetzt geht es erst einmal darum, das zu bündeln, was wir an Erkenntnissen haben. Inspector Gotora hatte von Anfang an den Verdacht, dass sich Combais' Mörder als Polizisten getarnt haben.« Carter ging im Folgenden auf die Uniformen ein und berichtete von dem Mord an Colin Chiwoko.

»Also doch«, kommentierte Gotora und Julia schüttelte den Kopf. »Das hätte ich nie für möglich gehalten. Das ist ja fast ein Netzwerk«, sagte sie. Carter sah sie an. »Da liegen Sie gar nicht mal so falsch, Julia. Wie auch immer, Inspector Gotora ist damit einverstanden, alles zu unterlassen, was die Mosambikaner aufscheuchen könnte. Sie werden zwar jede Aktivität unsererseits beobachten – «

»Wenn wir diesen Aspekt nicht aus dem Auge verlieren, muss das nicht unbedingt von Nachteil sein«, warf Julia ein.

»Exakt. Bevor wir uns nun mit der Person beschäftigen, die hinter alldem steckt, mit unserm *Dr. No*«, Carter sah, wie Grenville schmunzelte, »stellt sich für uns zuerst die Frage nach dem Motiv. Und was das betrifft, war meine heutige Exkursion äußerst erfolgreich.«

Nachdem Carter Professor Armitages Ausführungen wiedergegeben hatte, war es an Grenville, den Kopf zu schütteln. Ob aus Verwunderung oder Zweifel vermochte Carter nicht einzuschätzen.

Julia hingegen äußerte ihre Zweifel.

»Sie sagen also, dass Combais auf der Suche nach einem Schatz war, den einer seiner Ahnen versteckt hatte? Das klingt mehr als abenteuerlich.«

»Ms. Drake [illegible]«

»Ms. Drake?«, fragte Gotora.

»Ja, die für die Portugiesische Abteilung verantwortliche Mitarbeiterin des Museums. Combais hatte Kontakt zu ihr aufgenommen. Aber zu ihrer Person komme ich später. Also, Ms. Drake hat mir heute Vormittag einen an sie gerichteten Brief von Rodrigo Combais gezeigt. Das Briefpapier war nicht nur teuer, sondern auch mit einem Familienwappen versehen. Ein goldenes Kreuz in einem roten Schild. Erinnern Sie sich an den Abdruck auf Chisungas Notizblock, Julia?«

»Aber ein Kreuz ist häufig Bestandteil eines Wappens«, widersprach Julia.

»Ein Kreuz allein sagt auch nichts aus«, stimmte Carter ihr zu. »Allerdings waren im linken oberen Segment auch drei goldene Nadeln unterschiedlicher Größe.«

Gotora runzelte die Stirn.

»Okay, Jim, das Kreuz steht für da Silveiras Goldkreuz. Aber die Nadeln? Was bedeuten die?«

»Professor Armitage hat sich in der Tat als sprudelnde Informationsquelle erwiesen. Er hat mir erklärt, dass dem Herrscher des Monomatapa-Reiches Tribut in Gold entrichtet und dieses Gold von den Untertanen in Stacheln von Stachelschweinen transportiert wurde. Hier habt ihr die Erklärung für die so genannten Nadeln.«

Carter blickte in die drei erstaunten Gesichter vor sich. Als Erste ergriff Julia das Wort.

»Es ist natürlich keine Entschuldigung für eine schlampig geführte Untersuchung, aber irgendwie kann ich nachvollziehen, dass die Kollegen nicht weitergekommen sind. Alles klingt wie eine Erzählung aus *Tausendundeine Nacht.*«

»Ich kann mich noch gut an den Abdruck erinnern«, sagte Gotora, »und da war doch diese Mondsichel. Dazu haben wir noch nichts gehört.«

Die Hände hinter dem Rücken verschränkt, ging Carter jetzt vor der Tafel auf und ab.

»Jetzt bekommt Ronnie die Antwort auf seine Frage.

Warum haben sich die Moscans mit dem Mord an Combais verrechnet? Sie haben genau beobachtet, wohin Combais und Chisunga gegangen sind, waren sich sicher, dass Combais das Versteck gefunden hat. Dass seine Mission nicht erfolgreich gewesen sein könnte, haben sie überhaupt nicht ins Kalkül gezogen. Sie haben Combais getötet, um freie Bahn zu haben und sich den Schatz zu holen. Letztendlich war das eine Riesenpleite. Das erklärt auch, warum sie Chisunga so übel zugerichtet haben, sie wollten Informationen aus ihm herausquetschen – ein weiteres erfolgloses Unterfangen, das Chisunga mit dem Leben bezahlen musste.«

»Mit anderen Worten, das Kreuz und die Stacheln bezeichnen das *Was* und die Mondsichel ist der Schlüssel zum *Wo*«, resümierte Julia.

»Genau!«

Carter kehrte zur Einsatztafel zurück. »Wenden wir uns jetzt *Dr. No* zu. Wie Sie sehen, wissen wir über diese Person nur, dass sie sich vermutlich in Combais' Hotelzimmer aufgehalten hat. Ich sage *vermutlich*, obwohl ich mir sicher bin, dass der Drahtzieher der gesamten Operation, also *Dr. No*, und die Person, die sich im Sheraton aufgehalten hat, identisch sind. Der Concierge des Sheraton war am fraglichen Tag sein Gehalt nicht wert. Alle Vorgaben missachtend, hat er den Schlüssel einfach so herausgegeben. Mit anderen Worten, *Dr. No* könnte ein Schwarzer oder ein Weißer sein, für mich jedoch ist er auf jeden Fall männlichen Geschlechts. Alle drei Personen, die ich heute befragt habe, standen irgendwie in Beziehung zu Combais. Professor Armitage und Ms. Drake hatten persönlich Kontakt mit ihm, Josiah Zulu kannte ihn vom Hörensagen.«

Carter beschrieb ausführlich seinen Besuch im Queen Victoria Museum und den Nationalarchiven, gab die Gespräche mit Zulu und Ms. Drake wieder und formulierte Ergänzendes zum Zusammentreffen mit Armitage.

»Bist du sicher, Jim, dass Zulu über dein Kommen unterrichtet war?«, fragte Gotora.

»Meine Intuition sagt mir, dass er Bescheid wusste. Es ist doch merkwürdig, dass er ausgerechnet zu dem Zeitpunkt, als ich vor den Vitrinen stand, ein Exponat zurücklegen musste, oder?«

»Dann ist er unser Mann«, platzte es aus Grenville heraus.

»Nicht so voreilig, Ronnie. Wir haben mindestens noch zwei weitere Verdächtige.«

»Richtig«, sagte Julia. »Armitage zum Beispiel. Ich erinnere an die Achselschnüre mit dem Panzerhandschuh und Armitages Krawattennadel.«

»Finden Sie das nicht ein wenig zu augenfällig, Julia?«, gab Carter zu bedenken. »Als ob man mich mit der Nase darauf stoßen wollte.«

»Eine Irreführung also«, warf Gotora ein.

»Ein Ablenkungsmanöver ist nicht von der Hand zu weisen. Die Tatsache, dass er keineswegs überrascht war, mit Fragen zu einem Mordfall konfrontiert zu werden, zu dem man ihn bereits gehört hatte, spricht dafür, dass er von meinem Erscheinen unterrichtet war. Er hätte die Zeit gehabt, sich irgendetwas in Richtung Irreführung zu überlegen. Vielleicht wollte er mit dem Medaillon, das er zurückgelegt hatte, auf elegante Art und Weise meine Aufmerksamkeit auf den Panzerhandschuh an den Achselschnüren lenken.«

»Gut möglich, dass ihm Armitage über den Weg gelaufen ist, als er das Buch für Ms. Drake abgegeben hat. Beim Anblick der Krawattennadel des Professors kam ihm dann die Idee«, sagte Julia.

»Das klingt mir nun wirklich zu konstruiert«, widersprach Carter.

Unbeeindruckt fuhr Julia fort: »Und das Motiv? Die wichtigste Frage überhaupt? Zulu hätte ein Motiv. Seine finanzielle Situation ist schlecht, er muss seine alte Mutter versorgen und sein Gehalt reicht dafür vorn und hinten nicht.«

»Es gibt aber auch Erdrückendes, was auf Ms. Drake hinweist«, erinnerte Gotora. »Erstens: Sakala durchsucht die Hotelzimmer und findet die Landkarten bei Jim. Zweitens: Auf Ms. Drakes Schreibtisch liegt eine Karte. Es ist die vom Gebiet der Mashumba Mine. Drittens: Gestern taucht eine Frau im Landesvermessungsamt auf – Sonnenbrille, schwarzes Haar, dunkler Teint, starke Raucherin – und erwirbt die anderen drei Karten. Das scheint alles offensichtlich zu sein.«

»Und genau das ist es – offensichtlich. Erstens, zweitens, drittens ... alles zu glatt, alles *zu* offensichtlich. Sollte das eine Tarnung sein, diese Sonnenbrille? Und ansonsten verhält sich Ms. Drake wie immer? Und sieht aus wie immer?«, entgegnete Carter.

»Vielleicht eine Art doppelter Bluff?«, meinte Grenville.

»Das würde auch ihre Bereitschaft erklären, in dem ganzen Chaos den Brief von Combais zu suchen und ihn am Ende auch zu finden«, sagte Gotora. »Und ihre Frage, ob du auf etwas gestoßen bist, war nichts als Scheinheiligkeit.«

»Dass ihre Mutter halb portugiesisch ist, kann von

Bedeutung sein, muss aber nicht«, sagte Carter. »Und hätte sie ein Motiv? Was meint ihr?«

»Dem Dossier zufolge ist Cecelia Drake geschieden. Eine allein erziehende Mutter zweier kleiner Kinder«, warf Julia ein. »Geld kann immer ein Motiv sein, gerade in ihrer Situation, und ein goldenes Kreuz von solchen Ausmaßen bringt eine Menge Geld. Aber würde sich diese Frau deshalb mit Moscans einlassen? Entschuldigung, aber mir kommen da Zweifel.«

»Wir konzentrieren uns immer auf einen Einzelnen. Was, wenn es mehrere sind, die an einem Strang ziehen.«

»Zulu und Ms. Drake, die sind wie Feuer und Wasser.« Grenville lachte. »Ich kenne die Frau, lebenslustig, attraktiv und dann dieser Hagestolz, nein, das passt nicht zusammen.«

Carter wurde langsam ungeduldig, ihn beschlich das Gefühl, dass sie sich samt und sonders verzettelten. »Und Armitage?«, fragte er. »Was ist mit unserem distinguierten Professor? Den drückt doch der Schuh. Die Vollendung seines Lebenswerks steht auf der Kippe, da die Gelder nicht so reichlich fließen, wie er es gern hätte.«

»Ich frage mich sowieso, weshalb hat Armitage nicht nachgehakt und die Behörden alarmiert, nachdem Rodrigo Combais ihm die Geschichte erzählt hatte. Immerhin ging es darum, dass jemand alles daransetzte, einen Schatz von historischer Bedeutung außer Landes zu schaffen. Einem ernsthaften Wissenschaftler wie Armitage hätte das nicht gefallen dürfen«, sagte Gotora.

»Ich bin nicht sicher, ob er Combais die Geschichte abgekauft hat«, erwiderte Carter. »Andererseits war er mehr als verschnupft, weil die Polizei seine Ausführungen als absurd abgetan hat. Vielleicht hat er dem Ganzen erst im Nachhinein, nach den Todesfällen, Glauben geschenkt.«

»Und dann wären da immer noch die Krawattennadel und das Medaillon seiner Frau«, erinnerte Julia.

Carter seufzte. »Das hatten wir doch schon alles. Ich entdecke diesen Panzerhandschuh an einer Achselschnur im Museum und keine zwei Stunden später sehe ich ihn als Krawattennadel, und auf der Fotografie einer Frau, die mit Sicherheit Armitages Gattin ist, entdecke ich ein Medaillon mit einem Heiligen. Das ist mir schlicht und ergreifend zu perfekt.«

»Für mich ist es offensichtlich, dass Armitage und seine Frau bis zum Hals drinstecken, Jim«, sagte Gotora.

»Ich seh das anders. Armitages Frau ist Mosambikanerin, allerdings ist sie portugiesischer Abstammung. Gut möglich, dass sie 1975, nach der Unabhängigkeit Mosambiks, nach Simbabwe kam, als die Portugiesen das Land dort verließen. Oder der Professor hat sie auf einer seiner Studienreisen kennen gelernt, immerhin ist der subsaharische Raum sein Spezialgebiet.«

Gotora beharrte auf seinem Verdacht gegen die Armitages. »Ja, und? Was willst du damit sagen? Immerhin ist sie portugiesischer Abstammung. Die Theorie, dass ein Ehepaar gemeinsam die Fäden in der Hand hält, ist doch nicht aus der Luft gegriffen. In Combais' Hotelzimmer war ein Mann, im Landesvermessungsamt tauchte eine Frau auf.«

»Das träfe auch auf Josiah Zulu und Ms. Drake zu«, konterte Carter. »Oder auf Personen, die wir gar nicht auf der Liste haben.«

»Aber das Motiv«, mischte sich Grenville ein, »es will mir nicht in den Kopf, dass ein Professor der Wissenschaft wegen mehrere Menschen umbringen lässt.«

»Da wäre er aber nicht der Erste, Ronnie«, widersprach Julia, »der im Dienste der Forschung über Leichen geht. Außerdem schützen Bildung und Intelligenz nicht vor Gier. Und Habgier ist ein alltägliches Motiv.«

Draußen war die Hupe eines Autos zu hören. Gotora sah auf seine Uhr. »Das ist mein Fahrer. Ich hab darum gebeten, gegen 20.30 Uhr abgeholt zu werden. Hältst du mich bitte auf dem Laufenden, Jim?«, fragte Gotora mit Nachdruck. Carter nickte. Nachdem der Inspector sich verabschiedet hatte und gegangen war, versammelten sich Julia, Carter und Grenville an der Bar.

»Wenn ich alles richtig verstanden habe, Jim, dann glaubten die Moscans zu wissen, wo das Gold ist, weil sie Combais und Martin beobachtet haben, nicht wahr?«, fragte Grenville, als alle vor ihrem zweiten Drink saßen. »Verzeihen Sie einem alten Mann, doch mir schwirrt der Kopf. Aber der Ort, wo Combais ermordet wurde, müsste doch ganz in der Nähe der Stelle sein, wo Martin und Combais sich getroffen haben. Ich meine, eine Art Polizeisperre ... die Moscans müssen doch beobachtet haben, in welche Richtung Combais gefahren ist, um ihn dann abzufangen. Das gelingt doch nicht über eine kilometerlange Entfernung, oder? Wenn wir wenigstens wüssten, was Martin Combais gezeigt hat.«

»Sie haben völlig Recht, Ronnie. Kommen Sie mal mit zur Karte.«

Grenville und Carter stellten sich vor die Landkarte.

»Combais ist nach Osten gefahren, also liegt der Ort, wo er sich mit Martin getroffen hat, im Westen.« Carter fuhr mit dem Finger die Straße entlang und zeigte dann auf einen Punkt. »Hier ist das Versteck, wo die Moscans auf Combais gewartet haben, und hier, auf diesem Hügel, ist ein Aussichtsturm. Gotora ist der Ansicht, dass einer der Moscans dort oben auf Beobachtungsposten war. Von diesem Aussichtsturm hat man einen Blick in alle vier Himmelsrichtungen. Als der Moscan gesehen hat, wie Combais in sein Auto gestiegen und losgefahren ist, hat er auch gesehen, welche Richtung Combais eingeschlagen hat. Er ist dann runter zu seinen Kumpanen und hat das Signal zum Aufbruch gegeben.«

Grenville holte seine Brille hervor, setzte sie auf und ging dichter an die Karte heran.

»In diesem Areal hier«, mit dem Zeigefinger beschrieb er einen Kreis rund um den Aussichtsturm, »gibt es rund ein halbes Dutzend alter Schächte.« Er ging noch näher an die Karte, bis seine Nasenspitze fast das Papier berührte, und las vor: »Fishpond, Amazon Princess, Cairn Brae, Labrador, Sunset ... Cairn Brae!« Grenville wurde blass, drehte sich auf dem Absatz um und stürmte zur Bar. Dort lag sein Notizblock. Er nahm ihn auf, blätterte einige Seiten um und rief: »Was bin ich für ein Hornochse!« Julia und Carter sahen sich verständnislos an.

»Im letzten Jahr leitete Martin eine Rettungsaktion auf Cairn Brae. Anschließend trafen wir uns im Mashumba Mine Club und er erzählte mir von einem merkwürdigen Graffito, das er am Fuße eines alten Schachtes entdeckt hatte. Ich habe es nach seiner Beschreibung auf meinen Block gemalt. Eigentlich hatten wir vor, uns deswegen mit dem Museum in Verbindung zu setzen. Leider ist daraus nie etwas geworden.« Carter trat zu Grenville hinter die Bar und warf einen Blick auf den Notizblock. »Schauen Sie mal, Julia, was unser Picasso da gemalt hat.« Julia beugte sich hinüber und sah ein

Kreuz, drei Nadeln und eine Mondsichel. Mit zitternden Händen goss sich Grenville noch einen Whisky ein. »Weshalb ist das meinem senilen Geist nicht früher eingefallen? Dieser Sakala könnte noch leben. Vermutlich auch der Polizist.«

»Machen Sie sich jetzt bloß keine Vorwürfe, Ronnie«, Julia versuchte den alten Mann zu beruhigen, »wenn ich diesen Abdruck aus Martins Haus auf eine Karteikarte gepinselt hätte, wäre Ihnen am Vormittag bereits ein Licht aufgegangen.«

»Sehr richtig, Julia. Wir haben wohl alle diesbezüglich etwas geschlafen. Jetzt aber zu Cairn Brae. Was wissen Sie noch darüber, Ronnie?«

»So gut wie nichts, nur dass es dort sechs uralte Schächte gibt. Aber die heutige Mine müsste sie alle kreuzen. Es ist nicht unbedingt ein Ort, um einen Schatz wie den der Familie Combais zu verstecken.«

»Ich schlage vor, dass wir morgen nach dem Frühstück dorthin fahren und uns mal umsehen«, sagte Carter.

»Da man aus Schaden bekanntlich klug wird«, meinte Julia pragmatisch, »werde ich mich vor dem Zubettgehen noch um unsere Tafel kümmern. Es gibt ja inzwischen einen Haufen neuer Informationen, die dokumentiert werden sollten.«

Dreizehntes Kapitel

Nach einem ausgiebigen Frühstück brachen Julia, Carter und Grenville zu ihrer Exkursion auf. Erste Station war Grenvilles Büro bei der Minengesellschaft, genauer gesagt, der Geräteraum. Von dort organisierte Grenville einen Gasdetektor, der sowohl Kohlenmonoxid als auch

Kohlendioxid anzeigte, und den primitivsten aller Gasdetektoren: eine Kerze. Carter und Julia warteten unterdessen draußen im Land Rover. Genau wie Grenville trug Carter ein kurzärmliges Hemd, eine kurze Hose und knöchelhohe Schuhe aus Wildleder. Trotz seiner Aversion gegen Waffen hatte er einen Taurus Kaliber .357 an der Hüfte, den er sich von Grenville geliehen hatte. Julia hatte weiblichen Chic gegen Zweckmäßigkeit eingetauscht und saß nun in T-Shirt und Safarihose neben Carter. Ihre Füße steckten in derben Trekking-Boots.

»Hätten wir nicht Inspector Gotora einweihen sollen?«, fragte sie. Die gleiche Frage hatte sich Carter in der Nacht gestellt, als er mit einem Gute-Nacht-Scotch auf Grenvilles Veranda gesessen hatte. Sowohl gestern als auch heute lautete die Antwort: »Dafür sehe ich keine Notwendigkeit, schließlich ist es nicht mehr als eine Exkursion.« Carter war klar, dass das nur die halbe Wahrheit war, es war eine Exkursion, aber es war auch seine Show, die James-Carter-Show. »Wenn Sie meinen«, sagte Julia lediglich, doch der Ton verriet, wie wenig konform sie mit Carter in dieser Sache ging. Nachdem Grenville mit dem Gasdetektor und der Kerze in den Land Rover geklettert war, steuerten sie die Produktionsanlage der Mine an. Dort ließ sich Grenville eine Steckleiter geben, die hinten im Land Rover verstaut wurde. Dann ging es Richtung Cairn Brae.

Zuerst fuhren sie das leichte Gefälle einer Straße hinunter, dann auf einen unbefestigten Weg, der zu beiden Seiten von Gumtrees gesäumt war, die wie Soldaten in Reih und Glied standen. Vor Carter präsentierte sich die sanfte, beinahe perfekte Rundung eines Hügels, dessen Kuppe von Bäumen verdeckt war.

Grenville, dessen störrisches Haar sich im Fahrtwind nach hinten bog wie Seegras bei heranrollender Flut, beugte sich nach vorn und gab Carter ein Zeichen, links abzubiegen. Ihm war Carters interessierter Blick auf den Hügel nicht entgangen. »Das ist in der Tat eine außergewöhnliche Erhebung«, bemerkte er. »Die befestigte Hügelspitze stammt aus dem letzten Jahrhundert, als die Ndebele Richtung Norden zogen und in das Gebiet der Shona vordrangen – drei umschließende Mauern und hinten eine nahezu senkrechte Schlucht. Ich war einmal mit Martin da oben, obwohl er nicht so recht wollte. Die schwarzen Afrikaner bringen Hügel und Berge mit Hexerei und Spuk in Verbindung.« Er machte eine Pause, um Atem zu holen, und fuhr mit lauter Stimme fort: »Mit der Iron-Duke-Kette verhält es sich genauso. Die meisten Schwarzen«, er wandte sich Julia zu, »verzeihen Sie bitte, wenn ich das so sage, Julia, also die meisten Schwarzen haben eine Heidenangst, auf Berge zu steigen. Wenn es sich aus irgendeinem Grund nicht umgehen lässt, müssen zuvor die Berggeister milde gestimmt werden.«

»Deshalb waren unter den Erstbesteigern des Mount Everest auch keine Afrikaner«, warf Julia unter allgemeinem Gelächter schlagfertig ein.

Grenville dirigierte Carter nach links, auf einen recht schmalen Weg, der sich eine Erhebung mit doppeltem Buckel hinaufwand, bei deren Anblick Carter unwillkürlich an ein Trampeltier denken musste. Der Land Rover kroch die Steigung hoch, passierte zerfallene Gebäude, die einst die Fördermaschine, die Zerkleinerungsanlage und die Büros einer kleinen Mine beherbergt hatten. Verrostete Trommelmischer harrten noch aus, wie Wächter oder wie versteinerte Raubvögel, die ihre

Flügel zurückgeschlagen hatten. Dann führte der Weg auf eine schmale Ebene, dorthin, wo der Förderstollen von Cairn Brae in das Granitherz des Hügels getrieben worden war, und der Land Rover hielt an.

»Das hier ist der Ort, wo im letzten Jahr drei Goldschürfer ihr illegales Tun mit dem Leben bezahlen mussten«, erklärte Grenville. »Seitdem die Schachtöffnung zum Grund und Boden der Southern African Mining Company gehört, ist die Firma auch für den Sicherheitszaun verantwortlich.« Er wies auf die schier unüberwindlichen Berge aus glitzerndem, funkelnagelneuem Stacheldraht und auf die Pfosten vor der klaffenden Öffnung des Eingangs zum Stollen. »Wenn die uralten Schächte, die Martin erwähnt hat, sich in einem Seitengang des Stollens befinden, dann müssen sie in der Mulde liegen, dort, wo sich die beiden Buckel treffen«, sagte Grenville.

Während Carter und Julia noch dabei waren, die Leiter aus dem Land Rover zu holen, zog Grenville schon mal los. Den Blick auf den Boden gerichtet, um zu vermeiden, durch Granitbrocken ins Straucheln zu geraten, bahnte er sich seinen Weg durch das kümmerliche Gestrüpp des Msasawaldes. Unser Trio könnte auch eine Parodie auf einen exzentrischen, weißhaarigen Forscher und seine beiden ihm treu ergebenen Adlaten sein, schoss es Carter durch den Kopf.

Vorbei am Stolleneingang, gingen sie um den Hügel herum, stolperten dabei ständig über weit verstreut liegendes Geröll, Spuren der unsachgemäßen Sprengung des Felsens und somit Erbe wenig ausgereifter Abbaumethoden eines vergessenen Zeitalters. Die Sonne war bereits mitten in ihrem schikanösen Tagewerk und Carter, der die Leiter trug, verfluchte das Gewicht und das Unhandliche dieses Gegenstandes, der, obgleich unverzichtbarer Teil der Ausrüstung jeder Mine, denkbar ungeeignet war für einen Transport durch den Busch.

Der Wald war mehr als licht; der rötliche Oberboden lieferte nicht genügend Nährstoffe, um die Bäume zu ernähren, die, verzweifelt an das Erdreich geklammert, ihre Existenz fristeten. Hier und da waren selbst diese erbärmlichen Exemplare Opfer von Holzdieben geworden, so dass die Stümpfe ein weiteres Hindernis darstellten, das beachtet werden musste.

Sie hatten jetzt die Mulde zwischen beiden Höckern erreicht und dort verliefen die Löcher zu den sechs Schächten in einer von der Umgebung kaum zu unterscheidenden Linie. Überall hatte sich niedrige, kriechende Vegetation breit gemacht. Grenville forcierte jetzt das Tempo und Carter und Julia hatten Mühe, mit ihm Schritt zu halten. Carter spürte, wie sein Hemd am Körper klebte und ihm der Schweiß in Strömen lief. Sie marschierten geradewegs zu den Löchern, inspizierten eins nach dem anderen, und blieben schließlich am dritten Loch stehen. Es war nicht zu übersehen, dass die Pflanzen erst kürzlich zum Teil ausgerissen oder auch niedergetreten worden waren, ebenso spannten sich im Gegensatz zu den ersten Löchern keine Spinnweben über der Öffnung. Grenville, Julia und Carter starrten in den dunklen Zylinder, wohl wissend, dass die Lösung des Rätsels um den Tod von vier Menschen möglicherweise dort unten lag.

»Die Leiter!«, krächzte Grenville und rang nach Atem.

Die Leiter wurde zusammengesteckt, in die Dunkelheit getaucht und hinuntergelassen. Grenville knipste seine Taschenlampe an und die unterirdische Welt bekam ein Gesicht.

»Sie bleiben hier oben, Julia«, sagte Carter, »auf Beobachtungsposten, wegen der Moscans.«

Julia war enttäuscht und wollte protestieren, doch Carter unterband ihren Widerspruch sofort. »Irgendjemand muss hier oben bleiben und aufpassen. Ronnie ist der Fachmann und ich bin der Verantwortliche bei dieser Ermittlung. Und deshalb gehen wir beide jetzt da hinunter.«

Julia verschränkte resigniert die Arme.

Grenville gab Carter die Taschenlampe, kletterte auf die Leiter und stieg vorsichtig hinab in die Tiefe. Zuvor hatte er die Kerze angezündet. Würde sie auch nur leicht anfangen zu flackern, würde er unverzüglich das Weite suchen.

Nachdem er Julia eingeschärft hatte, die Umgebung gut im Auge zu behalten, stieg Carter ebenfalls auf die Leiter. Ihm war nicht ganz wohl bei dem Gedanken, Julia dort oben allein zu lassen, und er fragte sich, ob es nicht doch besser gewesen wäre, Gotora zu informieren. In der Vergangenheit war ihm mehr als einmal vorgeworfen worden, auf Kosten der korrekten Vorgehensweise dem Ruhm nachzujagen, und nie zuvor hatte er deutlicher gespürt, dass etwas Wahres daran war.

Von unten rief Grenville, dass alles in Ordnung sei, und Carter machte sich auf den Weg. Die unhandliche Taschenlampe erwies sich als hinderlich, als er mit dem Fuß die nächste Sprosse ertastete und gleichzeitig die Lampe halten musste. Ihm fiel Buzz Aldrin ein – und im selben Moment schalt er sich einen albernen Kerl –, der Neil Armstrong auf die leblose Oberfläche einer fremden Welt gefolgt war, und Julia kommt der Part Michael Collins' zu, dachte Carter, Collins, der dazu verdammt gewesen war, den Mond in der Kommandokapsel zu umkreisen, während seine beiden Kollegen Unsterblichkeit erlangten.

Im Licht der Kerze und der Taschenlampe pumpte Grenville Luft in ein Glasröhrchen, das eine weiße Chemikalie enthielt. »Winzige Mengen Kohlenmonoxid und Kohlendioxid«, verkündete er und hielt das leicht rosa gefärbte Röhrchen ins Licht. »Allerdings im grünen Bereich.«

Carter bemerkte, dass Grenville entgegen seiner beruhigenden Aussage die Kerze im Auge behielt, offensichtlich hatte der Alte kein Zutrauen in moderne Analysemethoden.

Sie suchten am Fuße des Schachts nach Inschriften, und als sie nichts fanden, nahmen sie sich Schacht für Schacht vor und wurden im Letzten fündig.

Das Kreuz war mit großer Kunstfertigkeit in den Fels gemeißelt worden, ebenso die Stacheln. Die drei oberen Enden des Kreuzes liefen in Knospen aus, die in ihrer Form an dreiblättrige Kleeblätter erinnerten, und was die Stacheln betraf – angesichts des einfachen Werkzeugs, das vermutlich benutzt worden war, verjüngten sich die Spitzen der Stacheln zu einer verblüffend plastischen Schärfe. Carter hatte keinerlei Zweifel, dass diese Inschrift der Ursprung des Wappens der Familie Combais war.

Grenville sah sich die Mondsichel genauer an. Im Gegensatz zu dem Kreuz und den Nadeln war sie von grober Machart, wenn nicht sogar schäbig.

Carter hockte sich vor die Felswand. »Das haben zwei verschiedene Leute gemacht«, stellte er fest und fragte sich, warum der Halbmond eine gewisse Vertrautheit ausstrahle.

Grenville war gerade dabei, die Stelle zwischen den beiden Inschriften zu untersuchen. »Sehen Sie sich das an!« Er blies den Staub von einem kaum zu erkennenden schmalen Vorsprung, der ringsum im Schacht verlief. »Das ist Mörtel!«

Carter sprang auf, kratzte mit den Fingernägeln über den Vorsprung und als er die Fingerspitzen aneinander rieb, tanzten plötzlich Mörtelpartikel im Lichtkegel der Taschenlampe.

Seine Gedanken überschlugen sich. »Armitage zufolge ließ sich Pedro Combais auf diesen Handel mit den Arabern ein. Nehmen wir mal an, er versteckt da Silveiras Gold in einem alten ausgedienten Schacht. Er mauert es quasi ein und meißelt sorgfältig Kreuz und Stacheln in den Mörtel.«

»Aber warum sollte er die Symbole einmeißeln?«, fragte Grenville.

»Ganz einfach. Die politische Situation war chaotisch und er musste damit rechnen, für lange Zeit nicht hierher zurückkehren zu können, wenn überhaupt jemals wieder. Also hinterließ er ein Zeichen, damit einer seiner Nachfahren das Versteck lokalisieren konnte.«

»Der Deal mit den Arabern ist mir sowieso unklar«, sagte Grenville. »Wieso sollten sie Combais vertrauen? Sie hätten doch ebenso gut befürchten können, um ihren Anteil gebracht zu werden.«

»Die Situation der Portugiesen war eine gänzlich andere als die der Araber. Anders als sie waren die Portugiesen hier nicht mehr geduldet. Also mag sich Combais gedacht haben, dass er auf die Hilfe der Araber angewiesen sein könnte, wenn er irgendwann zurückkäme, um das Gold außer Landes zu schaffen.«

»Und von wem stammt nun die Mondsichel?«

»Jetzt denken Sie mal logisch, Ronnie. Die Araber wussten, wo Combais das Gold versteckt hatte. Anders wären sie wohl kaum auf den Handel eingegangen. Und als der Boden auch für sie zu heiß wurde, vielleicht auch in betrügerischer Absicht, haben sie das Gold geholt und an einen anderen Ort verbracht.«

Grenville nickte. »Natürlich, genau das hat Julia gestern Abend gesagt. Die Mondsichel ist das Symbol für den Ort des Verstecks. Und das sieht ein Blinder, dass hier zwei Künstler unterschiedlichen Talents am Werke waren. Die Araber haben sich das Gold geholt und genau wie Combais einen Hinweis hinterlassen.«

»Vielleicht sagt uns die schlechte Qualität der Mondsichel aber auch, dass sie in Eile gefertigt wurde«, sagte Carter.

Grenville verzog das Gesicht. »Wie auch immer, doch es könnte auch heißen, dass das Gold weg ist und Martin und die anderen umsonst gestorben sind«, murmelte er betrübt.

»Keine schnellen Schlüsse, Ronnie. So weit sind wir noch lange nicht.« Nachdenklich strich Carter über die Einkerbung der Mondsichel. »Meine Intuition sagt mir, dass das Gold hier irgendwo in der Gegend versteckt ist ... und ich könnte mir vorstellen, wo.«

Grenville starrte ihn an. »Sie wissen es? Meine Güte, dann rücken Sie doch raus mit der Sprache!«

Carter wurde vom Teufel geritten und genoss das Gefühl, den anderen zappeln zu sehen. »Ich denke, unsere Mission hier unten ist erfüllt. Lassen Sie uns wieder Tageslicht sehen. Ich erkläre Ihnen alles, wenn wir oben bei Julia sind«, sagte er ausweichend.

Auf dem Weg zum dritten Schacht war Carter nur mit einem Gedanken beschäftigt: Konturen, Hügel. Sollte die Antwort tatsächlich so simpel sein?

Als Carter seinen Kopf aus der Schachtöffnung steckte, fühlte er sich plötzlich von hinten unter den Achseln gepackt, brutale Hände hievten ihn aus der Öffnung und stellten ihn ganz einfach und derb auf den harten Boden. Bevor er überhaupt Gelegenheit hatte, die Situation einzuschätzen, trat ihm jemand mit geballter Kraft in den Magen und die unteren Rippen. Beim zweiten Tritt machte sich die Taschenlampe selbstständig, flog im hohen Bogen davon und Carter ging mit einem Ächzen zu Boden. Jemand fummelte an seiner Seite, und kurz darauf verfolgte er, wie Grenvilles Revolver sein Blickfeld durchquerte und in den Busch flog. Carter blickte hoch in ein Paar kalter Augen, die zwischen ihm und einem weiteren Mann hin- und herwanderten, der eine zappelnde Julia umklammert hielt. Rein intuitiv wusste Carter, dass der hier das Sagen hatte.

In diesem flüchtigen Moment, wo nichts geschah, reckte Carter den Hals und blickte hinüber auf die andere Seite der Schachtöffnung. Dort stand ein junger Mann – Carter schätzte ihn auf Anfang zwanzig – mit gezogenem Revolver und dem eisigen Grinsen eines Soziopathen. Trotz seiner Schmerzen, die ihm fast das Bewusstsein raubten, realisierte Carter, dass er und die anderen in der Gewalt der Moscans waren. Grenville!, schoss es ihm durch den Kopf und in diesem Augenblick tauchte der struppige Haarschopf des Alten auf. Der junge Mosambikaner holte mit dem Fuß aus und erwischte Grenville an der Schläfe; der riss die Hände hoch, verlor das Gleichgewicht und fiel in den Schacht. Der Junge beugte sich in die Öffnung und zielte mit dem Revolver auf den vermutlich am Boden liegenden Grenville.

So laut es ihm unter diesen Umständen möglich war, stieß Carter hervor: »Ich weiß, wo das Gold ist! Bring ihn nicht um!«

Der vermeintliche Anführer hob die Hand. »Nein, Juan. Warte!«, rief er dem Jungen zu. Sichtlich enttäuscht hob Juan den Revolver und steckte ihn sich hinten in den Hosenbund.

»Wenn du ihn umbringst, werdet ihr da Silveiras Gold niemals finden«, schrie Carter.

»Das bezweifle ich«, sagte der Anführer mit einem Lächeln. »Leonardo ist ein Experte, wenn es darum geht, Informationen aus jemandem herauszuholen. Aber wir werden den alten Mann in Ruhe lassen – er ist unwichtig und wird sowieso da unten sterben.«

Mit einer Hand hob Leonardo die Leiter aus dem Schacht und warf sie einfach ins Gelände.

»Aber Eduardo ... «, protestierte Juan. Ohne ihn zu beachten, wandte sich Eduardo Carter zu. »So, Sie wissen also, wo das Gold ist? Dann führen Sie uns bitte hin.« Leonardo zog Carter auf die Füße und stieß ihm in den Rücken, ein Zeichen, dass es jetzt losgehe. Eduardo schob Julia vor sich her und bildete sozusagen die Vorhut. Als Letzter, mit missmutigem Gesicht, folgte Juan.

Vierzehntes Kapitel

Die Moscans hatten Carter und Julia zum Eingang des Stollens getrieben, wo jetzt ein zweiter Land Rover stand. Die hellgrüne Lackierung war derart dilettantisch ausgeführt, dass Carter mit seiner Vermutung, es könne sich hierbei um den Wagen handeln, den Combais kurz vor seiner Ermordung für ein Polizeifahrzeug gehalten hatte, völlig richtig lag. Eduardo setzte sich hinter das Steuer von Carters Jeep und schnippte freundlich mit den Fingern, bis Carter den Wink verstand und ihm die Autoschlüssel gab. »Wohin, Mr. Carter?«, fragte Eduardo und fügte in einem Tonfall, den er wohl für beruhigend hielt, hinzu: »Machen Sie sich keine Sorgen um Mr. Grenville. Wenn es Gottes Wille ist, wird er am Leben bleiben. Wir führen keinen Krieg gegen alte Männer. Es ist einfach nur so, dass Juan – wie sagt man doch so schön – etwas übereifrig ist.«

Carter fiel auf, dass Eduardo mit starkem Akzent sprach, außerdem ging ihm durch den Kopf, dass Benjamin Sakala auch ein alter Mann gewesen war. Als Antwort auf die Frage des Moscans, wohin, wies Carter auf den Hügel, dessen perfekte Form ihn auf der Hinfahrt so fasziniert hatte.

»Zu diesem Hügel dort?«, vergewisserte sich Eduardo und Carter nickte.

Der Moscan drehte sich kurz um und gab Leonardo ein Signal zum Aufbruch. Leonardo saß am Steuer des zweiten Land Rovers, auf der Rückbank hockte Juan neben Julia und fuhr ihr mit dem Lauf seines Revolvers spielerisch durchs Haar.

Während der Fahrt ergriff Eduardo das Wort und in seiner Stimme schwang echte Anerkennung mit: »Sie haben sich nach und nach als ernst zu nehmender Gegner erwiesen, Mr. Carter. Wie haben Sie es nur geschafft, herauszufinden, dass wir uns als Polizisten getarnt haben, um Combais in die Falle zu locken? Dann dem korrupten Polizisten auf die Schliche zu kommen, der uns mit den Uniformen versorgt hat – alle Achtung.«

Carter blickte sich unterdessen so unauffällig wie möglich in der Gegend um. »Ich kann mir das nicht allein als Verdienst anrechnen«, erwiderte er und dachte dabei an Gotora. Warum, zum Teufel, habe ich ihn bloß nicht ins Vertrauen gezogen?, fragte er sich.

Eduardo war Carters forschender Blick nicht entgangen. »Wagen Sie nicht einmal, auch nur an Flucht zu denken, sonst ist Juan gezwungen, seine Phantasie spielen zu lassen und sich ein paar Bestrafungen für Ihre Freundin auszudenken«, lautete seine Warnung, als sie in die befestigte Straße einbogen. »Und wir wollen doch nicht, dass Sie Ihre Ritterlichkeit unter Beweis stellen müssen«, fügte er spöttisch hinzu und trat aufs Gas, so dass Leonardo fast Mühe hatte, zu folgen.

Nach einer Weile fragte Eduardo: »Warum dieser Hügel?«

Carter hätte nicht zu sagen vermocht, ob Eduardo diese Frage aus reiner Neugier gestellt hatte oder weil er befürchtete, in die Irre geführt zu werden.

»Wir zermartern uns das Hirn, seit Combais und Chisunga uns unfreiwillig auf Cairn Brae gestoßen haben«, fuhr der Moscan fort. »Nicht ums Verrecken ist es uns gelungen, die untere Inschrift zu entschlüsseln«, sagte er lachend. »Für uns sah das aus wie eine schlecht gezeichnete Banane.«

Carter betastete seine unteren Rippen und stöhnte leise. Gequetscht, aber nicht gebrochen, dachte er, während er gleichzeitig nach einer Antwort suchte.

»Das Kreuz und die Stacheln stammen von Pedro Combais und waren ein Hinweis auf das Gold.«

Der Moscan nickte. »Wenn Sie's vielleicht auch nicht

glauben, aber ich bin ganz gut im Bilde, was diese Geschichte betrifft.«

»Okay, dann wissen Sie vermutlich auch, dass Combais einen Deal mit arabischen Händlern gemacht hat, nicht wahr? Aus irgendeinem Grunde haben sie das Gold woanders versteckt. Sie haben Combais' Einfall mit der Inschrift abgekupfert und ebenfalls einen Hinweis hinterlassen. Die Inschrift der Araber ist eine sehr vereinfachte Darstellung des Hügels, zu dem wir jetzt fahren. An seiner Rückseite befindet sich eine tiefe Schlucht, deshalb die Form eines Halbmondes. Die waagerechte Linie bezeichnet die höchste Stelle und der kleine Punkt außerhalb ist der Ort, wo das Gold versteckt ist.«

Seltsamerweise fühlte er sich erleichtert, als legte er eine Beichte ab. Julia und er befanden sich in der Gewalt der Moscans, und so gab es wenig Anlass für Optimismus, was ihrer beider Leben betraf. Warum also nicht sein Wissen mit dem Henker teilen?

Carters Gedanken wanderten zu Grenville und er hoffte, dass ein Wunder geschehe und der alte Mann gerettet werde. Und dann waren da noch Tatty und Emily.

»Eine Frage habe ich«, sagte Carter. »Verraten Sie mir, wer hinter alldem steckt?«

Eduardo warf ihm einen Blick von der Seite zu und grinste.

»Der Mann hinter alldem – ist unser Boss«, erwiderte er sibyllinisch. Allerdings hatte Eduardo nicht die Absicht, Zweifel an seiner Integrität aufkommen zu lassen, also fügte er mit ätzender Zweideutigkeit hinzu: »Oder ist es eine Frau, die hinter alldem steckt?«

Carter gab die Hoffnung auf, irgendeine verlässliche Information zu bekommen, drehte den Kopf, um nach hinten, in den zweiten Land Rover zu schauen, und verzog das Gesicht, angesichts der Schmerzen, die diese Bewegung verursachte. Leonardo blickte stoisch geradeaus, völlig eins mit sich und dem Job. Hinter ihm hatte Julia alle Mühe, sich Juans zu erwehren, der sie offenbar befummelte und dabei unbändig zu lachen schien. Ein Katz- und Mausspiel bis zum bitteren Ende, dachte Carter.

Sie kamen jetzt an der Stelle vorbei, wo man Combais ermordet hatte, und Carter überlegte, ob der Portugiese tatsächlich Richtung Harare gefahren war. Durchaus möglich, dachte er, dass Combais die Bedeutung des Halbmondes erfasst und sich auf den Weg zum Hügel gemacht hat. Wenn dem so gewesen ist, sagte er sich, welch fataler Fehler, ihn zu töten.

Sie bogen in einen Feldweg ein, und der Halbmondhügel lag jetzt direkt vor ihnen. Kurz darauf passierten sie eine schmale Brücke, die sich über den vorzeitig ausgetrockneten Oberlauf des Mashumba spannte. Hier und da gab es noch einen kleinen Tümpel, ein Anblick, der für Carter etwas Symbolisches hatte, das Symbol verrinnender Zeit, verrinnender Lebenszeit sowohl für ihn als auch für Julia. Der holperige Feldweg endete an einem verwaisten Kuhstall am Fuße des Hügels und dort hielten sie an, ganz in der Nähe einer Feuerstelle, deren noch glimmende Reste die einzigen Hinweise auf eine menschliche Behausung waren.

Als Zeichen dafür, dass ihre anregende Konversation jetzt beendet sei und man nun zur Sache komme, zog Eduardo seine Tokarew und bedeutete Carter fast mit Bedauern, aus dem Land Rover auszusteigen.

Kaum hatte der Land Rover der Moscans angehalten,

sprang Julia unter dem Johlen Juans hinaus und lief hinüber zu Carter. Eduardo bedachte seinen jüngsten Bruder lediglich mit einem starren Blick. Mit düsterer Miene schloss sich Juan daraufhin Leonardo an, der, ebenfalls eine Tokarew im Anschlag, alles um sich herum aufmerksam in Augenschein nahm, bereit, auf die geringfügigste Provokation zu reagieren.

Julia und Carter tauschten lediglich viel sagende Blicke aus und Carter registrierte, wie hartnäckig Julia sich weigerte, in Tränen auszubrechen, obwohl sie kurz davor war.

Die Moscans standen zusammen und führten eine lautstarke Unterhaltung auf Portugiesisch, die – so viel war Carter klar – sich nur darum drehen konnte, auf welche Weise man den Doppelmord ausführte. Juan wedelte ungestüm mit seiner Waffe, doch Eduardo schüttelte sichtlich bedrückt den Kopf.

»Die bringen uns doch nicht um, oder?« Julias Frage entsprang eher der Hoffnung als dem Sinn für Realität.

»Sie werden es tun.«

»Sie trifft keine Schuld, Jim«, brach es aus Julia heraus. »Das hier geht allein auf mein Konto. Ich war nur damit beschäftigt, Ihnen und Ronnie zuzuhören, als Sie sich unten im Schacht unterhielten. Ich hätte die Mosambikaner kommen sehen müssen.«

Carter lächelte angesichts ihres Schuldeingeständnisses, das so offen wie falsch war. Sein Stolz hatte ihrer beider Schicksal besiegelt. Sein Entschluss, ohne Goloras Hilfe weiterzumachen, kam einem Selbstmord gleich, das wusste Carter jetzt. Erfolgshungrig, egozentrisch, war es ihm zuwider gewesen, die Früchte mit anderen zu teilen. Und jetzt war der Schuss nach hinten losgegangen und zurück blieb das Leid der Angehörigen.

Die Moscans schienen zu einem Entschluss gekommen zu sein. Die verstohlenen Blicke, mit denen sie ihre Gefangenen streiften, drückten grausame Durchtriebenheit aus. Eduardo kam auf Carter und Julia zu, doch Carter konzentrierte sich auf die beiden anderen, die sich über braune Grasbüschel beugten und die vertrockneten Halme mit einem Taschenmesser kurz über dem Boden abrasierten. Carter lief es eiskalt über den Rücken.

Eduardo deutete mit seiner Waffe auf den Hügel. »Klettert hoch«, sagte er.

Ungläubig richteten sich Carters und Julias Blicke auf die Erhebung, die vor ihnen gut einhundertfünfzig Meter in den Himmel ragte.

Carter packte Julias Hand und sie liefen los. Nicht lange, und die trockene Steppe ging über in einen wie zu Stein erstarrten Msasawald. Unter ihren Füßen bröselte und knirschte das Laub von Jahrzehnten, und wenn sie auf trockene Zweige traten, hörte es sich an wie Gewehrschüsse.

»Warum haben sie uns nicht erschossen?«, fragte Julia.

»Ich weiß es nicht«, antwortete Carter. »Gehen Sie einfach weiter.«

Beklommenheit machte sich in Carter breit und die Ahnung wuchs, dass sie beide ein Schicksal erwartete, schlimmer als eine Kugel im Kopf.

Der steile Aufstieg begann. Carters Adrenalinspiegel war inzwischen so hoch, dass der Schmerz der gequetschten Rippen wie ausgelöscht war.

»Ich habe noch meine Waffe«, stellte Julia sachlich fest.

Carter ließ seinen Blick an ihr hinunterwandern, und tatsächlich, oberhalb ihres Knöchels entdeckte er eine leichte Wölbung. Am liebsten hätte er laut aufgelacht, waren die Moscans tatsächlich auf den Trick hereingefallen, genau wie er seinerzeit. Zumindest hatte die Vorstellung, dem Leben selbst ein Ende setzen zu können, etwas Tröstliches.

Er drehte sich um. Der Kuhstall lag jetzt in gehöriger Entfernung, und so blieben sie stehen, sicher, dass sie nur noch ein winziges Ziel boten. Doch was Carter jetzt sah, ließ das Blut in seinen Adern stocken. Die Moscans hatten das abgeschnittene Gras zu festen Büscheln gedreht und es entzündet. Mit diesen Fackeln fuhren sie über die verdorrte Vegetation, die dieses Angebot dankbar annahm.

Sie wollen es wie einen bizarren Unfall aussehen lassen, wie bei Sakala, dachte Carter, als ob wir ohne es zu merken in ein Buschfeuer geraten wären. Carter packte die Wut.

»Los, laufen Sie!«, schrie er Julia zu. Sie sah sich nicht einmal um, holte nur tief Luft und lief los. Carter folgte ihr. Einfach nur vorwärts, zwischen dem trockenen Gehölz hindurch, ungeachtet der Äste und Zweige, die ihnen ins Gesicht peitschten und Hände und Arme zerkratzten. Er dachte fieberhaft nach. Selbst wenn sie die Spitze erreichten, welche Wahl blieb ihnen?

Der Rauch verdunkelte den klaren blauen Himmel mehr und mehr, schon meinte Carter eine Welle ofenheißen Atems zu spüren, doch er ermahnte sich, seine Phantasie zu zügeln. Vor ihm hustete und keuchte Julia, hinter ihm drohte eine Feuerwalze, sein Herz raste und er verfluchte insgeheim seine Unfähigkeit, mit dem Rauchen aufzuhören. Julia geriet ins Straucheln, fing sich wieder, blieb jedoch an einem Ast hängen und riss sich die Hose auf. Sie wandte den Kopf. »Da vorne ist was«, schrie sie. Und richtig, sie kämpften sich durch letztes Gestrüpp und standen plötzlich vor einer Art Lichtung. Etliche Meter vor ihnen stand die von Grenville beschriebene Mauer, rosafarbene Felsblöcke auf dem flachen, vom Wetter abgetragenen Plateau des Hügels bildeten eine dreiteilige Wand, die wie ein breites Hufeisen vor der Schlucht errichtet worden war. Julia blickte sich um und zeigte nach links. »Da ist so was wie ein Vorsprung«, stieß sie unter Keuchen hervor. Sie rannten dorthin und hatten mit einem Mal freie Sicht, als habe die Natur einzig für diesen Zweck eine Schneise gelassen. Von hier oben betrachtet sah das Feuer weniger bedrohlich aus, obwohl sich Carter keinen Illusionen hingab, dass es sich nicht bis zu ihnen vorarbeiten könnte. Unten liefen die Moscans hin und her, Leonardo wies nach oben und Carter meinte, erkennen zu können, dass Juan einen Feldstecher vor Augen hatte. Dann setzten sie sich in Bewegung, nur Eduardo blieb zurück. »Sie folgen uns, ihr Plan scheint nicht so perfekt zu funktionieren«, konstatierte Julia. Sie beugte sich zu ihrem linken Bein hinunter und nahm ihre Hose in Augenschein. Sie war vom Knöchel bis über die Wade aufgerissen und Carter konnte deutlich einen tiefen, recht stark blutenden Riss in Julias Wade erkennen. »Na, die Hose kann ich wohl vergessen«, lautete Julias lapidare Feststellung, als sie sich wieder aufrichtete. Sie betastete ihr Gesicht mit den Händen und beim Anblick des Blutes an ihren Fingern meinte sie: »Und beim Rasieren war ich auch etwas ungeschickt.« Carter schüttelte nur den Kopf und wunderte sich, woher dieses Mädchen diese Stärke, diesen Galgenhumor nahm. »Los, Julia, ab zur Mauer. Irgendwo dahinter liegt das Gold, liegt unsere Lebensversicherung.« Er hatte wieder Hoffnung geschöpft, notfalls würde er den Moscans das Gold überlassen.

Die Mauer erwies sich als zum Klettern geeignet, die groben Felsblöcke boten hinreichend Vorsprünge, um die Füße darauf setzen zu können. Julia ging als Erste und als sie hinter der Mauer war, machte Carter sich auf den Weg. Eine Tortur für ihn, denn die Schmerzen im unteren Brustbereich hatten sich zurückgemeldet. Er biss die Zähne zusammen und setzte Fuß für Fuß nach oben, doch kaum hatte er die Mauer oben überwunden, krachte ein Schuss.

Unten hockte Julia vor der Mauer und starrte durch einen Spalt. Sie winkte Carter zu sich und sagte: »Zwei sind jetzt an der Lichtung.«

»Ihre Waffe, Julia.«

Sie zog den Smith & Wesson aus dem Knöchelhalfter. Wie er so in ihrer Hand lag, sah er klein und wirkungslos aus – Pfeil und Bogen gegen Bomben und Granaten, dachte Carter. Julia hielt ihm den Revolver hin, aber Carter wehrte ab.

»Sie sind der Scharfschütze von uns beiden«, sagte er. »Behalten Sie die Moscans fest im Auge, ich versuche, das Versteck zu finden.«

Carter sah sich um und rief sich die Inschrift ins Gedächtnis. Wo konnte hier der Punkt sein, der vermutlich das Versteck bezeichnete? Die Zeit drängte. Carter sah nach links zu einem ungewöhnlich kräftigen Msasabaum, der direkt an der Kante zur Schlucht stand. Er rannte hinüber, hielt sich am Stamm fest und blickte die nahezu flache Felswand hinunter. Schwindel erfasste ihn, er trat zurück und stützte sich an die Mauer. Als er das tat, spürten seine Finger eine Ausbuchtung. Er tastete kurz, und sie erschien ihm künstlich, irgendwie in den Fels geschlagen. Er blickte an der Seite der Mauer vorbei und entdeckte eine Reihe von Fuß- und Handstützen, die zu einer vorstehenden Felsbank führten. Er drehte sich um und rief: »Schnell, Julia, hierher!« Julia zögerte, doch dann sprang sie auf und rannte los. »Wir müssen da runter!«, sagte er und zeigte auf die Stützen.

Julia atmete tief ein, als ihr Blick auf den Abgrund fiel. Carter kletterte bereits hinunter. »Machen Sie schon, Julia. Es ist ganz leicht.« Julia nahm allen Mut zusammen und kletterte Carter hinterher. Sie standen jetzt auf der Felsbank und vor ihnen lag eine Höhle, die in den Felsen gehauen worden war. Ein Torbogen markierte den Eingang, und als Carter und Julia den passierten, fanden sie sich in einer runden Kammer von etwa fünf Meter Tiefe und drei Meter Breite wieder. Die groben Felswände trugen tiefe Kratzer von Spitzhacken, Spuren, die bezeugten, dass der Fels von Menschen bearbeitet worden war.

Als seine Augen sich an die Dunkelheit gewöhnt hatten, konnte Carter einen Haufen alter Waffen neben dem Eingang ausmachen – also war die Höhle ein Versteck für Waffen, das die Araber dreihundert Jahre zuvor zum Schutz gegen die ausländerfeindliche Flut angelegt hatten. »Gehen Sie ganz nach hinten, Julia, behalten Sie den Eingang im Auge«, sagte er. »Nicht vergessen, die Moscans wissen nicht, dass Sie eine Waffe haben.«

Carter sichtete den Haufen alter Waffen: Säbel, Helme, Reste von Rüstungen, selbst der obere Teil einer Hellebarde fand sich darunter. Mein Gott, dachte er, das stammt ja noch aus Vasco da Gamas Zeiten. Was wollten die Araber mit dem Schrott? Aber nicht alles war

Schrott, Carter stieß auf ein kurzes Schwert, das zwar reichlich Rost angesetzt hatte, aber zur Selbstverteidigung noch bestens geeignet schien.

Von oben hallte eine Stimme: »Geben Sie auf, Carter.«

»Das ist nicht die Stimme von Eduardo«, sagte Carter leise zu Julia. »Konzentrieren Sie sich ganz auf den Eingang, und wenn er kommt, drücken Sie ab. Setzen Sie ihn außer Gefecht. Nutzen Sie den Moment, wenn seine Augen sich noch nicht an die Lichtverhältnisse gewöhnt haben.« Das Schwert in der Hand, drückte sich Carter an die Wand neben dem Eingang. Es war Leonardo, der sich auf die Felsbank schwang. Er zog die Tokarew und ging langsam auf die Höhle zu. Genau in der Sekunde, als er im Torbogen auftauchte, drückte Julia ab und traf ihn am Oberschenkel. Leonardo ließ die Waffe fallen, griff sich an den Oberschenkel, eine Sekunde, die Carter nutzte. Mit gezücktem Schwert lief er auf den Moscan zu. »Jetzt ist es an dir, aufzugeben!«, rief er. Leonardo wollte sich zur Seite drehen, geriet ins Straucheln und fiel in Carters Schwert. Ungläubig starrte er Carter an, dann hinunter auf die Hiebwaffe in seinem Körper, taumelte rückwärts, versuchte den Griff der Waffe zu packen, verlor dabei das Gleichgewicht und stürzte in die Tiefe.

»Leonardo!«

»Das muss der Kleine sein. Übrigens, gut gemacht, Julia«, sagte Carter. »Doch es ist noch nicht vorbei. Wie ich den Kleinen einschätze, tritt er gleich in Aktion.«

»Dann sollten wir ihm zuvorkommen«, erwiderte Julia, stand auf und ging, dicht an die Wand der Höhle gepresst, Richtung Eingang. »Um Gottes willen, werden Sie nicht übermütig. Der bläst Ihnen ohne mit der Wimper zu zucken eine Kugel ins Hirn.«

»Da hat er aber die Rechnung ohne den Wirt, besser gesagt, ohne die Wirtin gemacht«, flüsterte Julia. »Schließlich hat er eine kleine Kletterpartie vor sich«, fügte sie hinzu, riss den Revolver hoch, sprang vor die Höhle und feuerte. Carter sah nur noch, wie Juans Körper in den Abgrund stürzte und atmete tief aus. »A la bonne heure, Mademoiselle!«, war das Einzige, was er hervorbringen konnte. Etwas unsicher auf den Beinen, betrat Julia die Höhle. »Puh!«, sagte sie, »das war knapp«, und sank auf den Boden. »Meine Ausbildung war kurz, aber wenn ich etwas verinnerlicht habe, dann die Floskel *Entweder er oder ich.*«

»Fehlt nur noch der Anführer«, sagte Carter. »Eigentlich dürfte er nicht lange auf sich warten lassen.« Er hockte sich neben Julia und beide versanken in Schweigen. Irgendwann sah Carter auf seine Uhr. »Merkwürdig, dass nichts passiert«, sagte er. »Ich schau mal nach, Jim.«

»Das werden Sie nicht tun, Julia. Was meinen Sie, was Ihr Vater aus mir macht, wenn Ihnen jetzt etwas passiert. Ich gehe nach oben. Warten Sie hier.«

Vorsichtig kletterte Carter die Felswand hoch, blickte an der Seite der Mauer vorbei und sah nichts. Er verharrte kurz, wartete auf einen Schuss, doch nichts geschah. Jetzt kletterte er vollständig nach oben, rannte zu dem Spalt in der Mauer und blickte hindurch. Was er sah war Rauch, aber nirgendwo eine Spur des dritten Moscans. Er ging zurück in die Höhle. »Weit und breit niemand zu sehen«, berichtete er Julia.

»Das versteh ich nicht, wo steckt denn dieser Kerl? ... Wie auch immer, ich war inzwischen auch nicht untätig«, sagte sie und führte Carter zu etwas mattgelb Schimmerndem in einer Ecke. Carter spürte, wie sein Herz schneller schlug. »Leider ist es nicht das, wonach wir suchen«, klärte ihn Julia zu seiner Enttäuschung auf. Er kniete sich hin. Was da so schimmerte, waren Elfenbeinschnitzereien. Kreuze von etwa dreißig Zentimeter Länge und daneben Stacheln von Stachelschweinen. In die vier Enden der Kreuze waren grobe Löcher gebohrt und in einigen steckten noch verrostete Nägel, die die Kreuze mit hartem, fast versteinertem Holz verbanden.

Eine Truhe, dachte Carter, eine aufwändige, pompöse Truhe, worin Pedro Combais da Silveiras Schätze verschlossen hatte und die später von den Arabern hierher transportiert wurde. Doch keine Spur mehr von dem Gold. Die Überreste der Truhe lagen in einer Mischung aus Staub und Sand. Niedergeschlagen nahm er eine Hand voll davon auf und ließ es durch seine Finger rinnen, die letzten Überbleibsel des einen oder anderen Stachels zerfielen dabei in ihre Atome. »Die Araber haben's fortgeschafft, nicht wahr?« Julias Stimme holte ihn zurück in die Wirklichkeit. »Weshalb nur?«, fragte sie.

»Vermutlich hielten sie den Ort für nicht mehr sicher. Sie haben es in kleinen Mengen weggebracht, sonst wäre die Truhe nicht zerstört. Aber wohin?« Carters Enttäuschung saß tief, zu fest hatte er damit gerechnet, am Ziel zu sein, zumindest was das Gold betraf. Er lehnte sich gegen die Wand und starrte ins Leere.

»Wäre es nicht denkbar, dass sie wieder einen Hinweis hinterlassen haben?«, fragte Julia, allerdings sprach sie mehr zu sich selbst. Sie ging die Wände der Höhle entlang und nahm sie, so gut die Lichtverhältnisse es zuließen, genauestens unter die Lupe. Plötzlich blieb sie stehen, drehte sich um und winkte Carter heran. »Kommen Sie mal her, Jim. Ich glaube, was entdeckt zu haben.« Schwerfällig erhob sich Carter, sein gesamter Brustkorb schmerzte jetzt. Er stellte sich neben Julia vor die Wand und folgte ihrem Zeigefinger: Eine lange, unregelmäßig gezackte Linie, die in die Wand eingemeißelt war. Die Linie hob sich, fiel ab, stieg erneut als sanft hügelige Linie bis zu einem Gipfel, um am Ende steil nach unten zu verlaufen – sie ähnelte dem Kursverlauf einer Aktie, die, als Spekulationsobjekt an die Börse gebracht, nach einigen Ups and Downs in die Bedeutungslosigkeit rutschte.

Carter zog Notizbuch und Stift aus der Tasche und war gerade dabei, den seltsamen Umriss zu übertragen, als er unversehens innehielt. »Hören Sie das, Julia?«

»Ja, dieses Brummen. Was ist das?«

»Hört sich nach einem Flugzeug an«, sagte Carter.

Ohne auch nur einen Gedanken daran zu verschwenden, dass es eine Falle sein könnte, rannte Julia hinaus auf die Felsplatte, starrte in den Himmel und entdeckte ein Sportflugzeug. Carter trat hinter sie.

»Wer könnte das sein?«, fragte Julia.

Carter zuckte die Achseln.

»Keine Ahnung! Wahrscheinlich irgendjemand auf dem Flug von Harare nach Kariba, der aus Neugier einen Umweg gemacht hat, um zu sehen, wie stark das Feuer sich ausbreitet.«

»Vielleicht sieht er uns«, rief Julia aufgeregt, sprang auf und ab, doch der Pilot drehte ab und die kleine Maschine verschwand hinter dem Hügel.

»Oder auch nicht«, meinte Carter resigniert, setzte sich auf den Felsen und umschlang seine Knie mit den Armen.

Fünfzehntes Kapitel

Am frühen Nachmittag versammelten sich einige verärgerte Leute in Grenvilles Haus.

»Ich glaube kaum, dass euch klar ist, wie viel Glück ihr hattet«, sagte Gotora in eisigem Ton. »Mr. Grenville wäre wahrscheinlich nicht mehr am Leben, hätte Mr. Whitecroft nicht Harare über den Brand informiert. Gott sei Dank hat uns Harare unverzüglich benachrichtigt.«

»Mr. Whitecroft?«, fragte Carter.

»Ja, Mr. Whitecroft, der Pilot der Cessna, dessen Angelausflug nach Kariba dank deiner Eskapaden so einen richtig schönen Anfang hatte.«

Carter ging in die Defensive und wurde impertinent. »Dann richte Mr. Whitecroft eben aus, ich bäte vielmals um Entschuldigung für meine Unbotmäßigkeit, so nah an seiner Luftroute den Versuch unternommen zu haben, drei Mörder zu ergreifen, und richte ihm ferner aus, ich sei untröstlich, seinen kleinen Ausflug torpediert zu haben.« Gleichzeitig hätte er sich am liebsten auf die Zunge gebissen. Warum hab ich mich nie im Griff, dachte er, und muss immer das Arschloch geben?

Gotora wollte gerade etwas Passendes erwidern, als eine laute Stimme die Wände im Schlafzimmer des Hausherrn erzittern ließ.

»Oh nein, das wirst du schön bleiben lassen! Hiermit verordne ich vorerst drei Tage Bettruhe. Alles Weitere wird sich finden.«

Dann wurde die Stimme ungeduldig. »Halt still, wenn ich den Verband anlege.«

Ein wehleidiger Schrei ließ alle im Wohnzimmer vor Mitleid zusammenzucken.

»Pass auf, was du tust, du ungehobelter Quacksalber«, schrie Grenville Dr. Adams an.

»Du nennst mich keinen Quacksalber ... « Der Rest war dann nicht mehr zu verstehen.

Das kleine Wortgefecht entspannte die Atmosphäre im Wohnzimmer ein wenig und alle sahen sich grinsend an.

»Haben Sie etwas von dem dritten Moscan gehört, Inspector?«, fragte Julia.

»Nein, wir suchen nach ihm. Vielleicht hat er sich abgesetzt, zum Glück für euch. Ich bin mir nicht sicher, ob ihr mit allen dreien fertig geworden wärt«, erwiderte Gotora.

»Ich weiß nicht, Kelvin«, sagte Carter, »absetzen? Das passt irgendwie nicht zu diesem – « Er wurde sich Gotoras durchdringendem Blick bewusst und schwieg augenblicklich.

Im Flur waren Schritte zu hören und triumphierend stapfte Adams in das Wohnzimmer; die Augen hinter dem Kneifer ruhten missbilligend auf Carter. Hätte man Doc Adams gefragt, hätte er Carter als den Übeltäter bezeichnet, der die Verantwortung für ein Drama trug, das seinem alten Freund fast das Leben gekostet hätte.

»Zuerst kümmer ich mich mal um die junge Dame«, knurrte der Arzt und zog einen Stuhl neben den Sessel, in dem Julia saß.

Carter saß in dem Sessel daneben. Er und Julia hatten sich bereits umgezogen; Julia trug jetzt kurze Hosen, damit der Arzt ihre Wunde am Bein besser behandeln konnte. Carter fragte sich, was Julia wohl fühle, wie sie den Tod der beiden Moscans verkraftet habe. Äußerlich schien sie sehr gefestigt, machte sogar hier und da einen Witz, doch Carter wusste aus eigener Erfahrung, wie lange man unter Umständen an dergleichen zu knabbern hatte. Er sah sie an und hoffte, dass der Zusammenbruch nicht womöglich noch nachkomme.

Wenige Minuten zuvor war Tatenda Machaya eingetroffen. Er hatte nicht mal seinen Trenchcoat abgelegt, sondern lehnte an der Bar und übte sich in brütendem Schweigen.

Carter wusste, dass er im Fokus war. Verstohlen blickte er zu der Gestalt, die beharrlich neben Machaya stand und quasi den Kontrapunkt zu ihm bildete. Gotora war wie aus dem Ei gepellt, die Uniform saß wie angegossen, die Knöpfe blitzten und seine Dienstmütze war akkurat unter den Arm geklemmt. Die Art, wie der Inspector seinen Schnurrbart zwirbelte, riet Carter zur Vorsicht.

Endlich ergriff Gotora das Wort und sagte schneidend: »Das ist ein totales Debakel. Wir haben dich mit Informationen versorgt, und was machst du? Du hältst Informationen vor uns zurück, gibst uns nicht das Schwarze unterm Fingernagel. Vielleicht hätten wir die Moscans gefasst, wenn wir die Chance bekommen hätten, das Gelände zu durchkämmen. Jetzt sind zwei von ihnen tot und wir sind kein Stück weiter, was den Drahtzieher betrifft. Schönen Dank, Mr. Carter. Andererseits ist uns dieses unsägliche Verhalten hinlänglich bekannt. Vorschnell handeln, unausgegorene Aktionen, das waren schon immer deine Markenzeichen, nur ist diesmal die Rechnung nicht aufgegangen.«

Carter war zerknirscht. »Okay, die Sache mit den Moscans hab ich in den Sand gesetzt. Aber gleichzeitig haben sich andere Aspekte ergeben und ich bin sicher, es ergeben sich noch weitere.«

»Gut, aber ich hoffe, dass dir diesmal genügend Zeit bleibt, uns einzubeziehen.«

Gotoras Sarkasmus war wohl kalkuliert. Es sollte eine Spitze sein gegen einen Gast, der ihm herzlich willkommen gewesen war und der seine Gastfreundschaft wissentlich missbraucht hatte. Alleingänge dieser Art würde Gotora nicht mehr dulden, das hatte er unmissverständlich formuliert.

Carter betrachtete verlegen seine zerkratzten Unterarme und es kostete ihn Mühe, über seinen Schatten zu springen, aber er sagte: »Ich halte dich über jeden einzelnen Schritt auf dem Laufenden, Kelvin.«

Gotora sah Machaya fragend an. Hier im Raum war Machaya der Ranghöchste, aber unter dem steten Blick des Inspectors schmolz dieser Vorteil dahin und Machaya wurde zum Gefolgsmann.

Er nickte. Er würde gewährleisten, dass sich Carter an sein Versprechen hielt.

»Dann darf ich mich jetzt verabschieden.« Gotora deutete eine Verbeugung an. »Auf Wiedersehen, meine Herren, Miss Machaya«, sagte er, machte auf dem Absatz kehrt und marschierte zur Tür hinaus.

Machaya atmete hörbar aus; die Frage, ob vor Erleichterung oder weil er Carters mangelnde Offenheit missbilligte, hätte der nicht beantworten können.

Doc Adams hatte Julia inzwischen verarztet und erhob sich mühsam. Ihre Wade war jetzt verbunden und ein Pflaster zierte die Wange. Adams' ganze Aufmerksamkeit galt nun Carter. »Tut das weh?«, fragte der Arzt und stieß Carter nicht gerade zimperlich in die unteren Rippen.

Als Antwort zischte Carter vor Schmerz und atmete tief durch, also stieß Adams mit sichtlicher Genugtuung und in Erwartung einer ähnlichen Antwort auf eine Stelle daneben.

»Scheint nicht gebrochen zu sein, aber zur Sicherheit empfehle ich eine Röntgenaufnahme«, murmelte er vor sich hin.

Zu guter Letzt widmete er sich den Kratzern auf Carters Armen und in seinem Gesicht. »Alles halb so wild«, knurrte er, »das heilt von allein.« Adams hatte seine Mission fast beendet, was noch fehlte, waren die guten Ratschläge eines Mediziners, die im Grunde selten jemand ernst nimmt. »Das junge Gemüse und vor allem mein alter Freund Grenville brauchen Ruhe, viel Ruhe. Dieser alte Narr dahinten«, Adams deutete Richtung Schlafzimmer, »hat eine leichte Gehirnerschütterung, und wenn er meine Ratschläge nicht befolgt, kann das unangenehme Komplikationen nach sich ziehen. Und Sie, junge Dame, auch wenn sie keinen Schock haben, haben Sie doch das, was meine Mutter, Gott hab sie selig, einen scheußlichen Auftritt genannt hätte. Ich empfehle Ihnen, so schnell wie möglich schlafen zu gehen.« Er wandte sich an Carter und ein spöttisches Lächeln kräuselte seine Lippen. »Und Sie, junger Mann, Ihnen rate ich, alte Männer und junge Damen rauszuhalten, wenn Sie das nächste Mal unbedingt Superman oder den Lone Ranger spielen müssen, besser noch, überlassen Sie dergleichen unseren hiesigen Gesetzeshütern. Schließlich werden die dafür bezahlt.«

Doc Adams warf sich sein abgeschabtes Tweedjackett über die Schulter, nahm seine Tasche und mit einem verächtlichen Schnauben an Carters Adresse verabschiedete er sich von der Gesellschaft.

Machaya grinste von seinem Barhocker hinüber zu Carter. »Na, du hast dich ja so richtig beliebt gemacht bei den Leuten hier, Jim.«

»Nicht nur bei denen, auch bei dir, befürchte ich«, erwiderte Carter kleinlaut. »Verdammt, ich hab einfach Blut geleckt, mich hat das Goldfieber gepackt. Da werden wir eben leichtsinnig.«

»*Wir*? Du meinst wohl, da wirst *du* leichtsinnig?«

Machaya schwang sich vom Barhocker. Seine Füße in den schweren Schuhen erzeugten auf dem Parkettboden einen dumpfen Knall und der Ton in seiner Stimme klang geschäftsmäßig.

»Andere Aspekte. Du hast Gotora gesagt, es gebe andere Aspekte, Jim. Klär mich bitte auf.«

Carter ließ sich nicht lange bitten und verkündete das, was er für eine Sensation hielt: »Wenn da Silveiras Gold noch in Simbabwe ist, dann weiß ich, wo es sich befindet.«

Steif erhob er sich und stakste hinüber zur Einsatztafel. Dort, am Boden, lagen die drei anderen Landkarten. Er rollte sie nacheinander auf, bis er das gefunden hatte, wonach er suchte. Er ging hinüber an die Bar.

»Was sticht hier besonders ins Auge, geographisch gesehen, meine ich?«, fragte er, während er die Karte vor Machaya ausbreitete.

Machayas Blick wanderte über die Karte. Er sah eine Menge Umrisslinien, Konturen, Farben. Wenig geneigt, Carters Frage- und Antwortspiel lange mitzumachen, antwortete er: »Die Iron-Duke-Bergkette.«

Carter wies auf die offene Terrassentür, hinter der das imposante Felsmassiv zu sehen war. »Das ist besagte Bergkette. Und das«, mit Schwung holte er sein Notizbuch aus der Tasche und schlug es auf, »habe ich in der Höhle des Halbmondhügels gefunden, eingeritzt in die Wand.«

Machaya nahm das Notizbuch, ging hinüber zur Terrassentür und hielt es hoch. Seine Augen wanderten zwischen dem gezeichneten Umriss und dem Felsmassiv in der Ferne hin und her. »Also die Antwort liegt dort oben, sagst du?« Machaya machte eine hilflose Geste. »Und weißt du auch, wo genau? Wenn nicht, sind wir nämlich in den Hintern gekniffen. Wir können keine ganze Bergkette absuchen. Und weshalb bist du dir so sicher, dass das Gold dort oben ist?«

Schritt für Schritt erklärte Carter seine Theorie.

»Aber ich verstehe nicht, warum die Araber das Gold dorthin gebracht haben. Es war doch sicher auf diesem Halbmondhügel, oder?«, fragte Machaya.

»Vergiss nicht den Aufruhr im Land, den Aufstand der Rozvi. Stell dir einfach vor, dass die Araber aus einem stark bevölkerten Gebiet fliehen mussten. Sie konnten nicht sicher sein, die mosambikanische Küste zu erreichen, weil die Landstriche dazwischen von den Aufständischen kontrolliert wurden. Also brachten sie den Schatz auf die Iron-Duke-Bergkette. Julia, erinnern Sie sich, was Ronnie uns über Hügel und Berge erzählt hat?«

»Natürlich. Afrikaner meiden Erhebungen. Unter der Bevölkerung halten sich noch immer abergläubische Vorstellungen, was Berge betrifft.«

»Genau. Die arabischen Händler gaben der Iron-Duke-Bergkette den Vorzug. Zum einen, weil sie weiter entfernt war von den Dörfern der Einheimischen, zum anderen ist sie doppelt so hoch wie der Halbmondhügel. Also gingen die Araber davon aus, dass mit ihr mehr abergläubische Vorstellungen verbunden waren.«

»Aber wieso bist du dir so sicher, dass die Araber nicht getötet wurden? Vielleicht haben sie sich dort verschanzt, wurden besiegt und jemand anders erbeutete das Gold.

Mit deinem Umriss hier kann es schließlich auch eine völlig andere Bewandtnis haben«, sagte Machaya.

»Immerhin haben wir dort oben einen Haufen alter Waffen gefunden«, gab Julia zu bedenken.

»Aber darunter waren keine Musketen! Für mich hatte es den Anschein, als hätten sie alles Schwere und Hinderliche zurückgelassen und nur das mitgenommen, was absolut notwendig war – also Schusswaffen, die man sowohl zur Verteidigung als auch zur Jagd benutzen kann.«

Julia fielen vor Müdigkeit fast die Augen zu, doch sie riss sich zusammen und sagte: »Aber hätten die Araber das Gold nicht außer Landes gebracht, wenn sie die Chance dazu gehabt hätten?«

»Natürlich. Und ich behaupte auch nicht, dass das Gold dort oben liegt. Ich sage nur, wenn das Gold noch in Simbabwe ist, dann liegt es mit hoher Wahrscheinlichkeit irgendwo im Iron Duke. Andererseits glaube ich nicht, dass sie die Chance hatten. Der Einfluss der Portugiesen war gebrochen, alle Handelsposten waren zerstört, das Land befand sich in Aufruhr und der richtete sich gegen alle Ausländer. Die Araber wurden wie alle anderen getötet oder aus dem südlichen Afrika vertrieben. Zwar hatten sie noch einen Stützpunkt an der ostafrikanischen Küste, doch sie kehrten nie mehr hierher zurück. Gut möglich, dass das Wissen um da Silveiras Gold im Laufe der Zeit in Vergessenheit geriet.«

»Mit anderen Worten«, warf Machaya ein, »falls die Araber, die im Besitz des Goldes waren, getötet wurden, liegt das Gold noch immer dort, wo sie es versteckt haben. Und du meinst, das Versteck ist irgendwo im Iron Duke?«

»Genau. Es sei denn, irgendein Prospektor der Jahrhundertwende hatte das Glück, darüber zu stolpern.«

»Danke für die Geschichtslektion, Jim. Doch die bringt uns weder dem Gold näher noch der Person, die als Drahtzieher bei dem ganzen Fall agiert.«

»Vertrau mir, Tatty! Ronnie Grenville kennt die Gegend wie seine Westentasche. Vielleicht verhilft mir eine Unterhaltung mit ihm zu einer Eingebung, wo das Versteck liegen könnte. Ich möchte dich bitten, in der Zwischenzeit meine drei Hauptverdächtigen anzurufen. Bring sie unter irgendeinem Vorwand dazu, auf den Hügel zu kommen.«

»Ich werde Ihnen sagen, dass wir sie brauchen, um die Leichen der beiden Moscans zu identifizieren. Man kann ja nicht wissen, vielleicht waren die Typen im Museum oder in den Archiven, als Combais dort war.«

Carter dachte nach. »Das ist eine gute Idee«, sagte er schließlich. »Und bitte sie, etwas Ausrüstung für eine Grabung mitzunehmen. Vor allem aber informiere Gotora, ich will, dass er vor Ort ist. Wo sind die Leichen momentan?«

»Vermutlich noch am Hügel«, sagte Machaya. »Sie können erst abtransportiert werden, wenn sie offiziell für tot erklärt sind, du weißt ja, wie das ist.«

»Gut! Richte Gotora aus, dass die Leichen erst dann weggebracht werden, wenn unsere Freunde einen Blick darauf geworfen haben.«

»Ach, auf die Idee wäre ich jetzt gar nicht gekommen«, entgegnete Machaya ironisch. »Kann ich sonst noch was für dich tun, Jim?«

»Nein, für den Moment ist das alles«, erwiderte Carter, der den Seitenhieb nicht verstanden hatte.

Bevor er Carter das Notizbuch zurückgab, warf Machaya einen letzten Blick auf den Umriss der Iron-Duke-Bergkette. »Ich hoffe, du weißt, was du tust, Jim«, bemerkte er und ging hinüber zum Telefon.

Zu Julia gewandt, sagte Carter: »Und was Sie betrifft, junge Dame, Sie gehen jetzt besser ins Bett.«

Und Julia fügte sich, wenn auch widerwillig.

***

Die Tür zu Grenvilles Schlafzimmer war nur angelehnt, also klopfte Carter leicht gegen den Türrahmen.

»Kommen Sie rein!«, kam die schroffe Antwort.

Die Anordnungen des Arztes offensichtlich in den Wind schlagend, saß Grenville mit einer Ausgabe des *Herald* aufrecht im Bett, ein zur Hälfte ausgefülltes Kreuzworträtsel auf dem Schoß.

Carter betrat das Zimmer und sein Blick wurde magisch angezogen von dem Verband, der um den weißen Haarschopf des alten Mannes gewickelt war. Im Nu hatte Carter das fürchterliche Bild der stöhnenden, nahezu bewusstlosen Gestalt vor Augen, die man aus dem Schacht auf Cairn Brae befreit hatte. Seine linke Gesichtshälfte war blutverkrustet gewesen, als man Grenville auf die Trage gehievt und anschließend festgeschnallt hatte, und der Kontrast zwischen Scharlachrot und Weiß – wie Blut im Schnee – hatte der ganzen Situation groteske Züge verliehen.

Grenville sah, wie Carter auf die bandagierte Kopfwunde starrte. »Schauen Sie nicht so besorgt, ich bin nicht zum Islam übergetreten.«

Carter lachte, trat ans Bett und sah, dass Grenvilles

Haar an einigen Stellen noch blutverklebt war.

»Ich brauche Ihre Hilfe, Ronnie.«

Grenville legte seinen Stift beiseite, schob die Brille auf die Nasenspitze und linste fragend nach oben. Dann huschte ein Lächeln über das faltige Gesicht. »Ich würde alles tun, und zwar mit dem allergrößten Vergnügen, damit man das Aas schnappt, das dafür gesorgt hat, dass mein Kopf aussieht wie der von einer ägyptischen Mumie.«

Carter setzte sich auf den Bettrand, schlug sein Notizbuch auf und reichte es Grenville.

»Was halten Sie davon?«, fragte Carter.

Grenville betrachtete eingehend den Umriss der Iron-Duke-Bergkette, kniff die Augen zusammen, als handele es sich um das Foto einer ihm bekannten Person, deren Name ihm beim besten Willen nicht einfallen wollte.

Nach einer Weile sagte er: »Sieht aus wie ein Fisch, der halb im Wasser liegt ... allerdings der Kopf, der ist 'n bisschen eckig.«

»Mich erinnert das irgendwie an einen Wal«, meinte Carter.

»Iron Duke!«, rief Grenville mit einem Mal aus.

»Ich glaube, dort ist da Silveiras Gold versteckt. Wenn wir genau wüssten, wo, könnten wir die Person überführen, die für Martins Tod verantwortlich ist.«

»Und deshalb brauchen Sie meine Hilfe?«

»Sie sind doch – verzeihen Sie, Ronnie – so etwas wie unser Zwerg Allwissend, was die Umgegend betrifft. Vielleicht fällt Ihnen ein Ort ein, der geeignet wäre für das Versteck.«

Grenville lachte herzlich und sagte dann spontan:

»Gleich hier, auf der Südseite, gibt es eine Höhle mit

drei Kammern.« Er deutete auf einen Punkt unterhalb des höchsten Gipfels.

»Das könnte es sein!«, rief Carter aus, doch seine Begeisterung wich sogleich einer Mischung aus Enttäuschung und Verwirrung. »Aber Sie sind doch dort gewesen«, sagte er. »Wenn Sie die drei Kammern gesehen haben, hätten Sie auch das Gold gefunden.«

Mit verschmitzter Miene erwiderte Grenville: »Erinnern Sie sich an Cairn Brae? An den Mörtel? Was spricht dagegen, dass es eine vierte Kammer gibt, wo die Araber das Gold versteckt und die sie dann zugemauert haben?«

Carter war von Grenvilles Theorie nicht ganz überzeugt. Allerdings ermahnte er sich, dass seine Hauptaufgabe darin bestehe, den Drahtzieher zu schnappen, und nicht darin, nach dem Goldschatz am Ende des Regenbogens zu suchen. In seiner Vorstellung nahm bereits ein Plan Gestalt an, und zwar mit ihm selbst als Lockvogel.

»Wie kommt man nun am besten nach oben in die Höhle?«

Grenville lächelte listig. »Also«, meinte er, »das finden Sie nur mit mir als Führer heraus.«

Carter wappnete sich für einen Streit. Er zitierte nicht nur Doktor Adams, sondern äußerte auch seine eigene Meinung, der zufolge Ronnie Grenville überhaupt nicht in der Lage sei, eine derart anstrengende Klettertour zu absolvieren.

Grenville wollte anfänglich lautstark protestieren, begnügte sich aber mit einigen beleidigenden, nicht ganz salonfähigen Bemerkungen über Adams' Fähigkeiten als Allgemeinmediziner. Wenn auch leicht pikiert, beschrieb er letzten Endes sehr ausführlich, auf welchem Wege man am schnellsten in die Höhle gelangte.

»Noch was, Ronnie. Wie kommen wir an Gurtzeug, Leitern, Sicherheitsleinen?«

»Für den Iron Duke brauchen Sie das nicht. Der Aufstieg ist zwar mühsam, aber nicht gefährlich«, meinte Grenville.

»Das Zeug brauche ich für unser Trio, warum, erkläre ich Ihnen später.«

»Okay, rufen Sie Van Rooyen an.« Grenville nannte Carter die Telefonnummer und der schrieb sie in sein Notizbuch. »Wenn dieser verdammte Turban nicht wär«, Grenville grinste spitzbübisch und rund um seine Augen zeigten sich unzählige Lachfältchen, »hätten Sie mich nicht so eiskalt abserviert. Was gäbe ich darum, mit Ihnen auf den Iron Duke zu klettern.« Mit diesen Worten sank er in sein Kissen zurück.

***

Als Carter ins Wohnzimmer kam, saß Machaya bereits wieder an der Bar, in der Hand ein Glas Scotch mit Wasser, das er sanft schwenkte. Auf dem Tresen, ihm gegenüber, stand ein zweites Glas, das gleichsam Carters Platz markierte. Neben dem Glas lag ein dünner Aktenordner.

»Ein bisschen früh für mich«, bemerkte Carter.

»Es ist nie zu früh«, antwortete Machaya. Er hielt sein Glas gegen das Licht und betrachtete gedankenverloren dessen Inhalt. »Während du deine Landpartie unternommen hast, habe ich die Akte zusammengestellt, die du haben wolltest – die Hintergrundinformationen zu Armitage, Zulu und Drake.«

Carter, ganz eifrig, griff nach dem Ordner, als

Machayas Hand mit einem Klatschen auf seiner Hand landete.

»Keine Heldentaten mehr, Jim. Keine Egotrips. Es war *meine* Tochter, deren Tod du heute Morgen beinahe verschuldet hättest. Durch deine Inkompetenz war sie gezwungen, zwei Menschen zu töten. Sie steckt das hervorragend weg, aber von jetzt an keinerlei Risiko mehr. Versprich es.«

Carters Augen funkelten vor Wut. Doch als er seinem Freund ins Gesicht blickte, sah er nichts als die Miene eines besorgten Vaters.

»Ich habe meine Lektion gelernt, Tatty.« Es wäre wenig taktvoll gewesen, Machaya darauf hinzuweisen, dass er ihm, Carter, freie Hand gelassen hatte, die Untersuchung in diesem Fall so zu führen, wie er es für angemessen hielt. »Von jetzt gibt es eine lückenlose Zusammenarbeit. Lass mich die Akte erst einmal gründlich studieren, anschließend informiere ich dich über jeden meiner Schritte.«

Machaya ließ Carters Hand los, leerte sein Glas und schnalzte mit der Zunge. »Genau wie Gotora erwarte ich, auf dem Laufenden gehalten zu werden. Ich fahre jetzt zu diesem Hügel, um Armitage und die beiden anderen da oben zu begrüßen.« Er drohte Carter mit dem Zeigefinger. »Verbring mit dem Lesen nicht zu viel Zeit, wir haben nur noch vier Stunden Tageslicht.«

»Stopp mal Tatty.« Machaya stöhnte auf. »Was denn noch, Jim?«

»Hier, die Nummer vom Leiter der Mashumba Mine. Der Typ heißt Van Rooyen. Ruf ihn an und bitte ihn um Leitern, Gurtzeug, na ja, um alles, was man so braucht, um drei Leute abseilen zu können. Ich denke, es bedarf wenig Überredung, unsere drei Fachleute in die Höhle zu locken.«

»Jim, Jim, was hast du nur vor?« Machaya stieß einen Seufzer aus.

»Später, Tatty, später. Ich muss mich jetzt wirklich mit der Akte beschäftigen.«

Während Machaya mit Van Rooyen telefonierte, nahm Carter die Akte zur Hand. Sein Drink blieb unangetastet. Als er allein war, zündete er sich eine Zigarette an und stellte mit leichtem Unbehagen fest, dass er noch nie in seinem Leben so müde gewesen war.

Sechzehntes Kapitel

Als Machaya am Fuße des Halbmondhügels eintraf, war Inspector Gotora bereits mit einigen Einsatzkräften vor Ort. Er ging auf Machaya zu und begrüßte ihn mit den Worten: »Es gibt Neuigkeiten, Detective Chief Inspector«, dabei zeigte er auf einen Japanischen Mispelbaum, neben dessen Stamm drei grüne Leichensäcke lagen. »Ihr habt den dritten Moscan gefunden?«, fragte Machaya. »Ja, nachdem der Brand unter Kontrolle war, haben meine Leute das Gelände abgesucht und sind auf ihn gestoßen. Die genaue Todesursache muss natürlich durch eine Obduktion festgestellt werden. Er hat erhebliche Brandverletzungen, könnte aber auch an einer Rauchvergiftung gestorben sein. Alles in allem kein schöner Anblick.« Inzwischen war Van Rooyen eingetroffen. In seiner Begleitung befanden sich drei Minenarbeiter, die Leitern, Seile und andere Gerätschaften von einem Pick-up luden. Van Rooyen kam auf Machaya und Gotora zu. »Mr. Van Rooyen?«, Machaya streckte die Hand aus, »ich bin

Detective Chief Inspector Machaya. Schön, dass Sie alles so schnell arrangieren konnten.« Er schüttelte dem Hünen die Hand. »Das war ich Martin schuldig«, sagte er und sein Blick fiel auf die Leichensäcke. »Sind das da drüben die Schweinehunde, die Martin auf dem Gewissen haben?«, fragte er. »Wir gehen davon aus, Peter«, sagte Gotora. »Schweinehunde«, wiederholte Van Rooyen, dann wandte er sich an Machaya. »Das Zeug soll da nach oben, richtig?« Machaya nickte. »Alles klar, ich sag meinen Leuten Bescheid.« Er drehte sich um, marschierte hinüber zu dem Pick-up, um seine Anweisungen zu erteilen. Kurz darauf sahen Gotora und Machaya, wie sich die Minenarbeiter mit den Gerätschaften in Bewegung setzten.

Auf dem Feldweg, der zum Hügel führte, wirbelte roter Staub auf. Ein grauer Transporter zog ihn wie einen Schweif hinter sich her, gefolgt von einem himmelblauen Cressida, dessen Staub-Schweif dem des Transporters in nichts nachstand. Beide Fahrzeuge bewegten sich auf den Hügel zu wie Kometen, unaufhaltsam angezogen von einer magischen Kraft.

Dank des Dossiers waren die drei Personen, die kurz darauf aus den Fahrzeugen stiegen, Machaya in gewisser Hinsicht vertraut. Und sie waren nicht länger mehr nur Namen aus einer polizeilichen Ermittlungsakte, sie waren jetzt Menschen aus Fleisch und Blut, die es im Sinne des Falls zu beobachten und einzuschätzen galt. Kaum hatte Cecelia Drake festen Boden unter den Füßen, zündete sie sich auch schon eine Zigarette an. Was sagte das Dossier über sie? Achtundzwanzig Jahre, geschieden, Mutter zweier Kinder, erinnerte sich Machaya. Sie war genauso schön wie auf dem Foto in der Akte, nur hatte sie heute das üppige schwarze Haar zu einem Pferdeschwanz frisiert. Sie trug blaue Pumps, wadenlange Hosen aus einem roten schimmernden Stoff und eine vielfarbig karierte Bluse. Ihr Anblick erinnerte Machaya an einen Harlekin.

Josiah Zulu befreite sich aus dem Beifahrersitz des grauen Mazdas. Der Blick seiner kurzsichtigen, kalten Augen wanderte unstet umher und der ausgebeulte, schwarze Anzug unterstrich das Seltsame an Zulus Erscheinung. Beim Anblick dieses Mannes regte sich Mitgefühl in Machaya. Als Einzelkind war Zulu mit seinen einunddreißig Jahren noch immer an seine kränkelnde, fordernde Mutter gebunden. Nach Aussagen von Kollegen hatte er keinerlei soziale Kontakte und schien prädestiniert, ein einzelgängerischer Junggeselle zu bleiben.

Professor Randolph Armitage schlug die Tür seines Cressida zu und schloss sich der Gruppe an. Hochgewachsen, mit gerader Haltung, ein Mann mittleren Alters, hätte man denken können – zumindest solange man das Geheimnis seiner tiefschwarzen Haare nicht ergründet hatte –, dessen hochmütige, distanzierte Art ihn zur Randfigur in dem sich entwickelnden Drama um da Silveiras Gold werden ließ, ein Drama, das sich offenkundig Lichtjahre entfernt von seiner akademischen Welt abspielte. Selbst der graue Anzug des Professors schien dessen wissenschaftlichem Mikrokosmos zu entstammen.

Nachdem man sich miteinander bekannt gemacht hatte, sagte Machaya: »Es ist ein großes Entgegenkommen Ihrerseits, Ihre kostbare Zeit zu opfern, um hier zu erscheinen. Wir wissen das zu schätzen und sind Ihnen überaus dankbar.«

»Wenn die Polizei ruft, ist man gut beraten, sie nicht

warten zu lassen«, bemerkte Zulu mit einer Mischung aus Sarkasmus und Verärgerung.

»Korrekt!«, meinte Machaya lakonisch. »Wie ich bereits am Telefon sagte, haben wir Sie in erster Linie hergebeten in der Hoffnung, dass Sie vielleicht den einen oder anderen Mann, der heute Morgen getötet wurde, identifizieren können. Doch ich muss Sie zuvor warnen, einer von ihnen sieht – wie soll ich sagen? – etwas unangenehm aus.«

Machaya ging voran und unter seinen kraftvollen Schritten wirbelten rosa Staubwölkchen auf. An der Japanischen Mispel angekommen, baute er sich vor den drei Verdächtigen auf, damit ihm nicht einmal der Anflug einer Reaktion auf die Leichen entging.

Gotora hockte sich neben den ersten Leichensack, zog den Reißverschluss auf und enthüllte Juans Gesicht. Der Tod hatte Juan zu dem gemacht, was er im Grunde gewesen war. Ein zwanzigjähriger junger Mann, dessen Gesichtszüge nicht mehr verrieten, welch soziopathische Neigung hinter dieser glatten Stirn Platz genommen hatte.

Schweigen und Kopfschütteln waren die Antworten auf Machayas unausgesprochene Frage. Gotora ging zum nächsten Leichensack.

Leonardo starrte zu ihnen hoch. Seine Augen, die an schwarzen Obsidian erinnerten, forderten die Welt noch immer heraus. Anders als sein Bruder, den der Sturz vom Felsen äußerlich relativ unversehrt zurückgelassen hatte, schien Leonardos Schädel etliche Frakturen aufzuweisen. Vom rechten Mundwinkel bis zum Kinn verlief zudem eine Spur getrockneten Blutes.

Cecelia Drake schnappte nach Luft und ihre Hand fuhr zum Mund. Als Machaya diese Reaktion beobachtete, war er sich Zulus hasserfülltem Blick bewusst, der sich förmlich in ihn hineinbohrte. Armitages Miene spiegelte hochmütige Verachtung wider, es war der Gesichtsausdruck des Siegers, der für den Unterlegenen nichts als Häme empfindet. Von den unerwarteten Reaktionen irritiert, bedeutete Machaya Gotora mit einem Kopfnicken, den dritten Sack zu öffnen. Zuvor wiederholte er seine Warnung vor der Scheußlichkeit des Anblicks.

Es war das Abbild eines qualvollen Todes. Eduardo musste in die Flammen geraten sein, einige Gesichtspartien wiesen starke Brandverletzungen auf, der Mund verharrte aufgerissen, als wolle sich der Kehle des Toten ein stummer Schrei entringen. Für Cecelia Drake war dieses Bild zu viel; mit einem Keuchen wandte sie sich ab und begann zu würgen. Unbeholfen und mit verschämter Zärtlichkeit legte Josiah Zulu einen Arm um ihre Schultern und deckte ritterlich ihr Blickfeld ab, indem er zwischen sie und den Leichensack trat.

»Ich glaube, das reicht, Inspector!«, zischte Zulu. »Wir haben keinen von ihnen erkannt.«

Machaya nahm Armitage ins Visier, dessen Mund sich auf eine Art verzog, die beides hätte sein können: höhnisches Lächeln oder Ausdruck des Angewidertseins. Gotora wartete auf weitere Instruktionen, also signalisierte ihm Machaya, er möge die Leichensäcke schließen.

»War das wirklich notwendig?«, fragte Zulu aufgebracht und nahm sogleich seinen Arm von Cecelia Drakes Schultern, als würde ihm mit einem Male bewusst, was er gerade tat.

Machaya ließ die Frage unbeantwortet. Ungeachtet des Mitleids, das er für diesen Mann empfand, ging ihm der Typ langsam auf die Nerven.

»Ich möchte Ihnen für Ihre Unterstützung danken. Wir wissen, dass es sich hierbei um eine äußerst unangenehme Erfahrung gehandelt hat. Kommen wir jetzt zu dem, weswegen wir Sie noch hergebeten haben. Mr. Carter hat oben auf dem Hügel eine Höhle mit portugiesischen Artefakten aus dem 17. Jahrhundert entdeckt. Es wird Sie sicherlich nicht überraschen, dass die Entdeckung dieser Höhle in Verbindung steht mit den drei Toten. Beim jetzigen Stand der Ermittlungen ist es mir leider nicht möglich, Ihnen Näheres dazu mitzuteilen. Wenn Sie bereit sind, wird man Sie nach oben geleiten. Der Leiter der Mashumba Mine ist mit seinen Leuten vor Ort und wird Sie nach bestem Wissen und Gewissen unterstützen.«

Zweifelnd blickte Cecelia Drake den Hügel hoch. Den drohenden Aufstieg quasi vor Augen, zündete sie sich eine neue Zigarette an und ging steif hinüber zum Mazda. Als Erstes tauschte sie die blauen Pumps gegen ein Paar Sneakers, dann griff sie hinter die Sitze und holte Landkarten hervor, die sie vorsichtshalber mitgenommen hatte. Zum Schluss setzte sie sich eine überdimensionale Sonnenbrille auf, hinter der ihr Gesicht nahezu verschwand.

Ebenfalls auf die Exkursion vorbereitet, zog Armitage sein Jackett aus, legte die Krawatte ab und schlüpfte in ein Paar für seine Verhältnisse völlig unpassende Adidas-Turnschuhe.

Zulu holte eine kleine Kelle, einen Pinsel und eine Hand voll Plastiktüten aus dem Mazda. Anschließend nahm er eine Spiegelreflexkamera Marke *Ricoh* und das dazugehörige Blitzlichtgerät vom Vordersitz.

Machaya führte den zusammengewürfelten Haufen an, der sich jetzt auf den Weg zur Hügelspitze machte.

Unterdessen teilte Gotora seine Einsatzkräfte in zwei Gruppen. Eine Gruppe sollte bei den Leichen bleiben, auf das Eintreffen von Doc Adams warten und die Leichen dann zur Gerichtsmedizin nach Harare transportieren, die anderen wurden abkommandiert, Gotora auf den Hügel zu begleiten.

***

Carter mühte seinen geschundenen Körper zum zweiten Mal innerhalb nur weniger Stunden den Hügel hoch. Oben angekommen, steuerte er sofort auf die dunkel gekleidete Gestalt zu, die vor der Mauer auf und ab lief.

Als Carter keuchend näher kam, blieb Zulu stehen und wandte sich ihm zu. Der Ausdruck des Wiedererkennens wechselte schnell zu einem der Besorgnis, das erste Mal, dass Carter im Gesicht des Archäologen etwas anderes wahrnahm als Gleichmut oder Feindseligkeit. Carter fragte sich ernsthaft, wie mitgenommen seine Erscheinung auf andere wirken müsse.

»Mr. Carter, Sie scheinen im Krieg gewesen zu sein.«

»So kann man es auch ausdrücken«, erwiderte Carter und setzte sich auf den Boden. Zu seiner Überraschung setzte sich Zulu neben ihn.

»Ich nehme an, Sie sind verantwortlich für den Tod der drei Gentlemen da unten«, sagte Zulu.

»Teilweise«, erwiderte Carter ausweichend.

Zulu nickte. »Ms. Drake, Professor Armitage und Detective Chief Inspector Machaya sind in der Höhle.«

»Und Sie haben kein Interesse, hinunterzusteigen?«

»Ich interessiere mich nur für die Artefakte. Außerdem sind jetzt drei Leute in der Höhle. Man könnte von

Überfüllung reden, finden Sie nicht?«

Carter musste dem zustimmen.

Sein Blick fiel auf die Karte der Mashumba Mine, die Cecelia Drake mitgebracht hatte und die Zulus Hände jetzt umklammert hielten. »Haben Sie viele Karten im Museum?«

Zulu verdrehte die Augen wie ein Lehrer, der mit der absurden Frage eines unterbelichteten Schülers konfrontiert wurde. »Selbstverständlich! Im Queen Victoria Museum gibt es Karten von allen Landesteilen Simbabwes. Oder glauben Sie etwa, wir würden ohne Karten auf Ausgrabungen gehen?«

Nicht zum ersten Mal versuchte Carter Zulus Verhalten einzuordnen. Im Allgemeinen gehörte es zur Kultur der Shona, höflich, freundlich und redselig zu sein. Sarkasmus und Feindseligkeit waren ihnen ein Gräuel. Dennoch war Zulu kurz angebunden und misstrauisch – aber aus welchem Grund?

Plötzlich tauchte Machayas Kopf oberhalb der Mauer auf und kurz darauf kletterte der Inspector die Leiter hinunter. »Hallo, Jim. Ich habe Armitage und Ms. Drake eine Stunde in der Höhle gegeben«, erklärte er, als er wieder auf festem Boden stand. Er sah auf seine Uhr. »Sie haben noch eine halbe Stunde. Die Sonne wird bald zu niedrig stehen, um weiterzumachen.«

»Lass uns mal die Füße vertreten, Tatty«, sagte Carter mit viel sagendem Blick. Als sie sich von Zulu entfernt hatten, fragte er: »Was machen die da drinnen eigentlich?«

»Sie sammeln irgendwelche Bruchstücke und machen Fotos.« Machaya klopfte sich rosafarbenen Staub vom Trenchcoat.

»Hast du die Inschrift entdeckt, ich meine den Umriss der Iron-Duke-Bergkette?«

»Ja, aber wieso willst du das wissen?«, fragte Machaya.

»Haben der Professor oder Ms. Drake den Umriss von der Wand abgezeichnet?«

Machaya war verwirrt. »Beide haben das gemacht. Allerdings wissen sie nicht, was der Umriss bedeutet, und ich hielt es für angebracht, sie nicht aufzuklären.«

»Sehr gut.« Carter wandte sich mit dem Gesicht nach Süden. Sein Blick wanderte über die Hügel, hinter denen sich die Bergkette wie ein gewaltiger Leviathan erhob. Das war es, was die arabischen Händler vor drei Jahrhunderten gesehen und in die Wand ihrer künstlichen Höhle gemeißelt hatten – als Zeichen, um jene zu leiten, die das Erbe im Falle ihres Todes, des Todes der Händler, anträten.

»Wenn die beiden wieder draußen sind und mit Zulu zusammenstehen, erwähne doch bitte beiläufig die Ähnlichkeit zwischen dem Umriss und der Iron-Duke-Bergkette. Erzähle ihnen, ich sei der Meinung, da oben lägen noch mehr Artefakte, und würde deshalb mit Julia morgen bei Sonnenaufgang dort hinaufgehen.«

In Machaya regte sich sofort Misstrauen. »Was hast du vor, Jim? Ich will nicht, dass du meine Tochter erneut in Gefahr bringst.«

»Mach dir keinen Kopf, Tatty! Ich tanze keine Soli mehr. Doch da wir gerade dabei sind, wie haben die drei auf die Leichen reagiert? Wie ist deine Einschätzung?«

Machaya dachte einen Moment nach. »Beim Anblick der Leichen geriet die Drake fast außer sich. War eigentlich zu erwarten, wenn man den Zustand von dem Dritten – «

»Wie ... dem Dritten? Du meinst, sie haben den Anführer gefunden? Davon weiß ich ja noch gar nichts.« Machaya gab das wieder, was Gotora ihm berichtet hatte. Carter schüttelte den Kopf. Er fragte sich, ob bei den Moscans überhaupt was nach Plan gelaufen sei.

»Okay, Tatty, also Ms. Drake ist fast zusammengebrochen, und weiter?«

»Zulus Reaktion war merkwürdig. Er hat gleich den Weißen Ritter gespielt und sie getröstet. Dann hat er mir vorgeworfen, dass ich ihr das überhaupt zumute.«

»Und was schließt du daraus?«

»Na, ist doch ziemlich offensichtlich, Jim. Der Junge ist scharf auf den bunten Vogel.«

In Carters Augen blitzte es auf. Mit einem Mal passte alles zusammen, mit einem Mal ergab alles einen Sinn. »Und Armitage?«

»Seine Reaktion war anders als die von Zulu, wenn auch nicht weniger seltsam. Irgendwas zwischen Abscheu und Verachtung.«

»Und haben sie jemanden erkannt?«

»Das kann ich beim besten Willen nicht sagen.«

»Im Grunde spielt das auch keine Rolle, glaube ich. Was du mir bisher erzählt hast, war äußerst informativ und bedeutsam. Ist das alles, oder gibt es noch etwas, was ich unbedingt wissen muss?«

»Die Drake hatte die Karte der Mashumba Mine dabei.«

Carter lächelte vor sich hin. »Ja, ich habe sie bei Zulu gesehen. Höchst interessant.«

»Mein Güte, Jim, du gestattest wirklich niemandem einen Blick in dein Blatt, nicht wahr? Manchmal kannst du einen richtig auf die Palme bringen.«

Carter überhörte diese Bemerkung und nach einem kurzen Schweigen fuhr Machaya fort:

»Wenn man die Drake so sieht ... langes schwarzes Haar, riesige Sonnenbrille, Kettenraucherin, sie muss die Frau gewesen sein, die im Landesvermessungsamt die Karten gekauft hat.«

Wieder huschte dieses provozierende Grinsen über Carters Gesicht. »Es scheint so. Ich denke, es ist Zeit für ein Gespräch mit Mr. Zulu, ich meine ein Gespräch von Mann zu Mann.« Und dann, als sei ihm nachträglich noch etwas eingefallen, stellte er Machaya eine seiner gefürchteten Quizfragen: »Wenn dir jemand ein Weihnachtsgeschenk nach Hause bringt und es dort zurücklässt, weil du nicht da bist, würdest du dann sagen, dass diese Person dir ein Geschenk gegeben oder ein Geschenk für dich abgegeben hat?«

Machaya war aus dem Konzept gebracht. Wieder eine von Carters Scharaden, dachte er. »Was für eine seltsame Frage.«

»Beantworte sie einfach nur«, sagte Carter ungeduldig.

»Also, ich glaube, ich würde sagen, Tante So-und-so hat ein Geschenk für mich abgegeben. Warum?«

Carter war in Gedanken weit weg. »Ach nur so. Es ist etwas, was Ms. Drake mir gestern im Büro gesagt hat.«

Die Unterhaltung wurde durch Gotoras Erscheinen jäh unterbrochen. Er zögerte anfänglich, dann sagte er: »Da ist etwas, was ich ganz gern besprechen würde. Vielleicht ist es nicht wichtig, aber ich erinnere mich dunkel, dass es vor einigen Jahren einen Bericht gegeben hat, so eine Art Warnung vor drei MNR-Banditen, die im Grenzgebiet zwischen Mosambik und Simbabwe operierten.«

»Gibt es weitere Parallelen zu unseren drei Leichen?«

»Nun, wenn ich mich recht erinnere, könnte ihr Alter dem der drei entsprechen. Man nannte sie *Die Brüder*, mehr fällt mir jetzt spontan nicht ein.«

»Versuch auf jeden Fall, diesen Bericht aufzutreiben«, sagte Carter zu Gotora. »Ich hab so ein Gefühl, dass der uns weiterhelfen könnte.« Dann drehte er sich um und ging zu der einsamen Gestalt, die an der Mauer lehnte.

»Mr. Zulu! Ich müsste mal offen mit Ihnen reden.«

Einen Moment lang zeigte Zulu Verunsicherung, fand aber schnell zu seiner gewohnten Gelassenheit zurück.

»Ich verstehe nicht. Ich habe Ihnen alles gesagt, was ich weiß.«

»Ach ja? Nun, ich glaube, wir haben eine grundsätzlich andere Auffassung von der Bedeutung des Wortes *alles*, Mr. Zulu. Ich will ganz offen zu Ihnen sein und Ihnen meine Vermutungen nicht vorenthalten. Sie können mich auch gern korrigieren oder Lücken schließen, Hauptsache, zwischen uns herrscht Offenheit.«

Josiah Zulu blickte schweigend auf den Boden.

»Als ich ins Queen Victoria Museum kam«, sagte Carter, »haben Sie mich bereits erwartet. *Ihr* Schatten war es, den ich am Treppenabsatz zum ersten Stock wahrgenommen habe. Als ich in die Portugiesische Abteilung ging, sind Sie mir gefolgt. Ihre Feindseligkeit mir gegenüber war offenkundig, was nur bedeuten konnte, dass Sie Angst vor mir hatten, dass Sie sich durch meine Gegenwart bedroht fühlten.«

Zulu stieß einen tiefen Seufzer aus, fixierte einen imaginären Punkt am Boden und begann zu erzählen: »Der große Auftritt ist meine Sache nicht, Mr. Carter. Heutzutage scheint es ja fast zum guten Ton zu gehören, stolz zu verkünden, man habe sich hochgearbeitet aus dem

Nichts, aus der Gosse sozusagen. Doch in meinem Falle trifft das genau zu. Meinen Vater habe ich nie gekannt, und als meine Mutter krank wurde, musste ich zusätzlich Geld verdienen, um uns über Wasser zu halten. Also habe ich Straßenhandel betrieben, Gemüse, Zigaretten, eben alles, was ein paar Dollar einbrachte. Eine Kindheit oder Jugend hat man dabei nicht, die zieht an einem vorbei. Nachts verschlang ich Bücher, die ich mir von Gleichaltrigen geliehen hatte. Ich machte die Mittlere Reife, dann Abitur. Schließlich kam die Universität und mit ihr ein staatliches Stipendium.«

Es folgte ein Moment des Schweigens, ein langer Moment, als wollte sich Zulu für das Gesagte entschuldigen und den Eindruck des Selbstmitleids zerstreuen.

»Die Armen haben keine Zeit für Euphemismen, wir nennen die Dinge beim Namen. Mrs. Zulu war ein Mühlstein, ein Kreuz, eine Last. Trotz allem, Mr. Carter, ich liebe meine Mutter, wenn auch der Groll über eine verlorene Kindheit tief verwurzelt ist.« Er lachte ein bitteres Lachen. »Vielleicht verstehen Sie jetzt, warum auf der Skala meiner Gefühle nur die Extreme vorhanden sind, Liebe und Hass und nichts dazwischen.«

Peinliches Schweigen setzte ein. Carter wusste, dass er in einen sehr intimen Bereich vorgedrungen war, doch er hatte es Zulu nicht ersparen können. Die Erfahrung hatte ihn gelehrt, dass Armut und eine miserable Kindheit oftmals als Rechtfertigung für ein begangenes Verbrechen oder für das Zurückhalten von sachdienlichen Informationen herhalten mussten.

Und das traf auch auf Zulu zu.

»Gestern Morgen, es war noch sehr früh, erhielt ich im

Museum einen Anruf. Es war ein Mann, der mir erklärte, dass die Polizei mich im Visier habe, was den Mord an Combais und den Tod Chisungas betreffe. Ich bin mir des öffentlichen, aber auch des internationalen Drucks durchaus bewusst, der alle Beteiligten zu einer schnellen Aufklärung des Falles drängt. Also habe ich mir gesagt, wenn es nicht gelingt, der Täter habhaft zu werden, dann muss eben ein Sündenbock her. Das hat mich in Angst und Schrecken versetzt, zumal der Mann am Telefon mich fragte, wie meine Mutter nur überleben solle, wenn ich ins Gefängnis käme.«

»Kam Ihnen die Stimme bekannt vor?«

»Nein. Mir ist nur der starke Akzent aufgefallen.«

»Hat der Anrufer sonst noch etwas gesagt?«

»Er hat mir gesagt, dass Sie noch am selben Tag ins Museum kommen wollten, also habe ich Ihnen aufgelauert. Vor dem Hintergrund des Falles bin ich davon ausgegangen, dass Sie die Portugiesische Abteilung aufsuchen werden. Und so habe ich das Medaillon des Heiligen Antonius als Vorwand benutzt, um mit Ihnen ins Gespräch zu kommen.«

»Aber wie um alles in der Welt konnten Sie wissen, dass *ich* der Ermittler bin? Sie wussten schließlich nicht, wie Jim Carter aussieht.«

Sehr zum Erstaunen Carters fing Zulu an zu grinsen. »Ein einzelner männlicher Besucher um die dreißig, noch dazu am Morgen eines ganz normalen Arbeitstages, das gibt es im Grunde nicht. Sie waren ein sehr ungewöhnlicher Besucher, Mr. Carter.«

Carter lächelte. »Sie haben das Zeug zum Polizisten«, sagte er.

»Archäologie ist Polizeiarbeit«, gab Zulu spontan zurück.

Carter erinnerte sich, dass er gestern im Museum eine ähnliche Überlegung angestellt hatte. Jetzt, da Zulu etwas aufgetaut war und zwischen ihnen ein gewisses Einvernehmen bestand, hielt er die Zeit für gekommen, eine entscheidende Frage zu stellen.

»Hat der Anrufer irgendetwas gesagt, was Ms. Drake betraf?«

Die kurzsichtigen Augen in dem schwarzen Rahmen richteten sich blitzschnell auf Carter und der Zorn, der sich in ihnen widerspiegelte, wurde durch die starken Linsen betont. Doch dann wurde Zulus Blick milde, die Wut wich der Erkenntnis, dass es unumgänglich war, Carter bis zu einem gewissen Grade reinen Wein einzuschenken.

»Sie sind sehr scharfsinnig, Mr. Carter. Um es mal so zu sagen, ich bin Ms. Drake sehr verbunden. Ich habe immer gedacht, ich könne es kaschieren. Ganz offenbar bin ich diesbezüglich einem Irrtum aufgesessen. Nun, der Anrufer sagte, dass auch sie unter Verdacht stehe. Das hat Angst und Wut in mir ausgelöst.«

»Ich danke Ihnen, Mr. Zulu. Sie haben sich als sehr hilfreich für die Ermittlungen erwiesen.« Allerdings haben Sie mir nur die halbe Wahrheit gesagt, dachte Carter. Sie haben mir Ihren Versuch verschwiegen, Professor Armitage zu belasten, um die von Ihnen verehrte Ms. Drake zu schützen.

»Und Ms. Drake? Was ist jetzt mit ihr?« Zulus Stimme war voll banger Erwartung.

»Ich habe Ihnen Offenheit versprochen und will deshalb nicht verschweigen, dass sie unter Verdacht steht, genau wie Sie natürlich.«

Wie auf ein Stichwort kletterte die Archäologin über die Mauer. Die Gläser der Sonnenbrille über ihrer Stirn sahen aus wie Facettenaugen eines riesigen Insekts. In ihrem Hosenbund steckten Kelle und Pinsel und im Mund hatte sie eine Taschenlampe, die sie, kaum von der Leiter gestiegen, gegen eine Zigarette austauschte. Die Blasebalgtaschen an ihrer Hose waren voll mit Plastikbeuteln, in denen sich Proben aus der Höhle befanden.

»Ich habe ein paar Proben genommen, Elfenbein, einige Nägel, etwas von dem Holz und Staubproben zur Prüfung des Goldgehalts«, erklärte sie Zulu. »Wir werden wohl in etwa einen Tag brauchen, um eine richtige Ausgrabung zu organisieren.«

Jetzt kletterte auch Professor Armitage von der Leiter. Außer der *Ricoh* um seinen Hals hatte er nichts dabei. Er fing sofort an zu husten, als er in die Nähe von Ms. Drakes Zigarette kam, und wandte sich ab.

Als Letzter tauchte Machaya auf und heuchelte Interesse an den Artefakten, Grund für Carter, sich von der Gruppe zu entfernen, um die Vorstellung des Detective Chief Inspectors nicht zu verderben. Aus dem Augenwinkel beobachtete er, wie Machaya auf den Iron Duke zeigte und vermutlich jetzt vom geplanten Ausflug Carters und Julias am nächsten Morgen in der Früh berichtete.

Nach und nach zerstreuten sich die Leute, auch Van Rooyen zog mit seinen Mitarbeitern ab.

Zu guter Letzt saßen Machaya, Carter und Gotora allein auf dem Gipfel.

Versunken im Anblick der roten, untergehenden Sonne, sagte Carter: »Morgen fassen wir *Dr. No.*«

Und während alle drei den Hügel hinuntergingen, unterrichtete er die beiden anderen, wie er das Ende anzugehen gedachte.

Siebzehntes Kapitel

Der Land Rover fuhr am Fuße der Iron-Duke-Bergkette auf einen Rastplatz und die Lichtkegel seiner Scheinwerfer erfassten einen runden Tisch und zwei halbrunde Bänke aus Beton.

Die Scheinwerfer gingen aus. Auf dem Beifahrersitz saß Julia, in Schweigen gehüllt. Carter knipste eine Taschenlampe an und überprüfte noch einmal den Inhalt der beiden Rucksäcke, die Grenville mit einem Anruf bei der Minengesellschaft organisiert hatte. Jetzt, da sein erster Fall seit drei Jahren dem Höhepunkt zustrebte, spürte Carter eine gewisse Nervosität. Zum ersten Mal dachte er über die Folgen nach, die der Fund von da Silveiras Gold haben könnte. Allein das Kreuz suchte seinesgleichen unter afrikanischen Artefakten. Wenn aber die Araber mit ihrer Beute hatten flüchten können? Das Kruzifix, für Muslime ein fremdes religiöses Symbol, wäre vermutlich eingeschmolzen und sein Gold zu Schmuck verarbeitet worden, der in den Basaren der arabischen Halbinsel zum Verkauf gekommen wäre.

Carter war mit der Überprüfung der Rucksäcke fertig und verabschiedete sich von seinen pessimistischen Überlegungen. Schon in Kürze wären zwei Fragen beantwortet, sowohl die nach dem Schicksal von da Silveiras Gold als auch die nach der Identität der treibenden Kraft hinter den Moscans.

Der dunkle Himmel präsentierte sich bereits in einer anderen Schattierung, die verschleierten, silbrigen Sprenkel der Milchstraße hatten sich zurückgezogen und jenen Lichtpunkten aus den Myriaden von Gestirnen die Weite überlassen, die am hellsten strahlten. Der erste

Schimmer der Morgenröte hatte den Osten noch nicht berührt und doch konnte Carter Julias erschöpftes Gesicht ausmachen, und als ginge es darum, seine Wahrnehmung zu bestätigen, zeigte sich ein Streifen Elfenbein, als sie lächelte.

»Können Sie mir verraten, warum ich mich wie ein Signal auf zwei Beinen anziehen musste?«, fragte sie.

Beide trugen – ebenfalls über Grenville organisiert – Overalls in Neonorange. Julia hatte sich zusätzlich einen Gürtel umschnallen müssen, da selbst die kleinste Größe für sie noch zu üppig war.

»Wenn die Zeit gekommen ist, werden Sie es erfahren«, erwiderte Carter ausweichend. Er musste Julia im Unklaren lassen, damit sie sich so natürlich wie möglich verhielt.

»Wenigstens bin ich nicht die einzige Zielscheibe«, erwiderte sie mit Blick auf Carters Overall und grinste.

Carter lehnte sich im Sitz zurück. Die Frische zu dieser Tageszeit war angenehm; zwar hatte er noch immer Schmerzen im Brustbereich und auch seine Gelenke fühlten sich an wie eingerostet, doch er war zuversichtlich, den Aufstieg bewältigen zu können. Doch wie stand es mit Julia? Er warf ihr einen Blick von der Seite zu. Genau wie er saß sie zurückgelehnt im Sitz, alles in allem machte sie einen müden, aber entspannten Eindruck.

Vor der Monotonie des Tintenblaus zeichneten sich allmählich die ersten Bäume ab und auf der anderen Seite der Straße sah man jetzt das einsame Symbol der Dürreperiode – die geschwungene Staumauer vor einem ausgetrockneten Mashumba-Stausee.

»Los. Gehen wir!«, sagte Carter unvermittelt.

Die beiden müden Gestalten erwachten zum Leben,

bereit, den Fall auf die eine oder andere Art zum Abschluss zu bringen. Sie stiegen aus dem Land Rover, holten ihre Rucksäcke heraus und legten sie an. Bei jedem Schritt klapperten die beiden Glasflaschen mit Wasser in Carters Rucksack. Julia fragte sich, warum er sie nicht eingewickelt habe, um das Geräusch zu dämpfen, er schien alles zu tun, um die Aufmerksamkeit auf sie beide zu lenken, sollte ihnen jemand folgen wollen.

Die Antwort werde kommen, ohne Zweifel, doch bis dahin sei es wohl besser, wie ein programmierter Roboter rhythmisch zu marschieren, sagte sie sich. Sie betastete den Boden ihres Rucksacks, prüfte noch mal das Gewicht; zwar spürte sie den Druck des etwa zwei Kilo schweren Hammers an ihrem Rücken, doch es war erträglich, da sie das Werkzeug in ein Badetuch gewickelt hatte.

Unter das Tschilpen einzelner früher Vögel mischte sich das ferne Geräusch eines Automotors. Als habe sie den sechsten Sinn, spürte Julia ein Prickeln im Nacken, als der Wagen irgendwo in der Nähe des Rastplatzes anhielt und dann weiterfuhr. Sie lauschte und hörte, dass der Wagen von der Hauptstraße abbog. Als sie aufblickte, bemerkte sie, dass Carter ebenfalls die Ohren spitzte und sie bemerkte sein verbissenes Lächeln.

Der Anfang der Tour war ein ermüdend gleichmäßiger, steiler Anstieg. Hier und da fanden ihre Hände Baumstümpfe als Griff, Gesteinsbrocken boten sich als geeignete Fußstützen an.

Sie kamen in eine Zone, wo ein Feuer gewütet hatte, und ihre Hände wurden schwarz vom Berühren rußiger Borke. Unter ihren Füßen zerfiel verbranntes Gras, vermengte sich mit den Resten der toten Landschaft, die sich von der nächsten Regenzeit eine Wiedergeburt erhoffte.

Nach einer halben Stunde machten sie Halt, um für einen Augenblick die Frische des jetzt rot gestromten Morgens zu genießen. Recht weit entfernt, hatte die Welt dort unten etwas Phantastisches. Nebel war aufgestiegen, waberte über die Staumauer, legte sich über das trockene Bett des Mashumba und überflutete schier die nahe gelegenen Ortschaften. Carter blickte nach oben. Obwohl der Wald eher licht war, standen die Bäume dort oben dicht genug, um die Sicht nach etwa dreißig Metern mehr als einzuschränken. Ideal, dachte er und neigte leicht den Kopf, um zu lauschen. Nur das sanfte Brummen des Pendlerverkehrs war zu hören, ein befremdliches Geräusch, wenn man es ohne den Doppler-Effekt wahrnahm.

Sie setzten ihre Wanderung fort, und nach einer weiteren halben Stunde wurde die Steigung sanfter und das Gehen erleichtert. Carter widerstand dem Drang, einen Blick über die Schulter zu werfen. Da war dieses Kribbeln, das vage Empfinden, von feindseligen Augen fixiert, von Füßen feindseliger Menschen verfolgt zu werden. Er fragte sich, ob Julia ähnlich empfinde. Es war ein Gefühl, das vielen im Simbabwe-Krieg das Leben gerettet hatte, und zwar auf beiden Seiten. Carter schob es beiseite und konzentrierte sich mehr auf den Muskelkater in seinen Beinen, ein Vermächtnis der Anstrengungen des gestrigen Tages. Gleichzeitig achtete er bewusst auf alle Geräusche. Das Muhen einer Kuh. Rhythmisches dumpfes Pochen einer Bewässerungspumpe. Aber nichts, was darauf hindeutete, dass man sie beide aufgespürt und die Verfolgung aufgenommen hatte. Die letzte Etappe war besonders Kräfte zehrend. Abwechselnd steile, dann wieder flache Gesteinsformationen bildeten eine gewundene Kette von Stufen. Jede Steigung versprach, Carter und Julia auf den

Gipfel zu bringen, doch jedes Mal entzog sich ihnen die Bergspitze hartnäckig.

Endlich erhob sie sich aus einem dunklen Wald, rötlich grau und mit Flechten überzogen. Wie Carter von Grenville erfahren hatte, führte ein Pass durch die Masse des ansonsten unüberwindbaren Felsens. Zu beiden Seiten des Passes ragte rostfarbene Gesteinsmasse auf.

Julia und Carter bewegten sich durch diese düstere Passage, die angefüllt war von geisterhafter Stille, die nur einmal vom Schrei eines unsichtbaren Vogels zerrissen wurde, der um sein vermeintlich gefährdetes Nest bangte. Das war der Moment, als Carter die abergläubischen Vorstellungen und die Ängste verstand, die Einheimische mit solchen Orten verbanden.

So unvermittelt sich ihnen diese bedrückende Passage eröffnet hatte, so unvermittelt gab diese Passage sie auch wieder frei, und sie traten hinaus in strahlendes Sonnenlicht, betraten etwas, was ihnen nach allem wie das Dach der Welt erschien. Nach Süden, in Richtung Harare, flachte die Landschaft ab und unter ihnen, im Nordwesten, breitete sich das Mashumba Tal aus wie ein welliger Gobelin. Der Halbmondhügel ragte über eine niedrige Hügelkette, doch im Vergleich zum mächtigen Iron Duke wirkte alles andere auf märchenhafte Weise geschrumpft.

Carter atmete tief durch, genoss eine Luft, die von menschlichen Aktivitäten unberührt war. Er holte die beiden Wasserflaschen aus dem Rucksack und reichte Julia eine davon. Während er trank, fielen ihm die Fotos ein, die er oft im *National Geographic* gesehen hatte: Bergsteiger, die die Besteigung eines bislang jungfräulichen Gipfels begießen.

Julia schnallte ihren Rucksack ab und legte sich auf eine flache Felsplatte. Schweiß glitzerte auf ihrem Gesicht.

»Wie weit noch?«, fragte sie.

»Nicht mehr weit. Laut Grenville sind wir praktisch schon am Ziel.«

Carter legte seinen Rucksack wieder an und stapfte los. Julia erhob sich unter Ächzen und Stöhnen, legte ihren Rucksack ebenfalls an und folgte Carter.

An einer Stelle, wo sich der Bergrücken sanft aufwärts neigte, während links zwei parallele Felsvorsprünge um den Berg herum verliefen, blieb Carter stehen. »Hier ist es! Grenville sagt, dass der obere Weg der leichtere ist.«

Gefolgt von Julia, bewegte sich Carter den oberen Felsvorsprung entlang. Nach etwa zehn Metern wurde der Vorsprung schmaler und Carter war gezwungen, sich festzuhalten. Vor ihm in der Felswand tat sich ein Spalt auf, eine dunkle Nische, und als seine Hand Halt suchend danach griff, kam Bewegung in die Nische und im selben Augenblick schoss ein Schwarm Bienen nach außen ins Sonnenlicht.

Der Schrecken hätte Carter fast die Balance gekostet, erst im letzten Moment gelang es ihm, sich an ein Stück Felsen zu klammern. Er blickte hinunter, direkt auf einen Baumstumpf, der, spitz wie eine Nadel, aus der Seite des Berges herausragte. Nicht auszudenken, was passiert wäre, hätte er keinen Halt gefunden.

Er blieb stehen, die brummende Wolke afrikanischer Bienen vor seinem Gesicht. Carter wagte nicht einmal, mit den Augen zu zwinkern, ein einziger Stich wäre sein Verhängnis, denn er würde eine wahre Flut von Attacken dieser kleinen gelb-braunen Torpedos auslösen. Also verharrte er reglos, ewig, wie ihm schien, bis der Bienenschwarm sein dunkles Nest wieder in Beschlag nahm. Julia hatte inzwischen den Rückzug angetreten und auch Carter ging dorthin zurück, wo der Felsvorsprung begann.

»Mein Gott!«, stieß er hervor, als er neben Julia stand. »Das war haarscharf.« Dann, nach einem Moment des Nachdenkens, sagte er entschlossen: »Wir müssen den unteren Weg nehmen.«

Bevor sie den unteren Felsvorsprung betraten, trampelte Carter einen der seltenen mit Gras bewachsenen Flecken nieder. Julia schüttelte den Kopf, wohl wissend, wie zwecklos es war, Carter nach dem Grund seines Tuns zu befragen und aus ihm herauskitzeln zu wollen, weshalb er so bereitwillig Spuren legte.

Vorsichtig, beinahe Zentimeter für Zentimeter tasteten sie sich den Vorsprung entlang.

Was auch immer sie sich vorgestellt hatten – der Eingang war nichts als ein niedriges, enges Portal. Carter nahm seine Taschenlampe heraus und leuchtete hinein.

»Sieht nicht so aus, als wären da irgendwelche Tiere drin«, sagte er.

Sie rissen ein widerliches Gespinst aus Spinnweben beiseite und betraten die absolute Dunkelheit.

Der Eingang führte in eine Reihe hintereinander liegender Kammern, jede kleiner als die vorhergehende, doch jede für sich genommen recht groß.

Als sie in der dritten Kammer standen, legte Julia ihren Rucksack ab, nahm ihre Taschenlampe und den Hammer heraus, wickelte ihn aus dem Frottiertuch und reichte ihn Carter. Dann richtete sie den Strahl ihrer Taschenlampe auf die hintere Wand und Carter holte mit dem Hammer aus und fing an zu schlagen. Zuerst schlug er auf die rechte Seite der Wand, es gab einen soliden Widerhall. Langsam arbeitete er sich die gesamte Wand entlang, immer in Schulterhöhe.

Ohne Ergebnis. Er nahm sich eine tiefere Stelle vor und wieder der Klang von Metall auf Fels. Dann, etwa in der Mitte der Wand, erzeugte sein Hammer ein hohles Echo. Mörtelpartikel lösten sich und wirbelten im Strahl der Taschenlampe durch die Luft. Mit den Fingerknöcheln klopfte Carter diesen Bereich der dreihundert Jahre alten Wand ab und schätzte, dass sich dahinter eine Kammer von zirka einem Quadratmeter befinden musste.

Er nahm den Hammer wieder auf und schlug damit gegen den vermuteten Mittelpunkt der künstlichen Wand. Er hatte den Schlag derart kraftvoll ausgeführt, dass der Hammer fast dem Stein folgte, der nun ein Loch in der Wand hinterlassen hatte. Insgesamt drei Ziegelsteine verschwanden nach hinten, in die dunkle Höhle.

»Licht!«, rief Carter ungeduldig.

Julia hockte sich neben ihn, den Strahl der Taschenlampe auf die Öffnung gerichtet, während Carter hektisch die gelockerten Ziegelsteine entfernte. Er zog und zerrte an einem großen Brocken, der bereits recht lose saß, bis der Brocken nachgab und begleitet von einer Staubwolke herunterkrachte. Das Licht schnitt durch den Staub und warf die Reflexe von 24-karätigem Gelbgold zurück.

Carter und Julia waren sprichwörtlich geblendet von diesem Funkeln. Zwischen den Resten einst fester Lederbeutel, die in der anfangs feuchten Luft Schimmel angesetzt hatten und dann, als diese Luft über die Jahrhunderte hinweg verdunstete, zu harten Hülsen degenerierten, lag Goldstaub, der gesamte Boden der Kammer war bedeckt mit Goldstaub.

Der Lichtstrahl wanderte in der Kammer umher, als sei

er auf der Suche nach einem schwer fassbaren Ziel, um es schließlich einzufangen: Ein dreihundert Jahre altes, grobes Abbild Jesu Christi am Kreuz. Nach Carters Schätzung war es etwa zwanzig Zentimeter hoch und vierzehn Zentimeter breit. An allen vier Enden sah man ein kantiges Dreiblatt, das in seiner Form an ein Kleeblatt erinnerte und so eine wenig filigrane Arbeit abrundete.

Carter beugte sich nach vorn und packte das Kreuz mit beiden Händen. Eine Scheu befiel ihn, eine Scheu mit nahezu abergläubischen Zügen, und er versuchte, jeglichen Kontakt mit den Haufen aus Goldstaub zu vermeiden, als befürchte er, die Sage von König Midas könne sich verkehren und aus Gold würde wertloser Staub. Endlich hatte er das Kreuz aus seinem Versteck befreit und legte es jetzt vorsichtig auf dem Boden ab. Das Antlitz des Messias sah Carter und Julia mit einer Mischung aus Pein und Gram an, die ihnen die Sprache verschlug. Das an sich simpel gefertigte Bildnis schlug sie in seinen Bann, bis eine Stimme hinter ihnen diesen Bann von ihnen nahm.

»Ich glaube, das gehört mir, Mr. Carter.«

Carter und Julia fuhren herum. Professor Armitage hielt eine Tokarew auf sie gerichtet. Selbst in dem diffusen Licht der Kammer erkannte man sein unnatürlich schwarzes Haar und die funkelnden Katzenaugen. Die ungewöhnlich saloppe Kleidung des Professors machte es Carter schwer, in diesem verzweifelten Killer den arroganten Akademiker wiederzuerkennen, dem er vor zwei Tagen zum ersten Mal begegnet war.

»Werfen Sie Ihre Waffe hier herüber, Miss Machaya. Langsam! Wir wollen doch nicht, dass uns ein ähnliches Malheur passiert wie gestern meinen Moscans.«

Julia krempelte das Bein ihres Overalls hoch, schnallte das Halfter ab und warf es dem Professor vor die Füße.

»Jetzt stehen Sie bitte beide auf und stellen sich mit dem Rücken zu mir.« Als er sah, dass sie zögerten, fügte er hinzu: »Keine Sorge, ich will Sie nur durchsuchen.«

Als Professor Armitage hinter sie trat und Carter abtastete, sagte der: »Ich kann verstehen, warum Sie die drei als *meine Moscans* bezeichnen. Schließlich waren es Ihre Schwager.«

Armitage hielt inne.

»Das wissen Sie?«, fragte er, nachdem der kurze Moment der Überraschung vorüber war.

»Eine durchaus begründete Schlussfolgerung. Am späten gestrigen Abend teilte mir Detective Chief Inspector Machaya telefonisch Interessantes über eine mosambikanische Bande mit, die man *Die Brüder* nennt. Die Namen der drei lauten Eduardo, Leonardo und Juan, viel aufschlussreicher hingegen ist ihr Familienname – Caiado. Nun glaubte ich, damit das letzte Teil des Puzzles gefunden zu haben und ging davon aus, dass der Mädchenname Ihrer Gattin Caiado sei. Bestimmt können Sie sich meine Überraschung vorstellen, als sich herausstellte, dass der Mädchenname Ihrer Gattin Cruiz lautete, Isabella Armitage, geborene Cruiz. Also musste ich noch weiter zurückgehen und fand auf der Geburtsurkunde Ihrer Frau den Namen ihrer Mutter: Marta Cruiz, geborene Caiado.«

»Caiado!«, rief Julia aus. »Da war doch was ... «

»Antonio Caiado war ein portugiesischer Kaufmann am Hofe des Königs von Monomatapa, als Pater da Silveira ermordet wurde«, erklärte Carter. »Und Vasco Caiado war der Statthalter des Mashumba-Handelspostens, als Pedro Combais verschwand, während der Handelsposten von den Rozvi belagert und später gestürmt wurde.«

Armitage war jetzt mit der Durchsuchung fertig, ging vorsichtig um die beiden herum und baute sich vor ihnen auf. »Sie sind überaus clever, Mr. Carter«, sagte er mit einem durchdringenden Blick. »Die Mutter meiner Frau war die letzte gebürtige Caiado. Sie heiratete standesgemäß und überzeugte ihren Mann, sich in Mosambik geschäftlich niederzulassen. Warum sie so sehr darauf bedacht gewesen war, wurde ihm erst bewusst, nachdem er sich in Mosambik als angesehener Geschäftsmann etabliert hatte. Seine Frau war besessen von der Suche nach da Silveiras Gold, ihrer Familie wegen, aber auch aus Rachegelüsten gegenüber der Familie Combais.«

»Das war doch bereits eine Ewigkeit her«, warf Julia ein.

»Für uns wäre das natürlich alles Geschichte und hätte keinerlei Relevanz für die Gegenwart. Man kann nicht jemanden für die Vergehen seiner Vorväter verantwortlich machen. Die Familie meiner Frau hat hingegen eine gänzlich andere Einstellung – Südländer eben, hitzige Naturen. Jeder kennt den Begriff Vendetta, und Familienfehden unter Südeuropäern können sich über Jahrhunderte hinziehen. Und manchmal werden sie auch über Kontinente hinweg geführt.« Armitage schwieg für einen Moment und fuhr dann fort.

»Marta Cruiz' Besessenheit erwies sich als verhängnisvoll. Ihr Ehemann wollte nichts davon wissen. Es kam zur Trennung und in ihrer Verzweiflung griff sie zur Flasche – «

»Und wurde eine Prostituierte«, warf Carter ein.

Zorn blitzte in Armitages Augen auf. »Meine Frau und ich goutieren diesen Ausdruck nicht. Sie wurde auf die Straße geworfen, war nahezu mittellos. Am Ende lebte sie mit einem Schwarzen zusammen und nahm ihren Mädchennamen Caiado wieder an, um ihre Tochter und ihren Mann, der vor Gott immer noch ihr Ehemann war, nicht zu kompromittieren.«

»Also waren Eduardo, Leonardo und Juan die Halbbrüder Ihrer Frau«, stellte Julia fest.

»Sie waren meine Schwager, leider«, sagte Armitage mit unverhohlener Verachtung. »Sie gerieten auf die schiefe Bahn, kein Wunder, betrachtet man ihre Erziehung, und der Bürgerkrieg tat sein Übriges. Er hat Killer aus ihnen gemacht, Banditen und Räuber. Abschaum!«, stieß er leidenschaftlich hervor.

»Aber Sie haben sie doch für Ihre Drecksarbeit angeheuert, in Beira, nehm ich an.«

»Sie sehen mich erneut überrascht, Mr. Carter. Eine weitere Vermutung?«

»Eine Schlussfolgerung, Professor. Der Vater Ihrer Frau führte seine Geschäfte in der Hafenstadt Beira und Marta wohnte dort ebenfalls. Was läge also näher?«

Der Professor nickte. »Bravo! Meine Frau und ich haben uns der Hilfe ihrer Halbbrüder versichert, nachdem Combais mir das Ammenmärchen von Nachforschungen in Sachen Familiengeschichte aufgetischt hatte. Dazu müssen Sie wissen, dass Marta den Giftstachel der Rache in jedes ihrer Kinder gepflanzt hatte, und so bot sich meiner Frau die ideale Gelegenheit, Vergeltung zu üben und die Familienehre wiederherzustellen.«

Jetzt wurde Julia laut. »So also sieht Ihre Entschuldigung aus, Professor!«, stieß sie hervor.

»Es ist keine Entschuldigung«, sagte Carter, »es ist das Motiv, nach dem wir gesucht haben, das Motiv, das stark genug ist, um dafür zu morden. Die Frau des Professors ist die treibende Kraft.«

»Blödsinn!«, schrie Armitage.

»Aber der Professor wird sich eingeredet haben, dass es noch andere Gründe gebe, nur um auf den Plan seiner Frau einzugehen.«

»Und ob es andere Gründe gab, verdammt noch mal!« Armitage hatte Mühe, sich zu sammeln. »Das Gold ... das Gold kommt mir gelegen – schließlich sind die Gehälter der Beamten nicht sonderlich hoch, Gleiches gilt für die Pensionen.« Ein Ausdruck der Verzweiflung gepaart mit Bedauern huschte über Armitages Gesicht. Er schüttelte den Kopf und sagte: »Ich würde das Kreuz niemals zerstören oder einschmelzen lassen. Ich werde eine Ausgrabung vortäuschen und so tun, als hätte ich es gefunden. Ich bin kein Vandale. Ich werde nicht das Erbe der Nation zerstören.«

»Wie edel von Ihnen«, bemerkte Julia trocken.

In einem zaghaften Versuch, sich zu rechtfertigen, wandte sich Armitage an Carter. »Ich brauche das Gold, um mein Lebenswerk zu vollenden – *Die portugiesische Kolonisation und Besiedlung des subsaharischen Afrikas*. Die Regierung von Simbabwe hat weitere Gelder verweigert. Einsparungen, sagen sie. Und Hilfsorganisationen geben Unterstützungen bevorzugt an korrupte Beamte, die die Mittel veruntreuen.« Seine Stimme bebte vor Wut angesichts einer ignoranten Welt. »Sie sehen keinen Nutzen in einer wissenschaftlichen Studie. Siebzehn Bände habe ich geschrieben, Mr. Carter. Siebzehn! Und nur noch acht sind zu schreiben.«

Armitage zitterte am ganzen Körper, als er darum kämpfte, sich wieder unter Kontrolle zu bekommen.

»Rechtfertigt Ihr Werk so viele Tote?«, fragte Julia bitter.

»Ihrer beider Tod wird die Anzahl sogar auf neun erhöhen. Na und? Krieg, Hunger, Krankheiten. Wie viele Tausend sterben Tag für Tag auf diesem Planeten? Denken Sie mal darüber nach. Und wofür sterben sie? Für nichts! Mein Werk ist ein Monumentalwerk. Manchmal müssen Unschuldige leiden, wenn höheres Recht nur durch begangenes Unrecht durchgesetzt werden kann.«

Carter schnaubte verächtlich und kitzelte damit des Professors Arroganz.

»Sie halten sich für sehr klug, Mr. Carter. Wie Sie da Silveiras Gold aufgespürt haben, nicht wahr? Jetzt werde *ich* Ihnen mal etwas verraten, das Ganze war geplant! Glauben Sie wirklich, Rodrigo Combais habe mir die Geschichte von Pedro Combais erzählt? Der Vortrag, den ich Ihnen gehalten habe, war nichts weiter als eine überzeugende Mischung aus hinlänglich bekannten historischen Fakten und Geschichten, die sich über Generationen hinweg hartnäckig in der Familie Combais hielten. Es ging nur darum, Ihren Appetit anzuregen, was mir gelang, und den Verdacht auf die zwei Museumsmitarbeiter zu lenken. Zwangsläufig drängte sich Ihnen die Frage auf, ob Combais den beiden die Geschichte seines Ahnen ebenfalls erzählt habe, und wenn ja, warum die zwei weder Sie noch die Polizei darüber informierten. Wirklich, Mr. Carter, Sie haben funktioniert wie ein Uhrwerk.«

Ungläubig sah Julia ihn an. »Aber es gab Details in dieser Geschichte, die nur Pedro Combais wissen konnte.«

»Sehr richtig«, schaltete sich Carter ein. »Der Professor

hatte sich schließlich Zugang zu Combais' Hotelzimmer verschafft, und während Combais ermordet wurde, konnte er in aller Ruhe nach den Familiendokumenten und Aufzeichnungen suchen.«

»Die allerdings höchst unergiebig waren. Combais war zwar auf die Verbindung zu Cairn Brae gestoßen, aber nicht weiter gekommen. Mir erging es ähnlich. Doch dann erschien James Carter auf der Bildfläche, ein egomanischer Expolizist, den man reaktiviert hatte. Ich setzte darauf, dass Verve und Lust aufs Rampenlicht – Eigenschaften, für die Sie nun mal bekannt sind – Sie immer noch fest im Griff haben, und wurde nicht enttäuscht. Wie schnell Sie in der Ermittlungsarbeit vorankamen, ließ mich hoffen, dass Sie mich alsbald ans Ziel führen. Doch mit einem Male wendete sich das Blatt. Die Halbbrüder meiner Frau hatten strikte Anweisung, Sie zu töten, sobald das Versteck kein Rätsel mehr war. Warum es dazu nicht gekommen ist ... nun, das spielt keine Rolle mehr. Am Ende haben Sie mich hergeführt.«

Der Professor machte eine Pause. Als er fortfuhr, drückte seine Körpersprache Bedauern aus.

»Es tut mir aufrichtig leid, dass es so enden muss«, sagte er und hielt die Pistole fest umklammert. »Wären Sie doch nur über Ihren Schatten gesprungen und hätten mit der Polizei kooperiert, dann stünden wir nicht hier.«

»Sie irren. Er hat mit uns kooperiert. Und jetzt legen Sie die Waffe weg, Professor Armitage.« Es war die Stimme Gotoras, die wie aus dem Nichts kam.

Armitage blickte zum Eingang der Kammer, wo Gotora und Machaya standen. Für einen Moment verunsichert, richtete er die Tokarew auf die beiden, dann richtete er sie wieder auf Carter und Julia. »Habt ihr's?«, fragte Carter.

Gotora nickte.

»Wir haben das ganze Geständnis«, sagte Machaya.

Diesen kurzen Augenblick nutzte Armitage, und in einer schnellen, für alle überraschenden Bewegung setzte er Julia den Lauf der Waffe an den Nacken.

»Es ist vorbei, Professor Armitage«, sagte Machaya betont ruhig. »Sie können das Mädchen loslassen. Es gibt kein Entkommen für Sie.«

Armitage ignorierte ihn.

»Lassen Sie Ihre Waffen fallen, meine Herren. Offenkundig verkennen Sie die Situation«, sagte er. Nachdem Gotora und Machaya ihre Waffen auf den Boden geworfen hatten, fuhr Armitage fort: »Oder glauben Sie wirklich, ich würde nicht abdrücken? Was hätte ich schon zu verlieren? Ihnen ist es gelungen, meinen Ruf und mein Leben zu ruinieren. Das bedeutet dennoch nicht das Ende. Sie wären beeindruckt, wie viele Länder bereit sind, einen Mann zweifelhaften Leumunds aufzunehmen, wenn nur der Preis stimmt.« Er nickte Carter zu. »Machen Sie Ihren Rucksack auf und leeren Sie ihn aus.«

Carter beugte sich über den Rucksack, löste die Riemen, öffnete den Verschluss und nahm die zwei Wasserflaschen heraus und eine Packung Probenbeutel, die er sich von der Minengesellschaft besorgt hatte.

»Den Goldstaub«, zischte Armitage. »Füllen Sie die Beutel mit dem Goldstaub.«

Carter machte sich an die Arbeit, schaufelte den Goldstaub mit beiden Händen zusammen und ließ ihn in die Beutel rinnen. Jeder Beutel wurde oben sorgfältig verknotet, bis am Ende das Dutzend aufgebraucht war.

»In den Rucksack!«, sagte Armitage knapp.

Nachdem Carter die Beutel im Rucksack verstaut und

ihn verschlossen hatte, hob er ihn an. Zwar hatte er lediglich knapp die Hälfte des Goldstaubs verpacken können, dennoch hatte der Rucksack ein Gewicht von gut zwanzig Kilogramm.

»Geben Sie ihm den Rucksack, Carter«, Armitage deutete mit dem Kopf auf Machaya. »Und Sie werfen ihn nach hinten, in die Kammer. Ich warne Sie, es ist Ihnen einmal gelungen, mich zu übertölpeln, der nächste Versuch endet tragisch für die junge Frau.«

Machaya folgte seinen Anweisungen.

»Kommen wir jetzt zum letzten Teil der Operation«, sagte Armitage. »An die Wand mit Ihnen, alle drei, Gesichter zur Wand, Hände hinter den Kopf.« Bereitwillig befolgten Gotora, Machaya und Carter den Befehl. Schließlich wurde Julia von Armitage gepackt, der sich anschließend mit ihr als menschliches Schutzschild rückwärts auf den Eingang der Kammer zubewegte. »Die Zeit des Abschieds ist gekommen. Adieu, meine Herren.« Mit diesen Worten stieß er Julia auf den Boden und war verschwunden. »Er ist weg«, rief sie und sprang auf, bereit, Armitage nachzusetzen. »Bleib um Gottes willen hier, Julia«, schrie Machaya. »Er hat keine Chance. Überall sind Polizeikräfte.«

Draußen kletterte Armitage den oberen Felsvorsprung entlang. Er hatte sich nach kurzer Orientierung für diesen Weg entschieden, der ihm sicherer erschien als der, auf dem er gekommen war. Zu sehr damit beschäftigt, das Gleichgewicht zu halten, da der schwere Rucksack auf seinem Rücken den Gesetzen der Schwerkraft gehorchen wollte, erkannte er nicht die Gefahr, die in dem Schlitz lauerte, den seine rechte Hand als willkommene Stütze begriff.

Sein erster Eindruck war der eines warmen Luftstroms, der aus dem Spalt austrat. Dann stieß unter seinen Fingern ein kleiner, pelziger Körper seine selbstmörderische Nadel in die weiche Kuppe seines Daumens.

Armitage schrie auf vor Schmerz und ließ instinktiv los. Sein Schrei, als er fiel, war bis in die dritte Kammer zu hören. Carter stürmte hinaus, blickte sich um, blickte nach oben, dann nach unten und musste begreifen, dass den Professor ein Schicksal ereilt hatte, dem er, Carter, kurz zuvor knapp entronnen war. In einer merkwürdig verrenkten Haltung hing Armitage über dem Baumstumpf, die schwertscharfe Spitze ragte aus seinem Körper. Nicht nur das Rückgrat gebrochen, dachte Carter, sondern auch gepfählt. »Oh Gott!« Julia, die hinter Carter getreten war, stöhnte auf. Gotora beugte sich vor. »So viel zu Professor Randolph Armitage«, bemerkte er mit beißendem Zynismus. »Wenn ihr mich entschuldigen wollt, ich habe jetzt wohl einen Einsatz zu koordinieren.« Mit einem knappen Nicken verabschiedete er sich und machte sich vorsichtig auf den Weg zurück.

Carter ging in die Kammer. Ob er wollte oder nicht, er empfand Mitleid mit Armitage. Nicht allein die wissenschaftliche Obsession hatte ihn zum Mörder werden lassen, im Grunde war es die bedingungslose Liebe zu seiner Frau, die ihm buchstäblich das Genick gebrochen hatte. Gedankenversunken wickelte er das Kreuz in das Badetuch. Armitage hatte Wort gehalten. Ein Stück des kulturellen Erbes des Landes war und blieb für ihn tabu. Statt ein einzigartiges Kunstwerk zu stehlen, hatte er sich mit dem Goldstaub zufrieden geben wollen.

Noch umsichtiger als auf dem Hinweg, machten sich Carter, Julia und Machaya auf den Weg zurück. Als sie an die Stelle kamen, wo es in die Passage ging, entschlossen sich die drei, eine kurze Pause einzulegen. Sie setzten sich in den Schatten des alles überragenden Gipfels, und die beiden Männer befanden, dass es jetzt Zeit für eine Zigarette sei. Carter traf zum ersten Mal die Erkenntnis, dass der Fall gelöst und sein Job zu Ende war.

Julias robuste Natur hingegen hatte die Ereignisse schnell nach hinten gedrängt und Platz für Wut geschaffen. »Warum haben Sie mir nichts gesagt, Jim? Sie haben das alles eingefädelt, im Übrigen gemeinsam mit dir, Dad«, sagte sie mit einem funkelnden Blick auf ihren Vater, »und mich völlig im Unklaren gelassen.«

Carter atmete tief durch. »Uns blieb nichts anderes übrig, Julia. Wir konnten Sie nicht einweihen. Da war die Gefahr, dass Sie unbeabsichtigt etwas verraten. Ein lässiger Blick über die Schulter hätte genügt, um Armitage zu signalisieren, dass wir freiwillig als Köder für ihn posieren ... Pardon, Julia, in Ihrem Falle natürlich nicht ganz so freiwillig.« Julia grinste ihn an.

»Mit anderen Worten, es stand für euch außer Frage, dass Armitage der Drahtzieher ist, beziehungsweise war«, sagte sie.

Machaya übernahm die Erklärung.

»Beweise hatten wir nicht, nur einen Verdacht, und der wurde erhärtet durch die Tatsache, dass der Professor auf Grund seiner Ehe verwandt war mit der Familie Caiado. Sicher besinnst du dich auf Jims Schilderungen von Armitage, als der Professor so überaus emotional vom tapferen Sterben eines Vasco Caiado berichtete und von der erbärmlichen Feigheit eines Pedro Combais. Das brachte uns auf die Spur der Familienfehde. Zum Glück haben uns die Botschaften Portugals und Mosambiks zügig mit Material über Marta Caiado versorgt.«

»Ja, aber wieso Armitage?«, hakte Julia nach. »Es hat doch vieles gegen Cecelia Drake und Josiah Zulu gesprochen.«

Carter nahm einen tiefen Zug aus seiner Zigarette. »Darf ich Sie daran erinnern, Julia, dass Sie selbst Verdachtsmomente gegen ihn formuliert haben. Mit einer gewissen Vehemenz haben Sie auf unserer Lagebesprechung am Dienstag darauf hingewiesen. Sie haben den Gedanken nur nicht weiter verfolgt. Manchmal«, Carter klopfte sich auf den Bauch, »manchmal sollte man genau hinhören, was der hier zu sagen hat.«

»Stimmt«, erwiderte Julia schlicht.

»Zudem legte der Professor eine Reihe falscher Spuren, um uns zu verwirren. Die Frau, die im Landesvermessungsamt Landkarten kaufte, ihr Aufzug, das war zu offensichtlich, um eine echte Tarnung zu sein. Doch wenn die dunkelhäutige Frau nicht Cecelia Drake gewesen war, um wen hatte es sich dann gehandelt? Das Foto von Isabella Armitage im Büro des Professors war das einer Frau mit *sehr* dunklem Teint. Selbst das Hineinschmuggeln von Landkarten in Ms. Drakes Büro konnte mich nicht verwirren. Im Museum gibt es eine vollständige Sammlung, weshalb hätte Ms. Drake sich die Mühe machen sollen, extra ins Landesvermessungsamt zu fahren? Nein, das alles roch nach einer abgekarteten Sache, widersprach jeglicher Logik.«

»Und wie kommen Sie darauf, dass Armitage der Drake die Karten untergejubelt hat?«, fragte Julia

»Ganz einfach«, erwiderte Carter, »er erzählte mir, dass er im Museum gewesen sei, um Band 17 seines Monumentalwerks für Ms. Drake abzugeben. Zuvor untersagte er mir das Rauchen, weil er eine Allergie gegen Zigarettenrauch habe, und richtig, er hatte einen Husten, also musste er kürzlich Rauch ausgesetzt gewesen sein. Zum Beispiel in Ms. Drakes Büro, wo die Luft zum Schneiden dick ist. Ms. Drake erzählte mir hingegen, der Professor habe ihr das Buch ausgehändigt, aber der Professor betonte ausdrücklich, dass er es abgegeben habe. Tatsächlich muss es so gewesen sein, dass sich Armitage in Ms. Drakes Büro schlich – ziemlich früh, als sie noch nicht am Arbeitsplatz war –, die Karten unter das ganze Durcheinander auf ihrem Schreibtisch legte und sich wieder hinausstahl. Später dann, als sie anwesend war, kam er ein zweites Mal und gab ihr das Buch.«

»Und er wusste von Benjamin Sakala, dass Sie bald kämen und platzierte die Karten so, dass Sie sie nicht übersehen konnten. Aber dann hätte Ms. Drake die Karten ebenfalls finden müssen, oder?« Julia war mehr als skeptisch.

»Ms. Drake ist das, was man eine geniale Chaotin nennt. Sie haben Ihren Schreibtisch nicht gesehen, Julia. Ich unterstelle einfach, dass sie völlig den Überblick verloren hat, welcher Müll und welche Preziosen sich da gemeinsam die Ehre geben, herumzuliegen.«

»Aber Armitage hätte doch damit rechnen müssen, dass Sie Ms. Drake seinetwegen befragen oder dass sie von sich aus erzählt, dass er in ihrem Büro gewesen ist. Letztendlich steht doch Aussage gegen Aussage«, beharrte Julia.

»Genau. Entweder hat ihn die Logik verlassen oder es war ein weiterer Versuch, mich zu verwirren oder Ms. Drake zusätzlich zu belasten. Vielleicht auch in der Hoffnung, dass er als seriöser Akademiker glaubhafter daherkäme als eine kettenrauchende, attraktive Schwarze.«

»Und was für eine Schwarze!«, Machaya schnalzte augenrollend mit der Zunge und erntete dafür einen erstaunten Blick seiner Tochter.

»Jetzt kapier ich auch deine 10000-Dollar-Frage, Jim. Ein Weihnachtsgeschenk abgeben oder geben – «

Julia blickte verständnislos von einem zum anderen. »Klärt mich bitte mal jemand auf«, sagte sie. Machaya tat es, und sie lachte laut los. »Sie sind wirklich mit allen Wassern gewaschen, Jim. Wie schade, dass Sie nicht weitermachen wollen, von Ihnen könnte ich mir noch einiges abschauen.«

»Viel wäre das aber nicht, was Sie sich abgucken müssten.«

»Danke für die Blumen, aber nun erklären Sie mir noch, wie Sie Josiah Zulu aus dem Kreis der Verdächtigen ausschließen konnten.«

»Es hat eine Weile gedauert, an ihn heranzukommen. Er ist nun mal ein ausgemachter Stoiker. Der Professor war sehr scharfsinnig, wenn es um die Beurteilung anderer ging, und so blieb ihm Zulus Schwärmerei für Ms. Drake nicht verborgen. Zusammen mit dessen privater Situation war das genau der Angriffspunkt. Also beauftragte er vermutlich Eduardo, Zulu mit einem anonymen Telefonanruf aufzuschrecken und zu behaupten, Zulu und Ms. Drake seien in das Visier der Ermittler geraten. Und er erzählte ihm von meiner Absicht, das Museum, sprich ihn aufzusuchen. Glücklicherweise hat Zulu reagiert, wie erwartet.«

»Wieso glücklicherweise?«, fragte Machaya.

»Zuerst hat es mich natürlich verwirrt. Um sich und Ms. Drake aus der Schusslinie zu nehmen, beschloss Zulu, den

Verdacht auf jemand anderen zu lenken. Was seine Person betraf, hatte er natürlich keine Zweifel, aber was war mit Ms. Drake? Selbst Verliebte legen für den anderen nicht automatisch die Hand ins Feuer. Als ihm Armitage am Dienstagmorgen im Museum begegnete und er die Krawattennadel mit dem Panzerhandschuh sah, kam ihm die Idee. Zulu wusste es so zu arrangieren, dass ich die Achselschnüre und das Medaillon des Heiligen Antonius nicht übersehen konnte. Ihm war einfach klar, dass ich Professor Armitage ebenfalls zu dem Mord an Combais befragen würde. Ob nun an diesem Tag, hatte er nicht wissen können, aber einen Versuch war es wert gewesen. Und was das Medaillon des Heiligen Antonius betrifft, sicherlich hatte er Isabella Armitage mit diesem Medaillon schon mal gesehen oder er wusste sogar von der Fotografie auf dem Schreibtisch des Professors in den Archiven.«

»Das klingt nun wirklich sehr weit hergeholt«, widersprach Machaya. »Du sagst also, dass Zulus fingierter Hinweis im Grunde ein echter Hinweis war?«

»Genau das will ich sagen. In seiner Verzweiflung wollte er mich in die Irre führen, tatsächlich aber hat er mir Hinweise auf einem Silbertablett serviert. Mein Fehler war es, sie vorschnell als zufällig abzutun.«

Carter schnippte das qualmende Ende seiner Zigarette in den Sand und blickte hoch in den Himmel. Massen kondensierten Wassers jagten weiß über den Himmel, aber die Schatten, die sie erzeugten, waren dunkel und bedrohlich wie die von Raubvögeln. Unwillkürlich musste Carter an Professor Armitage denken.

Achtzehntes Kapitel

Mühsam bewegte sich die Prozession auf ihrem Weg zum Friedhof den Berg hinauf. Martin Chisungas letzte Sorge erwies sich als unbegründet. Die Riten eines afrikanischen Begräbnisses konnten für ihn durchgeführt werden, denn man hatte seine Leiche gefunden und nun geleiteten seine Freunde Martins Geist zur letzten Ruhe.

Gemeinsam mit den Ältesten der Gemeinde hatte Ronald Grenville alles arrangiert und so war es möglich, die traditionellen Bräuche anzuwenden und die Dienste zu Ehren des Toten abzuhalten.

Ein Pick-up der Minengesellschaft transportierte den Sarg und führte die Prozession an. Das Ende des Trauerzuges bildeten Grenville, Van Rooyen und David Pasula, Chisungas Nachfolger.

Als sie an dem Peugeot vorbeikamen, der vor dem Friedhof stand, scherte Grenville aus und begrüßte Carter. Van Rooyen und Pasula nickten Carter höflich zu und gingen weiter.

»Gut, dass Sie gekommen sind«, sagte Grenville.

»Ich habe Martin zwar nie kennen gelernt, aber es war mir ein Bedürfnis, dabei zu sein.«

Grenvilles Blick glitt über die Menge. »Er war sehr beliebt. Und wenn man bedenkt, dass er keine Familie mehr hatte, sind doch eine Menge Leute gekommen.«

»Sie waren seine Familie, Ronnie«, sagte Carter. »Ohne Sie hätte er keine Chance gehabt. Er wäre niemals das geworden, was er am Ende war.«

Carter spürte die Hilflosigkeit, angemessene Worte angesichts der Trauer zu finden, und es machte ihn wütend, dass dieser alte Mann, der es verpasst hatte, eine Familie zu gründen, jetzt gezwungen war, den wichtigsten Menschen in seinem Leben zu Grabe zu tragen. Es machte ihn wütend, dass ein junger, viel versprechender Mensch flach und kalt in einer Kiste lag, weil andere ihre Gier nicht zu zügeln wussten.

Als könne Grenville Gedanken lesen, sagte er:

»Es ist schon eine bittere Ironie. Mein ganzes Leben bin ich dem Gold nachgejagt, nur um reich zu werden, und das Einzige, was wirklich gezählt hat in meinem Leben, wird durch die Gier des Menschen nach Gold zerstört. Dabei sagt man doch, Gold sei das edelste aller Metalle.«

Die beiden Männer gingen zur Begräbnisstätte. Ein Dorfältester rief gerade dazu auf, Schuldner und Gläubiger mögen vortreten und öffentlich erklären, was sie schuldeten und was man ihnen schuldig war. Da niemand vortrat, trat David Pasula nach vorn, eine Bibel nervös umklammert, als könne sie ihm Trost spenden. Der neue technische Leiter stammelte einen Nachruf, las eine Stelle aus der Bibel vor und ging zurück in die Menge, um so schnell wie möglich in ihr aufzugehen.

Während der Sarg langsam hinuntergelassen wurde, stimmte eine Gruppe von Frauen in Kopftüchern eine Reihe von Liedern an, eine Mischung aus traditionellen und christlichen Liedern, die nicht erkennen ließ, welcher Kultur, der afrikanischen oder der westlichen, das Vorrecht gebührte.

Nachdem man die Seile, die zum Herablassen des Sarges benutzt worden waren, eingeholt hatte, fand der persönlichste Teil des Begräbnisses statt. Ehemalige Schulkameraden und Kollegen Martin Chisungas holten Spaten und begannen, kleine Haufen Erde vom Haufen neben dem Grab in das Loch zu schaufeln.

»Kommen Sie!«, sagte Carter zu Grenville, und beide nahmen zwei erschöpften Teilnehmern die Spaten ab und machten sich an die Arbeit.

Das Schaufeln hatte eine therapeutische Wirkung. Die anderen, die neben ihnen schaufelten, die singenden Frauen, alles verschmolz miteinander und wurde zum Ansporn, mehr und schneller zu arbeiten.

Nachdem sie sich den rosa Friedhofsstaub von den Hosen geklopft hatten, machten sich Carter und Grenville auf den Weg zu ihren Fahrzeugen. Carter erklärte Grenville, dass im Museum eine Pressekonferenz angesetzt sei, in deren Verlauf da Silveiras Kreuz vorgestellt werde und die Umstände, die zu Armitages Tod geführt hatten, erläutert würden.

Als er zu seinem Wagen kam, sang eine Frau ein religiöses Lied zur Melodie von *Auld Lang's Aye* und Carters Gedanken wanderten zurück zu dem Tag, an dem Machaya ihm den Combais-Fall angetragen hatte, zurück zu der bettelnden Frau vor dem Monomatapa-Hotel. Es kam ihm vor, als sei eine Ewigkeit vergangen.

Carter steuerte seinen Peugeot auf einen der wenigen noch freien Parkplätze vor dem Queen Victoria Museum. Er stieg aus, schloss den Wagen ab und lockerte den festen Knoten seiner Krawatte.

Heute war Montag, und seit letztem Donnerstag waren Gerüchte über Professor Armitages plötzlichen Tod in Umlauf, eines abenteuerlicher als das andere, und das Informationsministerium hatte bislang zu allem geschwiegen. Trotz der Geheimnisse, die den Tod des berühmten Gelehrten umgaben, war die Kondolenzseite des *Herald* nie so voll gewesen, sie enthielt sogar Beileidsbekundungen der mosambikanischen und der portugiesischen Botschaft.

Carter überquerte den makellosen Rasen des Museums und betrat das Foyer. Die Pressekonferenz sollte im ersten Stock, im Konferenzraum, abgehalten werden. Er nickte der Angestellten am Empfang zu und ging zur Treppe.

Auf dem Treppenabsatz zum ersten Stock standen Cecelia Drake und Josiah Zulu und erörterten angeregt eine archäologische Frage, die Ms. Drake auf der Pressekonferenz herausstellen wollte. Sie war ganz Überschwang und Temperament, wie immer, und er gab sich ruhig, aber bestimmt. Carter fiel auf, dass sie sehr vertraut miteinander umgingen – von außen betrachtet, ein ungleiches Paar, aber hieß es nicht auch, Gegensätze zögen sich an? Dann verlangte der Museumsdirektor nach Ms. Drake und sie eilte davon.

Zulu bemerkte den Exsonderermittler, als Carter die Stufen hochstapfte, und winkte ihm zu.

»Sie und Ms. Drake scheinen sich ja richtig gut zu verstehen«, sagte Carter mit einem hintergründigen Grinsen.

Zulu trat verlegen von einem Fuß auf den anderen. »Wir hatten in der Vergangenheit unsere Differenzen«, sagte er, »und ich bin mir sicher, wir werden wieder welche haben. Aber ich denke, wir sehen einander jetzt in einem anderen Licht.« Und ohne sich seiner Schüchternheit zu schämen, fügte er hinzu: »Ich glaube, ich war noch nie so glücklich in meinem Leben.«

Welch entwaffnend naive Bemerkung, dachte Carter, vielleicht ist flüchtige Zufriedenheit tatsächlich alles, worauf wir im Leben hoffen können. Und Marias Bild schob sich vor sein geistiges Auge, vage nur, wie ein vor langer Zeit in Verlust geratenes Foto, bei dem das Andenken sich nur auf das Gedächtnis verlassen kann. Gleichzeitig überkamen ihn Schuldgefühle gegenüber Emily und er schwor sich, koste es, was es wolle, mit ihr in den Urlaub zu fahren.

»Mr. Carter!« Zulus Ton klang vertraulich. »Ich weiß, dass Sie vielleicht nichts darüber sagen dürfen, aber Professor Armitages Tod ist äußerst mysteriös.«

Carter ließ sich auf nichts ein. »Wir müssen die offiziellen Stellungnahmen abwarten. Nach der Pressekonferenz wissen wir mehr.«

»Ihnen ist klar, dass ich den Verdacht auf Professor Armitage lenken wollte?«

»Ja.«

»Und Sie sind der Ansicht, ich tat es Ms. Drakes wegen, um sie zu schützen?«

Carter sah den Archäologen misstrauisch an. »Davon bin ich ausgegangen.«

Zulu antwortete nicht sofort, nahm sich Zeit, die Worte abzuwägen. »Ich bin ein sehr intuitiver Mensch, Mr. Carter. Die ganze Zeit hegte ich den Verdacht, der Professor könne in den Tod von Rodrigo Combais verwickelt sein. Aber an dem Tag, als Sie hier auftauchten, da war ich mir sicher. Der Professor und ich, wir begegneten uns im Foyer. Er wollte, so glaube ich, Ms. Drake ein Buch geben.«

»Und was war so seltsam daran?«

»Er sagte, er sei auf dem Weg zu den Archiven, aber er wusste doch von der Studentendemonstration an der Universität und im Zentrum von Harare an jenem Tag. Wäre er normalerweise nicht in der Universität geblieben? Ich meine, um sein Büro im Auge zu behalten?«

»Gut möglich.«

»Dann dürfen wir davon ausgehen, dass auch er wusste, dass Sie kommen.«

Carter musste lachen. »Ich hab schon am Mittwoch gesagt, Sie hätten Polizist werden sollen, Mr. Zulu. Leider bin ich in dieser Angelegenheit an mein Schweigen gebunden. Allerdings habe ich etwas für Sie. Ihre Diskretion in Bezug auf Armitage gegen meine kleine Information.«

»Und die wäre?«

»Sie wollten doch das Skelett identifizieren, das man beim Mashumba-Handelsposten ausgegraben hatte. Das Skelett, zu dem das Medaillon des Heiligen Antonius und die Achselschnüre gehören.«

Zulu hob eine Augenbraue.

»Es sind die sterblichen Überreste des Statthalters dieses Handelspostens, Vasco Caiado.« Mit einem spitzbübischen Lächeln fügte Carter hinzu: »Ich bin sicher, Ms. Drake wird sehr beeindruckt sein, wenn Sie ihr das erzählen.«

»Wollen wir jetzt in den Konferenzraum gehen?«, fragte Zulu. »Aber gern«, erwiderte Carter.

Ein junger Polizist stand vor der Tür des Konferenzraums. Mit der einen Hand stieß er die Tür auf, mit der anderen salutierte er steif.

Im hinteren Teil des Raumes hatte sich eine Schar Journalisten versammelt. Carter stellte sich zu ihnen. Selbstbewusst schlängelte sich Zulu hindurch, ging am Konferenztisch vorbei, wo geladene Gäste saßen, und stieg auf die improvisierte Bühne, um diskret links außen Platz zu nehmen.

Carter sah sich die Leute auf der Bühne genau an. Unter ihnen befanden sich Julia und Tatenda Machaya und auch Ms. Drake. Sie teilten das Rampenlicht mit dem Tourismusminister und dem Kulturminister, die beide mehr als erpicht darauf waren, in den Fokus der Kameras zu gelangen. Tatenda Machaya, in Anzug und Krawatte, hatte man wohl die Funktion des Polizeisprechers aufgedrückt. Stotternd wandte er sich an die Anwesenden. Anders als von gewissen Teilen der Presse behauptet, sagte er, stünden der Unfalltod des Hotelangestellten Benjamin Sakala und der Mord an dem Polizeireservisten Colin Chiwoko in keinem Zusammenhang mit den Geschehnissen rund um die Entdeckung von Pater Gonsalo da Silveiras Gold. Bei den Mördern von Rodrigo Combais, die auch den Tod von Martin Chisunga zu verantworten hätten, handele es sich um eine berüchtigte mosambikanische Bande, deren Mitglieder der Polizei letzte Woche in die Falle gegangen und dabei getötet worden seien.

Machaya schilderte anschließend detailliert, wenn auch wenig überzeugend die Einzelheiten des fiktiven Polizeieinsatzes. Schließlich beschrieb er die Ereignisse, die zum Ableben des Professors geführt hatten.

Der namhafte Gelehrte sei Hinweisen aus alten Dokumenten über Existenz und Lage von Pater Gonsalo da Silveiras Gold nachgegangen. Im Moment des Triumphes, als er die Entdeckung gemacht habe, sei er auf dem Iron Duke von einer Felskante geglitten und in die Tiefe gestürzt.

Ein junger Reporter hob die Hand, und bevor man ihm überhaupt das Wort erteilt hatte, fragte er: »Was ist mit Mrs. Armitage? Wir haben versucht, mit ihr Verbindung aufzunehmen, aber sie ist für niemanden zu sprechen.«

Machaya schüttelte bedächtig den Kopf, als wäre er erschüttert über den Mangel an Mitgefühl, den die Frage des jungen Journalisten zum Ausdruck brachte. Dann erklärte er, dass Mrs. Isabella Armitage über den tragischen Tod ihres Mannes so bestürzt sei, dass sie das Land verlassen habe, um zur Ruhe zu kommen.

Noch bevor weitere peinliche Fragen gestellt werden konnten, gab Machaya das Wort an Ms. Drake weiter, damit sie die Bedeutung des Fundes und die Leistung Armitages erklären konnte. Er nahm wieder neben Julia Platz.

Das Summen eines Diaprojektors setzte ein, Jalousien wurden heruntergelassen, die den Raum jedoch nur unzureichend abdunkelten. Ms. Drake tauchte neben der Leinwand auf und man sah schimmerndes Gold auf einem Hintergrund aus schwarzem Samt.

Sie erklärte, dass das Kreuz aus Sicherheitsgründen in der Reserve Bank von Simbabwe aufbewahrt werde, und zwar so lange, bis das Museum über eine besondere Vitrine verfüge. Allerdings gebe es für die Presse im Anschluss an den Vortrag die Möglichkeit, einen Blick auf das Kreuz zu werfen, ebenso dürfe fotografiert und gefilmt werden. Daraufhin ging ein Raunen durch die Menge.

Aber Carter war taub für Ms. Drakes weitschweifige Ausführungen, er war vielmehr damit beschäftigt, Tatenda Machayas Worte zu verdauen. Der Fall musste eine politische Dimension angenommen haben.

Jetzt entdeckte Julia Carter in der Menge der Journalisten und während Cecelia Drakes trillernde Stimme den Saal erfüllte, öffnete sich Julias Mund und klappte wieder zu.

Tatenda Machaya tätschelte die Hand seiner Tochter und erhob sich.

Carter verstand den Wink und verließ unauffällig den Saal. Draußen kam Machaya auf ihn zu.

»Bevor du mir den Kopf abreißt, Jim, man hat mir wenige Augenblicke vor der Konferenz mitgeteilt, was ich zu sagen hätte. Julia war genauso überrascht wie ich.«

»Aber warum? Warum?«

Machaya zuckte die Achseln. »Ein bedeutender Wissenschaftler ist in einen Mordfall verwickelt. Die Regierung will vermutlich seinen internationalen Ruf nicht beschädigt wissen, zudem würde die wahre Geschichte das Land erschüttern. Vielleicht haben auch die Portugiesen Druck ausgeübt, damit wir den Fall so präsentieren, vielleicht soll niemand erfahren, dass ein Portugiese, der hier ermordet wurde, in das Land kam, um einen Schatz zu stehlen. Zumindest sind die Mosambikaner glücklich: Ihre *Brüder* wurden aus dem Verkehr gezogen.«

»Und was, wenn ich der Presse die wahre Geschichte erzähle?«, fragte Carter.

Machaya sah hinunter auf seine Schuhe.

»Die Regierung wird dementieren. Man hat mich jedenfalls gewarnt, solltest du Ärger machen, dann findet MacPherson plötzlich eine Kugel in Eduardo Caiados Schädel und die hat zu seinem sofortigen Tod geführt.«

Carters verzog das Gesicht und lachte bitter auf. Er wandte sich zur Treppe und sagte: »Wir sehen uns, Tatty.«

»Du musst das verstehen!«, sagte Machaya, aber es war eine Bitte und nicht der Versuch, zu überzeugen.

Als Carter das Museum verließ, schwirrte ihm der Kopf. Armitages Reputation war für die Nachwelt gerettet. Seine Frau hatte zwar alles verloren, aber ihre Freiheit bewahrt und wurde nicht zur Rechenschaft gezogen. Und was war mit Martin Chisunga?

Er suchte in seinen Taschen nach Zigaretten und fand einen Umschlag und seinen Dienstausweis. Beides hatte er völlig vergessen und niemand hatte es zurückgefordert. Während er sich eine Zigarette ansteckte, fragte er sich, welches Hotel wohl das teuerste in Kariba sei. Er beschloss, ein Telegramm an Emily zu schicken. Der Urlaub in Kariba würde keinerlei Kosten verursachen. Die Rechnung ginge an das Tourismusministerium.

****

OUTRO [Stephanie Neumann]

Die Legenden von Ophir war eine unerwartete Entdeckung auf der Buchmesse in Harare anno 99 und ist in jeder Hinsicht auch ein bemerkenswertes Debüt. Es ist Crime-Fiction, die sich historisch und gesellschaftspolitisch dem Alltag im postkolonialen Simbabwe nähert, einem Land, das im südlichen Afrika gelegen, hierzulande kaum Beachtung findet. Gut informiert, schlüssig und spannend wird die Geschichte eines Kriminalfalls entwickelt, der alle Facetten der simbabwischen Gesellschaft berührt. Erzählt wird von der Geschichte Simbabwes, den Folgen des Kolonialismus sowie von Gewaltherrschaft, Raub, Mord und Prostitution im postkolonialen Zeitalter. Schnell wird deutlich, dass sich die Konflikte nicht auf die Differenz zwischen Schwarzen und Weißen reduzieren lassen.

Der Autor Paul Freeman, ein gebürtiger Engländer, lebte von 1990 bis 1996 in einem kleinen Dorf in Simbabwe nördlich der Hauptstadt Harare. Er arbeitete dort als Englischlehrer an einer Realschule. Diese Schule liegt nahe einer Goldmine und inmitten von historisch bedeutenden Orten. Inspiriert durch seine Umgebung, begann Freeman sich für die Mine, die Geschichte Simbabwes und den Goldabbau im südlichen Afrika zu interessieren. Da immer wieder Mitarbeiter des National Museums für Ausgrabungen in diese Gegend kamen, war Freeman über den neuesten Forschungsstand stets bestens informiert. Er konnte schließlich selber an Ausgrabungen teilnehmen. Für Freeman erinnert die Archäologie und der Goldabbau sehr an die Arbeit von Kriminalbeamten. In minuziöser Kleinarbeit figuriert sich oft erst nach langen Ermittlungen ein vollständiges Bild. Ein Kriminalroman über den Goldabbau in der kurzen Zeit der portugiesischen Besatzung Simbabwes zu schreiben lag daher nahe. Freeman wollte mit seinem Text zum einen die Aufmerksamkeit auf die portugiesische Kolonialherrschaft lenken, zum anderen die für ihn friedliche Koexistenz von Schwarzen und Weißen Mitte der 90er Jahre des letzten Jahrhunderts beleuchten. Eine Zeit, die aufgrund der Politik des alternden Robert Mugabes verloren scheint. Die noch 1980 nach dem Befreiungskrieg allerorts herrschende Euphorie wurde durch umstrittene Landreformen und aggressive Vertreibungspolitik, die von Dürrekatastrophen begleitet wurden, schnell aufgezehrt. Die korrupte Elite des Einparteienstaates ging gewaltsam gegen Oppositionelle vor, führte im benachbarten Kongo einen teuren unpopulären Krieg und das Land in die internationale Isolation.

Heute lebt Paul Freeman in Saudi-Arabien und arbeitet dort als freier Journalist. Er ist mit einer Sudanesin verheiratet und hat zwei Töchter und einen Sohn. Er schreibt für saudische bzw. kuwaitische Zeitungen und Magazine und arbeitet an einer Trilogie um den Reporter Peter Maddox, die demnächst sukzessive bei Pulp Master erscheinen wird.

Paul Freeman erzählt von den Ländern, in denen er lebt und arbeitet. Als Expatriot und Außenseiter muss er sich dabei nicht um Tabus kümmern. Aus diesem Grund gelingt es ihm, außergewöhnliche Figuren und Perspektiven zu entwickeln. Es gibt unzählige europäische Autoren, die von ihren Erlebnissen in Afrika erzählen. Viele dieser Bücher reproduzieren jedoch lediglich westliche Stereotype über Afrika und Afrikaner. Sie sagen oftmals mehr über die Autoren und deren Herkunft aus als über das Land, von dem sie erzählen. Paul Freemans *Die Legenden von Ophir* ist anders. Es geht ihm nicht um europäische Erfahrungen in Afrika, sondern um die sich aus der Geschichte Simbabwes ergebenden Geschichten des Alltags. Man kann den Text als gut recherchierten historischen und gesellschaftspolitischen Roman lesen oder sich einfach hervorragend unterhalten lassen.

Bemerkenswert ist Freemans Blick auf die Geschlechterverhältnisse. Viele der von Europäern über Afrika geschriebenen Bücher thematisieren die Rolle der Frau in der Gesellschaft als unterdrückt und sexuell ausgebeutet. Und auch in der simbabwischen Literatur, im simbabwischen Film gehört Sex als Dienstleistung zu den wichtigsten Themen. Kaum ein Text, der ohne eine Frau auskommt, die ihren Körper verkauft oder sexuelle Gewalt erlebt. Auch Freeman schreibt von sexueller Gewalt. Doch bei ihm ist Prostitution kein Stigma – im Gegenteil, die Prostituierten sind in diesem Text besonders integre, intelligente, mächtige und vor allem zukunftsfähige

Frauen. So wendet sich der Ermittler James Carter bei der Suche nach der vermissten Tochter seines Kollegen an eine einflussreiche Hure. Die kann ihm helfen. Selbst für die Gesuchte wird Prostitution nicht zum Verhängnis. Vielmehr erhöht sie ihre Glaubwürdigkeit und wird damit zum Sprungbrett ihrer späteren Polizeikarriere. Die sexuelle Ausbeutung ihres Körpers ist zwar eine negative, aber keine zerstörende Erfahrung (wenn man die HIV-Gefahr mal ausklammert). Dieser Aspekt verbindet *Die Legenden von Ophir* mit *Everyone's Child* – einem Film der bedeutenden simbabwischen Autorin und Filmemacherin Tsitsi Dangarembga. Auch Dangarembgas Figur Tamari kann beinahe nahtlos an das Leben anknüpfen, das sie vor dem Verkauf ihres Körpers lebte.

Historisch bezieht Freeman sich auf die These, dass Simbabwe das biblische Ophir sei, aus dem König Salomo per Schiff Edelsteine, Gold, Silber, Sandelholz und Elfenbein holen ließ. Die genaue Lage ist jedoch aufgrund der ungenauen Beschreibung durch die Bibel unter Forschern umstritten. Doch die These, Ophir sei im heutigen Simbabwe gelegen, beeinflusst seit dem 16. Jahrhundert die Geschichte des Landes. Zu den Ersten, die dies verbreiteten, gehörten muslimische Händler. Sie erzählten es den Portugiesen, die schon in der arabischen Literatur gelesen hatten, die Hafenstadt Sofala, im heutigen Mosambik gelegen, sei Teil des biblischen Ophir. Im 16. Jahrhundert besetzten die Portugiesen dieses Gebiet. Untermauert wird die Legende von Ophir durch die Ruinen von *Great Zimbabwe*, das Reich, das vom 13. bis 15. Jahrhundert unter dem ersten Herrscherhaus der Shona, die Mehrheit im heutigen Simbabwe, seine Blütezeit erlebte. Von hier aus wurde mit der ganzen

Welt Handel getrieben. Archäologen haben Güter aus Indien, China und dem Iran gefunden. Die heute noch zu besichtigenden *Zimbabwe Ruins* sind Zeugen dieser Zeit. Nachdem man sie lange für die Paläste der Königin von Saba und Nachbauten der Tempel Salomos gehalten hat, steht nun fest, dass sie zwischen dem 12. und 15. Jahrhundert durch die Shona errichtet wurden.

Auch der Phantasie anderer Kolonialisten kam die Legende von Ophir sehr entgegen. So ließ Cecil Rhodes seine British South African Company, mit deren Hilfe er das heutige Simbabwe und Sambia Ende des 19. Jahrhunderts kolonisierte, die Ansicht vertreten, Mashonaland, das Land der Shona, sei das biblische Ophir. Auf diese Weise lockte er Siedler und Investoren ins Land. Etwa zur gleichen Zeit verbreiteten auch der deutsche Missionar Alexander Merensky von der Berliner Missionsgesellschaft und der Afrikaforscher Karl Mauch die Legende von »König Salomos Schatzkammer« unter Europäern. Noch Anfang des 20. Jahrhunderts schien es nicht vorstellbar, dass *Great Zimbabwe* von Afrikanern errichtet wurde.

Die Legende von Ophir hat für Simbabwe große Bedeutung. Und auch in Literatur und Film bietet die Suche nach Ophir immer wieder Gelegenheit, spannende Geschichten zu erzählen. Schon John Milton stellte in seinem *Paradise Lost* aus dem 17. Jahrhundert eine Verbindung zwischen Ophir und Sofala her. Das Buch des britischen Kolonialbeamten Rider Haggards *King Solomon's Mines* ist in diesem Zusammenhang sicherlich der bekannteste Text. Paul Freeman indessen bettet die Legende von Ophir in den simbabwischen Alltag ein und verweist damit auf die Bedeutung kolonialer Phantasie für die Gegenwart.

Zu den Übersetzern:

Ango Laina (Heinz-M. Vogel), geboren 1947 in Faßberg (Celle). Er ist Buchhändler, Diplomdesigner, und studierte Ägyptologie, Iranistik, Klassische Archäologie und Finnougristik in Hamburg. Er schrieb Feuilletons und Kritiken für den Rundfunk, und veröffentlichte in Zeitschriften und Anthologien. Seit Ende der 80er Jahre arbeitet er auch als Übersetzer für Englisch, Französisch, Ungarisch.

Angelika Müller, geboren 1954 in Berlin, Magister in Germanistik und Politologie, zeichnet seit 1988 als Lektorin und Übersetzerin für die Reihe Pulp Master verantwortlich und lässt sich von Rammstein und Velvet Underground inspirieren.

Zu der Verfasserin des Nachworts:

Stephanie Neumann, geboren 1969 in Berlin, ist promovierte Afrikawissenschaftlerin mit dem Schwerpunkt Literatur. Forschungsaufenthalte in Ghana, Tansania und Simbabwe. Sie arbeitete für Verlage sowie Kultur- und Bildungseinrichtungen. Heute ist sie Fundraiserin für den Bund für Umwelt und Naturschutz Deutschland und lebt mit Mann und Töchtern wieder in Berlin.

www.pulpmaster.de